A.I. 닥터 IV

한산이가(이낙준)

이비인후과 전문의, 136만 구독자를 보유한 채널 〈닥터프렌즈〉의 멤버이자 '한산이가'라는 필명으로 활발하게 작품을 연재 중인 웹소설 작가다. 대표작 『중증외상센터 : 골든 아워』가 넷플릭스 드라마로 제작되어 흥행에 성공했다. 웹소설 『군의관, 이계가다』 『열혈 닥터, 명의를 향해!』 『의술의 탑』 『닥터, 조선 가다』 『의느님을 믿습니까』 『중증외상센터 : 골든 아워』 『A.I. 닥터』 『포스트 팬데믹』 『검은 머리 영국 의사』 『중증외상센터 : 외과의사 백강혁』, 글쓰기책 『웹소설의 신』, 교양서 『닥터프렌즈의 오마이갓 세계사』를 썼으며, 어린이책 『AI 닥터 스쿨』의 감수를 맡았다.

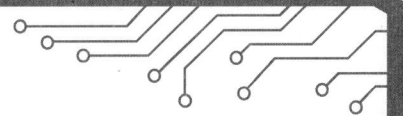

한산이가 지음

IV

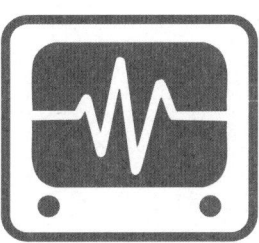

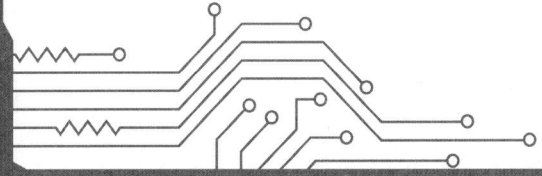

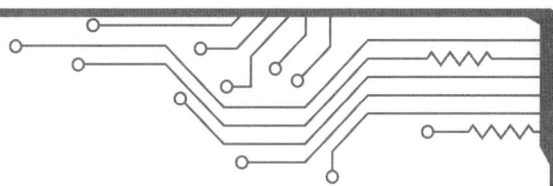

차례

귀국 발표회	6
전신 위약	28
종양은 어디에나	60
약은 아직 무리래	81
이 골절은 이상합니다	102
VIP	134
괴질	175
걸렸다	227
첫 연구	248
융합의학센터	269
이제 많이 했다	300
우선은 기다려	341
환자는 봐야지	362

귀국 발표회

예전엔 해외 연수 하면 정말 놀러 간다는 느낌이 강했다. 실제 교수들 사이에서는 일종의 보상이라는 인식이 강하기도 했고, 병원에서도 묵인해 주고 있었다.

'흠.'

[놀라게 해 줘 볼까요?]

'뭘 맨날 놀라게 해 줘.'

[검토해 본 결과, 이때까지 우수 전공의 연수 발표에서 뭔가 보여 준 사람이 없습니다.]

'그건…… 그건 그래.'

1, 2년짜리 장기 연수도 그런 실정인데, 1달짜리 단기 연수는 사정이 어땠겠는가. 그것도 교수도 아니고 레지던트들이 가는

연수였다. 한창 인생 빡셀 때 주어지는 한 달간의 달콤한 휴식 시간이라는 뜻.

수혁은 잠시 돌아와서 보았던, 지금까지 그의 선배들이 만들었던 귀국 발표회 PPT들을 떠올렸다. 거의 무슨 어디가 맛집이고, 어디 가면 뭘 팔고 하는 식의 PPT들이었다. 딱히 연수 발표라기보다는 여행 후기 같은 느낌이라고나 할까.

"자, 그럼 이번 연도 우수 전공의로서 아이오와주립대학교병원에서 한 달간의 연수를 마치고 돌아온 이수혁 선생을 앞으로 모시겠습니다."

한창 쓴웃음을 짓고 있을 무렵, 앞에 나가 있던 신현태 과장이 수혁을 향해 손짓했다. 기껏해야 조촐한 과 내 행사임에도 불구하고 강당 내부는 거의 꽉 차 있었다.

―PPT 잠깐 봤는데, 거의 케이스 리포트 수준이더라. 그런 거 안 보러 오는 놈은 내과 의사 자격이 없다고 간주하겠어.

팔불출 수준으로 수혁을 싸고도는 이현종이 설레발을 잔뜩 떨어 둔 덕이었다. 하지만 그의 촐랑거리는 성격과는 별개로 이현종이 쌓아 온 의학자로서의 명성과 명망은 타의 추종을 불허하는 수준이 아니던가. 강당엔 비단 내과 의국 사람들뿐만 아니라, 타 과 인원들도 제법 와 있었다.

"안녕하십니까, 방금 소개받은 태화의료원 내과 2년 차 이수혁입니다."

때문에 수혁은 더욱 공식적인 태도로 인사를 건넸다. 이미 여러 차례 학회에서의 발표도 치러 낸 몸이라 전혀 긴장하는 기색이 없었다. 도리어 여유롭기 그지없어 보였다.

"난놈은 난놈이야."

그 모습이 마음에 들었는지, 영상의학과의 대부 이하언이 턱을 쓸어 올리며 미소를 지어 보였다. 그의 수제자이자 라이징 스타 중 하나인 김진실 교수 또한 고개를 끄덕였다.

"같이 진행 중인 연구도 잘되어 가고 있어요."

"아, 그거? 좀 어때?"

"교수님이 예상했던 대로 어느 정도는 전이의 위험성이 관찰됩니다만……. 술자의 능력에 따라 컨트롤할 수 있는 수준입니다."

"깊으면 깊을수록 확률이 올라가나?"

"네. 관련이 있는 것으로 보입니다."

"좋아. 한……. 10례만 더 해서 만들어 보자. 그거 꽤 높은 데 낼 수 있을 거 같아."

이하언 교수는 머릿속으로 논문 윤곽을 짜다가 이내 입을 다물었다. 발표자인 수혁이 본격적으로 발표를 시작했기 때문이었다. 이현종과 거의 비슷한 연배에 학회 내 위치도 비슷한 그였지만, 매너는 비교할 수 없을 만큼이나 좋았다.

"잘한다, 이수혁."

수혁은 눈을 감아도 누구 목소린지 알 것 같은 응원을 애써 무시한 채 화면을 가리켰다.

"이게 제가 있던 숙소입니다. 아마 이 자리에 계신 교수님들이나 펠로우 선생님들께서도 이 숙소에 묵었으리라 생각합니다. 오래됐지만, 청소만 제대로 하면 한 달 지내기엔 무리가 없었습니다."

사실 흙수저 중의 흙수저였던 수혁에게는 평생 지내기에도 괜찮은 숙소이긴 했지만, 좋은 강연자는 어느 정도 자신을 감출 줄도 알아야 하는 법이었다. 이제 수혁은 그 정도 수준은 지나 있었다.

"무엇보다 좋은 점은 병원과 아주 가깝다는 점이죠. 길 하나만 건너면 바로 병원이었습니다. 덕분에 저는 출퇴근 시간에 얽매이지 않고 내킬 때 병원에 가고, 또 연구소에 갈 수 있었습니다."

다른 레지던트 발표들과 별 차이 없던 발표가 조금씩 방향을 틀고 있었다. 적어도 아무 때나 병원이나 연구소에 갈 수 있어서 좋다고 했던 레지던트들은 없었으니까.

[언제나 느끼는 점이지만 수혁은 정말 거짓말에 능하네요.]

뭐 하러 병원 가까이에 숙소를 잡았냐고, 마트나 가까웠으면 얼마나 좋았냐고 투덜대던 것을 똑똑히 기억하고 있는 바루다의 핀잔이 이어졌다. 하지만 이미 콩깍지가 씌어도 너무 깊이 쓰인 이현종이나 신현태는 그저 흐뭇하게 웃고만 있었다.

"그럼 제가 연수 기간 경험했던 다양한 케이스에 관해 발표하도록 하겠습니다."

게다가 어느 틈엔가 케이스까지 준비하지 않았던가. 연수를 가 있는 동안 놀지 않은 사람도 드물었지만, 놀지 않고 열심히 했더라도 케이스 발표까지 할 수 있을 정도로 자료를 가져올 수 있는 사람은 더더욱 드물었다.

[이건 진짜 다 제 덕인 거 알죠?]

심지어 수혁도 그러했다. 바루다가 수혁의 시각을 통해 전달된 모든 정보를 데이터베이스화해서 저장해 두지 않았다면 이런 발표는 불가능했을 터였다.

'그건 인정.'

[그럼 저녁에 짜장에 탕수육에 짬뽕 국물. 미국 갔다 왔더니 니글거려요.]

'왜 네가 니글거려……. 토종 한국인인 나도 버틸 만했구만.'

[저도 토종이거든요? 메이드 인 코리아.]

'그래, 그래. 알았다.'

수혁은 어째 점점 더 모자라지는 듯한 바루다를 달랜 후, 발표를 이어 나갔다. 환자의 나이, 성별 및 직업은 물론이오, 아주 세세한 혈액 검사 결과까지 다 적혀 있었다. 이쯤 되니 이현종도 조금은 고개가 갸웃거려졌다.

"저걸 다 제공해 줬나? 이상하네? 양키 놈들……. 환자 개인

정보 절대 안 내줄 텐데?"

"기억해서 쓴 거 아닐까요?"

"그게 된다고? 야, 지금 나온 검사 항목만 몇 개야 저거."

"수혁이는 천재잖아요."

"현태야. 네가 천재가 아니라서 천재에 대한 환상이 너무 큰 모양……. 억. 왜 때려. 나 형…… 아니, 원장이야."

"그러니까 이쯤에서 끝난 거지, 아니었으면 지금쯤 머리 죄 뽑혔을 겁니다."

"허."

이현종은 가뜩이나 요새 하늘거리기 시작한 머리를 부여잡으며 나지막이 한숨을 쉬었다. 그사이 수혁은 대마로 인한 면섬유증에 관한 발표를 마치고 다음으로 넘어가고 있었다. 벌써 세 개의 케이스가 발표되었는데, 하나하나가 모두 주옥같은 케이스였다. 당연하게도 이 자리에 모여 있던 모두가 웅성대기 시작했다.

"가서 저걸 다 진단했다고?"

"허언증이 있나……?"

"근데 이수혁이잖아. 모르냐? 쟤 괴물이야."

"미국에서도…… 통한다고?"

"안 통할 건 또 뭐 있어. 뭐 우리가 미국 애들보다 많이 달리냐?"

"아니, 왜 화를 내고 그래."

몇몇 선배 중에는 애써 시큰둥한 태도를 유지하려고 노력하는 이들도 있긴 했다. 하지만 대부분은 어마어마한 관심을 보이고 있었다. 특히 수혁의 열성팬임을 자처하고 있는 둘이 그랬다.

"지렸다. 미국도 찢고 오셨어……."

"그러니까요. 아 빨리 내과 들어가서 같이 다니고 싶다!"

"그래, 어여 들어와. 진짜 따라만 다녀도 배울 게 너무 많다니까."

"부러워요……."

안대훈과 우하윤이었다.

'새끼들.'

수혁은 단상 위에서도 훤히 보이는 둘을 보며 미소를 지어 보였다. 안 보려고 해도 안대훈이 너무 눈에 띄었다.

[미국 다녀오기 전보다 더 넓어졌군요.]

'그러니까……. 탈모약 하나 만들 수는 없나?'

[제아무리 저라도 전 세계 의학자들이 다 달려들어도 못 하는 일을 할 수는 없습니다.]

'거참……. 항암제도 만드는 세상에 발모제 하나 못 만드나.'

[인체의 신비죠.]

물론 여전히 암은 현대 의학의 숙제였다. 뉴욕 타임스에서는 아예 공식적으로 20세기에 있었던 암과의 싸움에서 인류가 패

배했다고 선언하기도 했다. 하지만 몇몇 암에 관해서는 완치율 90%가 넘어가는 약이 나오기도 했고, 아주 천천히 개선되어 가고는 있었다. 그런데 탈모에 관해서는 여전히 감감무소식이었다.

"다음은 병원 케이스는 아니고, 거기서 만난 화이자 시카고 연구소의 소장 헨리에 대한 발표입니다. 우연히 파티에서 대외 연구 총책 로니라는 분을 만났는데, 그분 덕에 연구소에 참관을 하러 가게 되어 알게 된 사람입니다."

안대훈의 탈모는 비록 너무 안타까운 일이었지만, 그렇다고 발표를 끊을 수는 없는 노릇 아니던가. 그래서 수혁은 계속 말을 이어 나갔다.

"헨리는 25년간 원인을 알 수 없는 이명으로 인해 고통을 받아 왔고, 이 때문에 항우울제 및 항불안제를 복용해야만 했습니다. 수면에 방해를 받아 수면제까지 복용해야 했고요."

잠깐 조용해지나 싶었던 강당이 다시 한번 웅성거림으로 가득 차기 시작했다. 갑자기 웬 화이자 연구소장이 나온단 말인가. 심지어 이현종도 가만히 있지 못했다.

"로니? 설마……. 전에 학회에서 봤던 그 로니야?"

"대외 연구 총책……. 잠깐만요."

신현태는 부랴부랴 자신의 핸드폰을 뒤졌고, 급기야 언젠가 찍어 두었던 로니의 명함을 발견할 수 있었다.

"맞는 거 같은데요?"

"아……. 그런 사람이 파티에서 우연히 만나고 막 그럴 수 있는 기야?"

"애초에 어떤 파티인지 얘기를 안 했잖아요."

"아, 그렇긴 하네. 어떻게 된 놈이냐, 쟤는 정말."

"그러니까요."

수혁은 예상했던 반응이었기에 일단은 즐기듯 웃었다.

'역시 화이자의 위력이란…….'

[전 세계 최고의 제약 회사라고 꼽을 수 있으니까요. 거기 펀딩받는 게 하늘의 별 따기라서 그렇지……. 따기만 하면 결과를 보일 수 있죠.]

고작 한 달짜리 연수를 가서 그쪽과 연이 닿았다는 거 자체가 놀라운 일이란 뜻이었다. 하지만 수혁의 발표는 그냥 만났다는 데서 끝이 아니지 않은가. 무려 치료까지 다 하고 온 마당이었다.

"이건 제가 아스피린을 끊게 한 이후 받은 이메일입니다. 날짜가……. 아, 어제 또 왔네요. 내용을 보시면, 첨부 파일에 초청장이 하나 있습니다."

심지어 헨리는 의리를 아는 사람이기도 했다. 아니, 약속을 지킬 줄 안다고 해야 할까. 그래서 벌써 내년에 있을 학회 초청장까지 미리 보내왔다.

"전 세계 지부마다 열리는 행사인데……. 이번에는 홍콩이라고 하더라고요. 여기에 저 그리고 저와 함께해 줄 교수님 한 분까지 초대를 해 주셨습니다. 허락해 주신다면 가서 많이 배워 오겠습니다."

일반 학회였어도 어마어마하게 놀랄 일이었다. 일개 레지던트에게 비행깃값까지 대 주면서 초청하는 학회는 없었으니까. 심지어 교수들이라 해도 소정의 강연비로 퉁치는 경우가 대부분이었다. 지금 수혁에 관한 대우는 그야말로 VIP급이라고 보면 되었다.

"미쳤네?"

"대놓고 자랑질이네."

"자랑할 만하지."

"왜 자꾸 나한테 화내냐?"

"네가 속 좁은 티 내니까 그러지."

이번에는 황선우를 비롯한 반수혁파 몇몇이 투덜거리긴 했지만, 분위기를 반전시킬 수는 없었다.

"야, 나! 나랑 가는 거지!"

이 자리에서 제일 나이 많은 어른인 이현종이 날뛰기 시작했기 때문이었다.

"어어, 이 형 봐? 안 그래도 해외 학회 많이 가면서 이래?"

"장유유서 모르냐?"

"험험. 두 분 교수님들. 약 하면 역시 항암제 아닙니까? 수혁아, 나랑 가자."

심지어 신현태와 조태진까지 참전해서 거의 아수라장이었다. 타 과 앞에서 개망신이라는 생각이 들 수도 있겠지만, 실은 그렇지 않았다.

"우리 레지던트들은 뭐 하고 있나……."

"야, 너희들 이따 의국 가서 보자."

교수치고 공짜 해외 학회 마다하는 사람은 없었으니까. 게다가 화이자에서 주최하는 학회는 말이 학회지, 발표하다가 연구비 지원을 받게 되는 경우가 많은 일종의 미트업(meetup, 사업 설명회) 장소라고 보면 되었다. 실제로 그곳에서 발표하다가 연구비를 지원받는 경우가 매우 많았다.

　　　　　🔳🔳🔳🔳🔳

"수혁아!"

"나랑 가자!"

"나랑!"

아주 잠깐 사이에 화이자 학회에 가면 연구비를 딸 수 있다는 이상한 소문이 강당을 가득 메웠다. 그게 또 완전히 헛소문은 아니었기 때문에 원래 수혁과 친하지도 않았던 교수들조차 수줍게 손을 들고 있었다.

[쟤들은 왜 들어.]

'쟤들이라니. 교수님들이야.'

[교류도 없잖아요? 특히 저놈 저거. 내분비내과 서효석 저거.]

'저 새끼……. 아니, 저분은 별로긴 하지.'

[방금 입 모양으로도 새끼라고 한 거 같은데? 괜찮은 거예요?]

'뭐. 괜찮아. 자기한테 욕하는 건 줄도 모를걸?'

서효석. 다른 병원, 그리고 다른 과에 비하면 거의 천사 판이라고 할 수 있는 태화의료원 내과 의국의 이단아였다. 원래 교수가 되면 안 될 사람이었는데, 어떻게 어떻게, 아버지 그리고 장인 백으로 들이밀어서 된 인간이었다.

'하필 이번 달부터 저 인간이네.'

[뭐……. 병원 안 나오게 만들면 좋아하잖아요? 알아서 하면 되죠, 뭐. 여태 그랬는데.]

'그건 또 그렇긴 하다.'

수혁은 꼴 보기 싫은 인간으로부터 고개를 애써 돌린 후, 자기를 애정하는 3인을 바라보았다. 이현종, 신현태 그리고 조태진. 에이스 중의 에이스인 수혁을 이뻐하는 교수는 많지만, 저렇게 체통도 안 지켜 가면서까지 이뻐하는 사람은 없었다.

"나지?"

"수혁아, 나 아빠다."

"원래 혈육 간에 이런 거 하는 거 아니다, 수혁아."

다들 나이도 잡술 만큼 잡수신 데다가, 사회적 지위까지 있는 사람들 아니던가. 그런데 그런 셋이 하나같이 손을 번쩍번쩍 들고 있었다. 심지어 이현종은 최근 오십견이 왔는데도 불구하고 그러했다.

이게 뭐 그냥 학회 하나 가려고 그러는 것이겠는가. 수혁이랑 어떻게든 시간을 보내고, 될 수 있으면 자기 과 교수로 만들려고 하는 것일 터였다. 그런 마음을 모르는 게 아니어서 수혁은 더더욱 고마웠다.

[빨리 말씀하시죠. 당신은 더는 저와 함께할 수 없습니다.]

'알겠…… 미쳤냐? 쇼 미 더 머니 좀 그만 봐, 인마.'

[재밌던데.]

수혁은 개소리를 지껄이고 있는 바루다를 조용히 시킨 후, 심호흡을 했다. 그러곤 우선 이현종을 바라보았다. 이현종은 당연히 자기가 뽑힌 줄 알고 흥분을 감추지 못했다. 생각해 보면 어처구니가 없는 일이었다. 저 사람은 절대 갈 수 없다는 걸 아마 이 자리에 있는 사람이라면 누구나 알고 있을 테니까.

"원장님."

"아빠라고 해, 아빠."

"아니……. 여기서는 좀…….."

"괜찮아. 아빠라고 해라, 아들아."

"그런 문제가……."

수혁은 웅성대는 다른 이들을 민망하다는 얼굴로 한차례 둘러보고는 어렵게 입을 열었다.

"아빠……."

"옳지."

"아빠는 못 가요……."

"그래, 역시. 응? 난 왜 못 가, 이 새꺄!"

이현종은 방금까지 그렇게 살갑게 대해 준 주제에 돌연 욕설을 내뱉었다. 아마 욕을 먹은 게 수혁이 아니었다면 오줌이라도 지렸을 터였다. 다른 사람도 아니고 원장이었으니까. 하지만 수혁은 이미 너무 오래 이현종을 겪어 온 몸이었다.

[또, 또 저러네.]

'하루이틀이냐.'

이현종은 원래 저런 인간이었다. 수혁은 쪼는 대신 한숨을 푹 쉬고는 말을 이었다.

"이거 일정……. 겹치잖아요."

"취소할게."

"아니……. 원장님 내년에 심장학회 학회장인데, 거기 안 가려고요?"

"어? 그거랑 겹치니?"

"네."

"아, 이런 망할."

역시나 합당한 이유를 듣자마자 이현종은 허허하고 나지막이 욕을 내뱉더니 힘없이 털썩 자리에 주저앉았다. 그러자 조태진이 득의양양한 미소를 지으며 한 발자국 앞으로 나섰다. 뭐니 뭐니 해도 현대 의학의 화두는 역시나 암이지 않겠는가. 바야흐로 치매를 비롯한 항노화에 관한 연구와 항암에 관한 연구가 양대 산맥을 이루게 된 세상이었다.

'어휴, 감염이라니……'

그에 비하면 옆에 서 있는 신현태 교수가 맡고 있는 감염내과는 약간 유행이 지나간 과였다. 신현태가 분과를 선택할 때야 뭐 감염내과가 모든 내과의 왕이었지만, 지금은 아니란 뜻이었다. 물론 암 환자들도 면역 때문에 결국에는 감염내과의 도움을 받게 되기는 하지만, 적어도 현대 의학에 있어서 메인 타깃은 감염 쪽이 아니라 항암이었다. 따라서 조태진은 자신이 있었다.

"그리고 조태진 교수님."

"어, 그래, 수혁아. 혈액종양내과 교수 조태진이야."

심지어 먼저 이현종을 탈락시킨 수혁이 자신을 바로 이어서 호명했음에도 그러했다. 그가 알기로 화이자에서도 항암제 연구를 위해 태우고 있는 돈이 조 단위에 육박했기 때문이었다. 하지만 그가 간과하고 있는 게 하나 있었다.

"교수님 저 날 되게 중요한 약속 있지 않나요?"

"응? 나 학회 아닌데?"

"학회 말고요."

"학회 말고……?"

조태진 교수는 대체 학회 말고 나한테 이 중요한 일정을 제칠 만큼 소중한 게 뭐가 있나 하는 표정이 되었다. 수혁으로서는 어처구니가 없는 상황이었다.

'아니, 평소에 그렇게 딸 바보라고 떠들어 놓고선……. 생일을 잊어?'

[미쳤네요. 죽을라고.]

'그러니까……. 거기 성미 괄괄하던데.'

[전 아직도 그날이……. 잊히질 않습니다.]

'어어. 떨지 마.'

[으.]

바루다라는 인공지능마저 벌벌 떨게 할 만큼 무서운, 하지만 아마도 조태진에게는 자신을 쏙 빼닮아서 이쁘기만 할, 그의 딸 생일이었다. 평소 주에 하루는 꼭 집에 가서 같이 저녁 식사를 하는 조태진을 생각해 봤을 때, 저 날 외국에 나갈 수 있는 확률은 제로였다.

"뭐야, 대체."

수혁은 정작 그 사실을 떠올리지 못하는 조태진을 보며 고개를 절레절레 흔들었다. 그러자 신현태가 왜 그런지 알겠다는 듯한 얼굴로 껄껄 웃었다. 그러곤 조태진의 어깨를 톡톡 두드렸다.

"그날 연수 생일."

"어? 아. 아······."

조태진 교수는 자신이 무려 딸 생일을 잊고 있었다는 사실에 좌절하며 아무 말도 하지 못하고 의자에 주저앉았다. 교수 하겠답시고 가정을 등한시했던 세월이 수년이지 않았던가. 다른 과 교수들도 다 빡세긴 하겠지만, 그야말로 생명을 다루는 최전선에 있다시피 한 혈액종양내과 교수의 중압감은 이루 말로 다 할 수 없을 지경이었다.

조태진 역시 마찬가지였는데, 미국에 연수를 갔을 때 이르러서야 비로소 딸의 나이와 생일을 헷갈리지 않게 되었을 정도로 연구에만 매진했다. 자신이 그런 것도 모르고 있었다는 것이 너무 충격이었던 조태진은 그것을 깨달은 날 결심했다. 앞으로 절대 딸 생일만큼은 놓치지 않기로.

'연수야, 아빠 저기 안 간다.'

조태진은 속으로 다짐했다.

"그럼 나지?"

아무튼, 두 강력한 경쟁자를 제치게 된 신현태는 승리자의 미소를 지어 보였다. 어찌나 자신만만해 보이는지 수혁조차 안 된다고 해 볼까 하는 유혹이 일 지경이었다.

"네, 과장님. 스케줄 괜찮으시면 저랑 함께 가 주시면 감사하겠습니다."

 물론 수혁은 감히 과장을 두고 장난을 칠 정도로 개념이 없는 인간은 아니었다.

 "오, 좋아."

 "자세한 얘기는 교수님하고 나누겠습니다. 그럼…… 제 발표는 여기까지 하겠습니다. 감사합니다."

 그래서 대강 마무리를 하고 단상에서 아래로 내려왔다. 당연하게도 교수들과 그의 팬클럽이 우르르 다가왔다. 일단 미국에서 다녀온 지 얼마 안 된 탓에 반가워서가 첫 번째 이유였다.

 "가서 살이 좀 찐 거 같은데?"

 공항까지 마중 나와 주었던 이현종과는 달리 여기서 처음 보는 조태진이 수혁의 뱃살을 움켜쥐었다. 솔직히 쥘 때는 이렇게까지 많이 잡힐지 몰랐는지, 상당히 놀란 얼굴이 되었다.

 "어? 이거 다 살이니?"

 "그…… 네. 거기 햄버거가 맛있더라고요."

 "삼시 세끼 그것만 먹은 건 아니……. 먹었다고? 미쳤니? 너 그러다 인마. 심혈관 막혀!"

 "운동……해야죠."

 "아니, 먹는 걸 줄여야지. 운동하면 얼마나 한다고. 다리도 불편한 녀석이."

 "그……. 네. 명심하겠습니다."

누가 의사 아니랄까 봐 바로 어택이 딱딱 들어왔다.

"너 체중 1kg 늘 때마다 고지혈증이나 당뇨 및 고혈압에 걸릴 확률이 얼마나 올라가는지 아냐? 젊다고 건강 자신하지 마. 아니, 너 이제 젊지도 않아 인마. 곧 30대잖아. 내가 지금 너랑 그 학회인지 나발인지 못 가서 이런 말 하는 게 아니라고."

심지어 이현종은 뒤에서 고지방 식이에 따른 심혈관 질환 발생 가능성에 대한 논문을 읊기 시작했을 정도였다.

[으, 시끄러워.]

'하지만 좋지?'

[네. 뭐……. 아무래도.]

'고향이야. 내 고향.'

[왠지 무슨 느낌인지 알 거 같군요.]

시끄러운 와중에도 수혁은 환하게 웃었다. 솔직히 미국에 가 있는 동안 이리저리 흔들렸던 건 사실이었다. 아무래도 그쪽 교수들이 여기보단 좀 더 여유가 있어 보였으니까. 하지만 원래 미국인으로 태어났다면 모를까, 그렇지 않은 사람은 여전히 이방인이었다. 완전히 섞여 들어간 것처럼 보이진 않았다.

"아무튼, 가서 그래도 좋은 경험 하고 왔네. 정말 많이 보고 왔어."

과장인 신현태는 모두가 신변잡기에 관한 것을 떠들어 대는 동안에도 그나마 과장다운 말을 꺼냈다.

"이 새끼는 저 혼자 학회 가게 됐다고 신난 거 봐라, 이거."

물론 옆에서 도와주지는 않았지만, 그래도 신현태는 꾸준했다.

"에이, 뭘 신나요. 아니, 제자가 몸성히 잘 다녀왔으니까 좋은 거지."

"아……. 뭐, 그건 그래. 아이오와야 워낙에 사고가 없는 곳이라 그렇긴 해도. 저기 뭐야. 그래, 시카고는 총기 사고 꽤 잦은 곳인데 안전하게 잘 다녀왔다."

"아아! 나 황 교수님한테 너 얘기 들었어, 참. 안부 전해 달라고 하시더라."

막판에 조태진이 끼어들었다. 그러고 보니 아이오와에서 봤던 황 교수가 혈액종양내과였다.

"아, 원래 알고 지내세요?"

"어. 거기 가기 전에는 학회 활동 열심히 했었지. 원래 환자 보는 것도 좋아하셨는데……. 이젠 뭐 아예 연구 쪽으로 빠져서 좀 뜸한데……. 그래도 학회 가끔 가면 한 번씩 봐. 거기서 아주 인상 깊었다고 하더라."

"그래? 역시 우리 수혁이. 앨리슨한테 전화나 해 봐야지."

이현종은 자신의 예상대로 거의 찢다시피 하고 온 수혁을 대견하다는 눈으로 바라보고는 핸드폰을 뒤적거렸다. 이곳과 아이오와 사이에는 상당한 시차가 있고, 따라서 활동 시간이 거의 겹치지 않았지만, 원래 그런 걸 신경 쓰는 타입이 아니지 않은가.

"왜 안 받아, 자나?"

이현종은 냅다 전화를 건 채 조금 멀어져 갔다. 그사이 신현태가 말을 이었다.

"그래. 이번 달…… 어디지?"

"내분비입니다. 서효석 교수님."

"아. 뭐……. 그 친구랑 그렇게 서먹하진 않지?"

"네. 그냥 별로 신경 안 쓰시는 타입이라."

"그래. 니들이 고생이 참 많아. 잘 돌고. 이거, 학회 관련해서는 따로 시간 만들어서 보자."

"네, 과장님."

수혁은 그렇게 말한 후에도 꽤 오랫동안 조태진 등에게 붙들려 있다가 간신히 빠져나올 수 있었다.

"선배!"

물론 그런다고 끝이 아니었다. 강당 앞에는 안대훈과 우하윤이 기다리고 있었다. 피곤했지만 그래도 나름 팬클럽을 자처하고 있는 이들이었다.

"어, 그래. 오랜만이야. 아, 너희 선물 사 왔어."

그래서 수혁은 냉장고에 붙이는 자석을 하나씩 건네주었다. 참 별거 없는 선물이었지만, 수혁에게는 상당한 의미가 있는 선물이기도 했다. 처음 대학교 들어와서 동기 녀석 집에 놀러

갔을 때, 냉장고에 붙어 있는 각 나라 자석들이 어찌나 부럽던지. 그때부터 자석 모으기가 수혁의 버킷 리스트 중 하나가 되었다.

"오, 감사합니다."

"감사합니다!"

둘은 수혁이 아이오와 흙이나 한 움큼씩 쥐여 준다 해도 좋아할 사람들이었기 때문에 떨 듯이 기뻐했다. 그런데 잘 보니까 마냥 기뻐하고 있는 것만은 아니었다.

[뭔가 곤란한 말을 꺼내려는 거 같은데요?]

먼저 눈치챈 것은 역시 바루다였다.

"근데 무슨 할 말 있어?"

수혁이 질문을 던지니, 안대훈이 하윤과 눈을 마주쳤다가 이내 입을 열었다.

"그……. 좀 이상한 환자가 있어서요."

전신 위약

"응? 너 어디 도는데?"

수혁은 왜 하필이면 방금 미국에서 돌아온 자신에게 상의를 하나 하는 생각이 들었다. 태화의료원이 어디 조그만 의원은 아니지 않은가. 1년 차인 안대훈 입장에서는 환자에 관해 물어볼 만한 사람이 수두룩했다. 일단 내과 교수님들만 해도 수십을 헤아렸으니까.

"저……. 내분비내과입니다. 서효석 교수님 파트."

"아."

하지만 이름을 전해 듣자마자 딱 이해가 됐다. 서효석이라면 감히 묻기가 좀 그랬을 터였다. 그 양반은 의사인 주제에 환자 보기를 세상에서 제일 싫어하는 인간이지 않은가. 전공의들이 뭐 좀 물어보려고만 하면 왜 알아서 공부하지 않느냐고 하면서 성을 내기 일쑤였다.

"어떤 환잔데?"

수혁은 태화의료원에 그런 사람이 교수로 있다는 사실에 새삼 좌절하면서 안대훈을 향해 물었다. 안대훈은 미리 준비해 온 종이를 펼쳐 들었다. 보아하니 수혁만 오면 물어보려고 준비를 꽤 단단히 한 듯했다. 종이에는 간간이 이질적인 필체의 메모가 쓰여 있었는데, 그건 우하윤이 써넣은 것으로 보였다.

'인턴인데 열심이네.'

[수혁이 인턴 땐 거의 틈만 나면 잤던데.]

'인턴은 원래 그게 정상이야.'

[우하윤은 아닌 거 같은데요?]

'얘가……. 얘가 이상한 거라고.'

아무튼, 수혁보다 더 노력하거나, 더 똑똑해 보이는 사람만 발견하면 발작하는 바루다였다. 물론 수혁의 얼굴은 잔잔하기만 했다. 이제 이 정도 방해 공작 따위에 흔들릴 그가 아니었다. 바루다와 살아온 지난 세월이 헛된 것이 아니었다.

"52세 남자 환자인데……. 바로 어제 응급실로 입원했습니다."

"어제? 일요일인데 용케 서효석 교수님이 받았네?"

"뭐……. 전화드렸는데 받지 않으셔서 문자로 노티드렸더니 딱 '입원'이라고만 답문이 와서요."

"아."

역시 개판이었다.

"오늘은 보셨고?"

"아뇨……. 외래 봐야 한다고 그냥 가셨어요."

"음. 그래."

수혁은 욕설이 튀어나오려는 걸 애써 참은 채, 고개를 끄덕였다.

'지금 중요한 거는 화내는 게 아니다…….'

일단은 병원에 와서 입원까지 한 환자를 보는 게 중요한 일 아니겠는가. 나중에야 어떻게든 서효석 교수를 좀 끌어내리거나 하긴 해야겠지만, 지금은 가능하지도 않을 뿐더러 전혀 급하지 않은 일이었다.

"계속해 봐. 어떤 환자야?"

"네. 고혈압, 당뇨 진단받은 지 10년 되어서 당뇨에 대해서는 경구 혈당강하제 먹고 있고, 고혈압에 대해서는 이뇨제 먹고 있습니다."

"더 해 봐."

수혁은 우선 당뇨가 10년이나 됐음에도 불구하고 경구 혈당강하제를 먹고 있음에 반쯤은 안심했다. 뭐가 어찌 되었건 아주 심각한 지경으로까지 진행하지는 않았단 뜻이었다. 완전히 안심하지 못한 것은, 간혹 그냥 약만 타는 경우엔 제대로 관리

받지 못하는 환자들도 있었기 때문이었다.

[오히려 아예 관리가 안 되어서 상태가 매우 나쁠 수도 있습니다.]

'명심할게.'

수혁이 바루다와 대화를 주고받는 동안 안대훈은 계속해서 자신이 적어 둔 종이를 읽어 내려갔다.

"원래는 술을 거의 안 드시는 분인데, 내원 2일 전 인사불성이 될 정도로 술을 마신 병력이 있습니다. 내원 전일 오전부터 전신에 힘이 떨어지는 증상과 30에서 40회가량의 구토 증세 있었고, 이후 전신에 힘이 빠지는 증세 보여서 어제 응급실로 왔습니다."

"이런 환잔데 얼굴도 안 봤어?"

"네……."

"음."

병력에서 어떤 진단명을 떠올리기는 조금 어려운 상황이었다. 다만 30회에서 40회가량의 구토가 무척 심각한 증세라는 건 딱히 의사가 아니더라도 알 수 있는 사안이지 않은가. 근데 명색이 교수라는 사람이, 그것도 내분비내과 교수라는 사람이 코빼기도 비치지 않을 줄이야.

"환자 어디 있지?"

수혁은 자신이라도 일단 가서 봐야겠다는 생각이 들었다. 안대훈이나 우하윤이나 비록 열심히 하는 의사긴 하지만, 아직 애송이들 아닌가. 5월 레지던트 1년 차는 사실 인턴이랑 별다를 게 없다고 보면 되었고, 5월 인턴은 그냥 학생 수준이라고 보면 되었으니까.

"9층 서 병동에 있습니다."

"오케이. 가자."

"네, 선생님."

안대훈은 수혁이 별다른 말 없이 환자를 보러 가자고 하자, 더없이 든든한 얼굴이 되었다. 그럴 수밖에 없었다. 적어도 대훈에겐 수혁이 그 어떤 교수보다도 더 믿음직했으니까. 그와 어깨를 나란히 하고 걷고 있는 우하윤 또한 비슷한 얼굴이었다.

'여차하면 아빠한테 물어보려고 했는데……. 안 물어보길 잘했어.'

그의 아버지, 우창윤 교수는 나름 내분비내과학회에서 중진 역할을 하고 있는 사람이었다. 서효석 교수 따위하고는 비교를 불허할 정도로 실력이 좋았다.

그런데도 직접 환자에 관해 묻지 못한 것은, 그 질문 자체가 태화에 누가 될 것이 뻔했기 때문이었다. 그렇지 않아도 서효석이 엉망이라서 태화 내분비내과가 약점이라는 소리가 판을 치고 있는데, 거기서 하윤이 태화에 입원한 환자를 아선에 물으면 어찌 되겠는가. 그야말로 개판 오 분 전이라는 것이 티가 날 터였다.

'이수혁 선배라면……. 반드시 치료해 주실 거야.'

하윤이 수혁을 향한 믿음으로 미소 짓는 사이, 수혁은 대훈에게 계속 이것저것을 물어보았다.

"키랑 몸무게는?"

"178에 78kg입니다. 건장한 체격이에요."

"그럼 만성적인 원인일 가능성은 좀 떨어지는데."

아주 간단한 정보들뿐이었지만, 거기서 뻗어 나가는 수혁의 유추는 복잡하기 이를 데 없었다.

"혈압은 내원 당시에 78에 68이었고……. 심장 박동수는 분당 155회였습니다."

"155회? 부정맥 소견은 없었어?"

"네. 그냥 빈맥(분당 100회 이상으로 빨라지는 경우)이었습니다."

"그냥 빈맥? 이상한데? 다 온 거지?"

"네."

"빨리 가 보자."

"네, 선생님."

수혁의 발걸음이 점차 빨라졌다. 환자가 어디 한 바퀴 뛰고 왔다면 모를까, 안정 상태에서 155회는 정말 이상한 일이었다.

▰▰▰▰▰

 그렇게 들어선 병실엔 거의 반쯤 정신이 나가 있는 환자가 침대 상부를 높인 채 누워 있었다. 아예 의식이 없는 건 아니었지만, 그렇다고 명료한 것도 아니었다.
 [알코올에 의한 급성 중독 가능성이 있지만, 그렇다고 하기엔 증상이 오래가는군요.]
 바루다는 환자의 현재 상태를 보자마자 일단 가능했던 진단명 하나를 지웠다. 녀석의 말대로 알코올에 의한 급성 중독에서도 이와 비슷한 증세를 나타낼 수 있기는 했다. 하지만 응급실에 온 이래로 계속 수액을 부었을 텐데 여전히 이런 상태인 것은 설명할 수 없었다.
 "일단 심전도 찍어 보자. 환자분 여기가 어디인지 알겠어요?"
 수혁은 대훈과 하윤에게 지시를 내리면서 동시에 환자에게 질문을 던졌다. 환자는 숨이 워낙 찬 데다가, 의식도 명료하지 못해서 제대로 된 답을 하진 않았다.
 [돌팔이 1년 차가 환자 잡게 생겼군요…….]
 바루다는 영 한심하다는 눈으로 고개를 가로저었다. 수혁 또한 비슷한 생각이 들었지만, 적어도 대훈의 잘못이라고 생각하진 않았다. 대학 병원 좋은 게 다 뭐란 말인가. 백이 있다는 게 장점이었다. 근데 제일 위에 있는 서효석이 도망갔으니 그게

제대로 될 턱이 없었다.

"대훈아, 일단 인튜베이션(intubation, 삽관)부터 해야겠다. 이 정도로 숨찬 건⋯⋯. 산소만 줘서 될 게 아니야."

"아, 네. 준비는 해 뒀습니다."

"좋아. 그냥 바로 근이완제 줘."

"아⋯⋯. 바로요?"

"그래. 내가 넣을 테니까, 걱정 말고 로큐론(골격근 이완제) 줘."

"네, 선생님."

대훈은 잠시 불안하다는 표정을 지어 보였으나, 자신만만해 보이는 수혁을 마주하고는 이내 로큐론을 환자의 수액 라인에 흘려 넣었다.

'그래. 이수혁 선생님은⋯⋯. 그냥 머리만 좋은 게 아니야.'

내과 의사로서 해야만 하는 여러 술기의 달인이기도 했다. 그중에서도 특히 삽관은 더 훌륭한 수준이었다.

[그래, 거기. 아니, 아휴. 그냥 확 내가 할 수도 없고, 이거.]

'무서운 말 하지 말고. 정확하게 표현해. 방향이랑 거리까지.'

[앓느니 죽지⋯⋯. 그래요. 우측으로 1cm. 그래, 거기. 그렇게.]

물론 수혁의 능력만으로 쑥쑥 집어넣는 건 결코 아니었다. 거의 시야가 나오지 않는 상황에서 삽관하려면 바루다의 조언이 절대적으로 필요했다.

쑥. 아무튼, 곧 삽관이 되었고 환자의 분당 호흡수가 눈에 띄게 개선되기 시작했다. 수혁은 제대로 들어간 것까지 확인한 후 대훈을 향해 고개를 돌렸다.

"대훈아. 이게…… 산소 포화도가 괜찮다고 호흡이 좋은 게 아니야."

"아……. 그럼……."

"분당 호흡수가 25회를 넘어갔잖아. 갈비 사이근도 들락날락 하고. 이러다가 훅 가는 거라고. 지금도 아마 한 1시간만 늦었어도 환자 어레스트(심정지) 났을걸?"

"아, 죄송합니다."

"죄송할 건 없고. 지금 배웠으니까 앞으로 조심하면 되지."

수혁은 그렇게 말하면서 재차 환자를 돌아보았다. 아깐 호흡이 급해서 제대로 보지 못하지 않았던가. 이제 호흡은 잡았으니, 더욱 찬찬히 환자를 들여다볼 작정이었다.

'일단 폐음이 별로야.'

[네. 양측 모두 탁음이 들립니다.]

'폐렴일까?'

[아뇨. 데이터 분석을 해 보면……. 이런 종류의 소리는 주로 폐부종에서 들렸습니다.]

'폐부종이라……. 그럼 심장 쪽이 원인인가?'

[심전도 확인을 다시 한번 해 보는 것이 좋겠습니다. 하지만 환자가 구토를 한 병력이 있기 때문에 그로 인한 흡인성 폐렴

이 생겼을 가능성도 완전히 배제하기는 어렵습니다.]

'아, 맞네. 구토를 했지.'

구토의 원인도 물론 어떻게든 파헤쳐 봐야 하겠지만, 구토의 결과도 생각해 봐야 했다. 비단 흡인성 폐렴뿐만 아니라, 전해질 불균형 또한 발생했을 가능성이 있었다.

"심전도는 어때? 그리고 어제 나간 혈액 검사 결과 있으면 띄워 봐. 싹 긁기는 한 거지?"

"네. 불안해서 그냥 다 긁었습니다."

"그래, 잘했어. 심전도 찍어."

"네."

제일 좋은 건 딱 필요한 검사만 하는 것이었다. 그게 당연히 비용 효과 면에서 좋지 않겠는가. 하지만 의학에서는 그게 반드시 옳지는 않았다. 여기서 모자라게 검사했을 때 감수해야 할 위험은 생명이었으니까. 차라리 얼마간 금전적인 손해를 보는 것이 훨씬 나았다.

[혈당이 300으로 올라가 있고……. 백혈구 수치도 높군요. 다행히 전해질은 크게 흔들리지는 않았어요. 오전에 나간 거에는 교정이 되어 있습니다.]

'감염에 의한 건가?'

[소견 자체는 그렇게 보이는데……. 이상하네요. 이렇게까지 극심한 감염이 갑자기 올 수도 있는 건가?]

'가능성은 열어 둬야지.'

수혁이 긴가민가한 얼굴을 하고 있을 때쯤, 대훈이 심전도 결과를 뽑아냈다. 전달을 받아 보니, 당연하게도 단순한 빈맥은 아니었다.

"대훈아······."

딱 보자마자 탄식이 흘러나왔다.

"네, 선생님."

"환자 심전도······. 이상하잖아. 일단 심초음파 해 봐야 해. 초음파 기기 끌고 와."

"아, 네."

대훈은 수혁의 말을 듣자마자 밖으로 쏜살같이 튀어 나갔다. 그와 동시에 수혁의 고개가 하윤과 따라 들어와 있던 담당 간호사를 향했다. 그러곤 지금껏 파악한 상태에 대한 처방을 남김없이 쏟아 냈다.

"일단 승압제, 강심제 투약하고······. 어딘지는 모르겠지만 감염이 의심되는 상황이니까 지금 들어가는 항생제에 레보(레보플록사신) 추가. 혹시 아직 혈액 배양 검사 안 나갔으면 지금 나가고. 요량 체크 15분마다 해 줘요. 심장 반응 없으면 에크모 받아야 되니까 연락은 해 두고."

"아······. 네!"

"알겠습니다."

우하윤은 몰라도 담당 간호사는 나름 병동 간호사로 잔뼈가 굵은 사람이었다. 처방이 없다면 또 모르겠지만, 이미 나온 처방을 수행하는 데에는 별 무리가 없었다. 머지않아 환자에게 약이 차례로 들어가기 시작했다. 수혁은 굳은 얼굴로 약의 효과를 살폈다.

[혈압……. 약간 오릅니다. 아주 좋지는 않지만.]

'그래도 오르는 게 어디냐.'

[그건 그렇죠. 아직은 에크모까지 고려할 정도는 아닌 거 같습니다.]

'좋은 일이지.'

에크모. 일명 체외막 산소 공급 장치는 그야말로 죽은 사람을 소생시키는 기적의 장치였다. 기계가 발명된 이후 여러 환자의 생존율, 특히 심근경색과 같은 급성 질환의 생존율이 급격하게 올라갔다.

하지만 그 말은, 곧 정말 죽을 가능성이 큰 환자들에게 쓰인다는 얘기이기도 했다. 기관에 따라 차이가 있긴 하지만 통계적으로 에크모를 단 환자가 생환하는 확률은 대개 절반이 채 안 되었다. 그러니 에크모를 아직 쓰지 않아도 된다는 건 무조건 좋은 일이었다.

"혈압 90입니다. 어떻게 할까요?"

"일단 이대로 좀 볼게요. 호흡은…… 당장 어떻게 될 거 같지 않으니까, 중환자실로 내리긴 해야겠어요."

물론 이게 언제까지 계속될지는 알 수 없는 일이었다. 이러다가 덜컥 부정맥이 발생할 수도 있었다.

[그럴 가능성이 농후하죠?]

'그럴 거 같지?'

[이런 환자 본 적이 있으니까요.]

'그래, 그렇지.'

그래서 수혁은 일단 심초음파까지만 하고 중환자실로 환자를 내리기로 결정했다.

"선생님 그럼 일단 이건 제가 짜겠습니다!"

"아, 그래 줄래?"

"네. 선생님은 초음파도 보셔야 하고……. 할 게 많으시잖아요."

"어, 그래, 그럼. 고마워."

그 말에 하윤은 수혁에게서 인공호흡 주머니를 건네받았다. 이 정도는 이미 많이 해 봤는지, 상당히 능숙했다. 심지어 분당 호흡수도 적절하게 맞춰 주고 있었다.

수혁이 안심했다는 얼굴로 고개를 끄덕이고 있으려니, 아까 뛰어갔던 대훈이 초음파 기기를 끌고 안으로 들어왔다. 원래 이 병동에는 초음파 기기가 없었을 텐데, 마침 누가 사용한 모양이었다.

"금방 왔네?"

"네. 순환기 펠로우 선생님이 협진 때문에 이걸 올려놓으신 모양입니다."

"아직 사용은 안 하셨고?"

"그건 모르겠습니다. 그냥 있어서 들고 왔습니다. 병동엔 말해 뒀고요."

"음, 그래 뭐. 금방 보면 되겠지."

펠로우면 대훈은 물론이고 수혁보다도 훨씬 위였다. 어찌 됐건 전문의였으니까. 그런 사람의 의견을 묻지 않고 물건을 가로챈다는 것은 아무래도 좀 켕기는 일이었다.

하지만 지금은 눈앞의 환자가 더 중요했다. 우물우물하다가 결정적인 타이밍을 놓칠 수도 있었다. 이미 망할 놈의 서효석 때문에 많은 시간을 지체하기도 했다.

"자, 그럼 한번 볼까."

수혁은 즉시 환자의 웃통을 까고는 초음파 프로브를 가슴에 가져다 댔다.

"어우."

그와 동시에 수혁의 입에서 탄식 비슷한 소리가 터져 나왔.

'너무 약한 거 같은데?'

[좌심실의 출력이 정상 대비 대략 24% 정도밖에 되지 않습니다. 어디를 꼭 짚어서 말하기도 힘들 정도로 전체적인 위약이

관찰됩니다.]

'역시……. 스트레스에 의한 심근병증일까?'

[네. 원인은 불명이지만, 심장은 그렇습니다.]

'그럼 다시 알코올에 의한 급성 중독도 가능성이 있겠네.'

[음……. 네. 그때 심장이 망가졌다면 가능한 얘기가 됩니다.]

'망할.'

최대한 가능한 진단명을 줄이려고 검사를 한 건데 오히려 더 많아져 버린 상황이었다. 하지만 마냥 인상을 찌푸리고만 있을 수는 없었다. 다른 이들은 수혁의 속마음을 읽어 낼 수 없었으니까. 뭐가 되었건 대훈과는 같은 팀이었기 때문에 의견을 공유해야만 했다. 거의 끌고 가는 느낌의 팀이긴 했지만, 그래도 팀은 팀이지 않은가.

"좌심실 움직임이 크게 떨어져 있어. 원인은 불명이지만…… 일단 스트레스성 심근병증으로 생각되고……. 역시 중환자실로 내리긴 해야겠어. 환자 저혈압은 심장 때문이야. 요량 체크 됐나?"

그래서 되도록 자세히 자신이 본 소견에 대해 읊어 주었다. 마지막에는 아까 지시했던 바를 확인하면서였는데, 다행히 병동 간호사가 시니어라 체크가 되어 있었다.

"시간당 50은 나옵니다!"

"그럼 아직은 괜찮네. 혈압이 그렇게 낮았던 거치고는…….

아무튼, 내려갑시다."

요량, 즉 소변의 양은 괜찮은 수준에 머물고 있었다. 보통 이런 식의 저혈압, 즉 쇼크 상태에서 제일 먼저 나가는 것이 신장임을 감안한다면 상당히 긍정적인 소견이었다.

'좋아.'

수혁은 환자의 당뇨가 정말로 잘 관리되고 있었겠다는 생각을 하면서 병실 바깥쪽으로 시선을 옮겼다. 바로 환자를 빼기 위함이었는데, 거기 누가 서 있었다. 현재 이현종 밑에서 열심히 펠로우 생활을 하고 있는 김 선생이었다. 미안한 얘기지만 이름은 잘 기억나지 않았다. 그렇게까지 두드러지는 사람은 아니었기 때문이었다.

'이수혁……'

그와는 반대로 김 선생은 수혁을 너무 잘 알고 있었다. 정작 펠로우는 자신인데, 이현종이 싸고도는 건 저 망할 놈의 수혁이니 그럴 수밖에 없었다.

'원장님 아들……'

그냥 아들이기만 하면 시원하게 욕이라도 한 사발 했을 텐데, 저놈은 그런 것도 아니었다.

'뭔 레지던트가 심초음파를 이렇게 완벽하게 보지?'

솔직히 말하면 아직 펠로우 1년 차에 불과한 김 선생보다 나은 것 같았다. 그 까다롭기로 유명한 이현종이 자기 환자들 심초음파를 믿고 맡길 정도니 어찌 보면 당연한 일이기도 했다.

"아, 선생님. 안녕하세요."

"어, 그래……."

게다가 수혁은 별로 잘난 척하는 구석도 없었다. 김 선생은 만약 자신이 2년 차 때 저 정도로 실력이 있었다면 어땠을까를 떠올리며 씁쓸한 미소를 지어 보였다.

"너무 급해서 심초음파 기기에 대해 미리 말씀도 못 드리고 사용했습니다. 죄송합니다."

심지어 원장 아들이라는 초월적 지위도 써먹지 않았다.

'시발 놈.'

차라리 인성이라도 좀 개차반이었으면 좋았을 텐데. 이런 상황에서 뒷담화를 까게 된다면 욕을 먹는 건 도리어 김 선생 자신일 터였다. 그는 간신히 평정을 되찾은 채 허허 웃었다.

"아냐, 뭐. 괜찮아. 이 환자가 더 급해 보이는데."

"이해해 주셔서 감사합니다."

"그래……. 그럼 환자 잘 봐라……."

"네. 선생님."

그러곤 수혁에게서 심초음파를 받아 쓸쓸히 사라져 갔다. 잠시 후 그의 뒷모습을 바라보던 바루다가 한마디 툭 내던졌다.

[어차피 수혁은 순환기내과에 가지도 않을 건데……. 저 혼자 경쟁의식을 불태우다가 제풀에 나가떨어진 느낌이군요.]

'그러니까. 그래도 뭐, 이 정도 대응한 거면 잘한 거지?'

[네. 언제나 느끼는 거지만, 수혁은 정말 연기력이 우수합니다. 어떻게 이토록 감쪽같이 좋은 사람 흉내를 내는지.]

'원래 착하거든?'

[진짜 착한 사람은 그런 말 자기 입으로 하진 않을 겁니다.]

'아오.'

[일단 환자부터 내리죠. 신장이 괜찮긴 하지만, 그래도 여전히 상태는 별로입니다.]

'알았어.'

수혁은 언짢은 마음을 뒤로하고 발걸음을 옮기기 시작했다. 바루다의 말이 얄밉기는 해도 틀리진 않았기 때문이었다. 스트레스성 심근병증은 급성기만 넘기면 대개 좋아지지만, 그 급성기를 넘기는 것이 상당히 어려웠다. 언제 어디로 튈지 알 수 없었다.

그래서 수혁과 대훈 그리고 하윤은 서둘러 중환자실로 향했다. 사실 대훈이나 하윤은 대체 왜 서둘러야 하는지 정확히 알지는 못했지만, 그들이 반쯤 신처럼 떠받드는 수혁이 그러고 있으니 잠자코 따를 뿐이었다.

"일단 벤틸레이터 세팅은 내가 했고. 승압제랑 강심제도 약속 처방으로 다 넣어 놨거든?"

수혁은 여전히 자신을 우러러보고 있는 대훈을 보며 입을 열었다. 그는 방금 그가 말했던 대로 중환자실 세팅을 완벽하게 마쳐 둔 상태였다. 덕분에 대훈은 중환자실 환자 보는 것이 처음이었음에도 고개를 끄덕일 수 있었다.

"네, 선생님."

"오늘 밤에 별 연락이 가거나 하진 않을 거야. 그래도 혹시 연락 오면 너 혼자 끙끙대지 말고 그냥 바로 콜해. 나 어차피 병원에서 자는 거 알지?"

"네. 선생님."

수혁은 당직이거나 그렇지 않거나 늘 병원에서 지내고 있었다. 쓸데없이 원룸 살아 뭐 하겠는가. 따박따박 월세만 나가지. 그보다는 관리비 안 내도 사시사철 뜨거운 물 나오는 병원 당직실이 최고였다.

"그럼, 내일 보자."

"네, 선생님."

수혁은 아래 연차 입장에서 보면 참으로 든든할 법한 말을 남긴 채 중환자실을 나섰다. 그러곤 거의 자기 방처럼 쓰고 있는 당직실로 향하려는데, 누군가 급히 따라붙었다. 고개를 돌려 보니 하윤이었다. 처음 병원에 들어왔을 땐 거의 거지꼴이더니, 그래도 지금은 인턴 생활도 조금 익숙해졌는지 멀끔한 모습이었다. 심지어 머리를 아침에 감은 거 같았다. 샴푸 냄새가 나는 걸 보면 알 수 있었다.

"선배님."

"응."

수혁은 그런 하윤의 모습에 당황한 나머지 단답형으로 대했다. 그러자 어김없이 바루다의 태클이 들어왔다.

[일부러 싸가지 없게 보이려고 짧게 하는 거예요?]

'아, 아니.'

[그럼 좀 제대로 답해요. 제가 볼 때……. 우하윤 같은 사람 아니면 수혁은 아예 연애할 기회가 없을 겁니다.]

'그거 좀 실례되는 말 아니냐?'

[사실이 그런걸요. 제 데이터 분석은 점점 더 정확해지고 있습니다. 정확히 수치로 말씀드리자면…….]

'닥쳐. 아니, 닥쳐 주세요.'

수혁은 간신히 바루다의 반란을 제압한 후, 뒤늦게 최대한 친절한 미소를 지으며 하윤을 바라보았다. 불행인지 다행인지 하윤은 수혁의 짧은 대답을 별로 신경 쓰지 않는 듯했다.

"아까 너무 환자 얘기만 하느라 제대로 인사를 못 드린 거 같아서요."

"아……. 그래. 잘 지냈어? 이번 달 내과 인턴인가 보네?"

"네. 덕분에요. 다들 잘해 주셔서요. 응급실도 그렇고."

"그, 그래? 털보도?"

"네. 되게 잘해 주셨어요. 악마라길래 걱정했는데."

"허……."

수혁은 별명이 악마가 아니라, 그냥 악마 그 자체였던 털보를 떠올렸다.

'그 양반……. 이쁜 인턴한테는 잘해 준다고 하더니…….'

[수혁, 하윤은 그냥 이쁜 인턴이 아니라 로열에 1등 졸업자입니다. 수혁하고는 아무래도 여러모로 다르죠.]

'아까부터 자꾸 팩트로 패네. 뭐 삶에 불만이라도 생겼냐?'

[아뇨, 그냥 사실을 말할 뿐입니다.]

하윤은 수혁의 넋 나간 얼굴을 잠시 바라보고 있다가, 급히 자신의 호주머니를 뒤적거렸다.

"아, 네. 네. 지금 갈게요."

무슨 일이 내려온 모양이었다. 내과 인턴에게는 무척 흔한 일이니, 딱히 놀랄 것도 없었다.

"바쁘구나. 고생해. 이번 달 안에 밥이나 같이 먹자."

"네, 감사합니다. 선배님!"

수혁은 쿨하게 인사를 건넸고, 하윤 또한 쿨하게 달려 나갔다. 수혁은 잠시 그녀의 뒷모습을 바라보고 있다가 이내 바루다를 향해 물었다.

'근데 말이야.'

[우하윤과 잘될 확률을 묻는 거라면 아직은 시기상조라고 답하겠습니다.]

'그거 아니거든?'

[그럼 뭔데요?]

'근데 진짜 시기상조야?'

[네.]

'음.'

수혁은 잠깐 더 침묵을 지키고 있다가 다시 입을 열었다.

'방금 그 환자 말이야.'

[휴, 환자 얘기네. 네.]

'이유가 뭘까? 스트레스성 심근병증이 온 이유 말이야. 아까 엑스레이……. 중환자실에서 다시 찍은 거 봐도 폐렴은 아닌 거 같은데.'

[그건…… 그건 아직 저도 모르겠습니다. 시간을 두고 찬찬히 봐야 할 거 같습니다.]

'시간 있겠지?'

[지금까지 경과를 봐서는요.]

부우웅. 모두가 잠든 시각, 수혁의 핸드폰이 사정없이 울려 대기 시작했다. 그나마 다행인 것은 수혁이 쓰는 당직실에는 참 이상하게도 다른 사람들이 아예 오지 않는다는 점이었다.

덕분에 수혁은 혼자 깨어날 수 있었다.

"어, 씨……. 몇 시지."

비몽사몽간에 핸드폰을 집어 보니 새벽 세 시였다. 수혁은 그제야 자신이 정말 단기 연수에서 태화의료원으로 돌아왔다는 사실을 절감할 수 있었다.

'거기가 좋았지.'

무려 한 달 동안이나 새벽에 깨어나는 일 없이 숙면을 취하지 않았던가. 병원에 있을 때야 언제고 일어나는 게 당연했었지만, 계속 자다 보니 지금 이 상황이 당황스럽게만 느껴졌다.

[전화받아야죠. 뭘 멍때리고 있습니까?]

하지만 바루다는 달랐다. 이놈은 전화가 오는 즉시 병원 모드로 바뀐 듯했다.

'알았다…….'

덕분에 수혁도 정신을 차리고 전화를 받을 수 있었다.

"서, 선생님!"

딱 받자마자 하윤의 다급한 목소리가 들려왔다. 이상한 일이었다. 인턴한테 콜이라니. 만약 황선우였다면 전후 사정을 묻기 전에 덮어놓고 화를 냈을 테지만, 수혁은 그럴 수가 없었다.

'내가 너무 좋다고 전화한 건 아니겠지?'

[미, 미친 소리란 건 스스로 알고 계시죠?]

일단 하윤에 관한 감정이 워낙 좋았기 때문이었다.

'장난이지, 인마.'

[부디 그러길 바랍니다.]

'아무튼, 뭔 일일까. 아까 그 환자인가 설마.'

그에 더해 수혁은 어찌 되었건 간에 좋은 의사였다. 환자를 생각할 줄 아는 그런 의사란 뜻이었다. 대꾸하는 수혁의 목소리에도 얼마간 다급함이 묻어 있었다.

"어, 당직실 나가고 있어. 뭔데?"

"아까……. 아까 중환자실로 내렸던 환자 혈압이 떨어집니다!"

"혈압이? 대훈이는 와 있어?"

"네! 아까부터 와 있기는 한데…….."

하윤은 환자 앞에서 어쩔 줄 몰라 하고 있는 대훈을 돌아보았다. 미안하지만 위 연차라는 느낌보다는 그냥 보호자라는 느낌이 훨씬 강했다. 솔직히 말해서 전혀 믿음직스럽지가 못했다.

"어, 그래. 무슨 뜻인지 알았어. 지금 달린다. 너는 이거 끊으면 바로 흉부외과 콜해. 에크모 얘기는 내가 아까 꺼내 놨으니까, 아마 이름 말하면 바로 오긴 할 거야."

"네, 선생님!"

오히려 전화기 너머에 있는 수혁이 훨씬 더 의지가 되었다. 하윤은 아까보다 훨씬 더 씩씩한 목소리로 대답하고는 전화를 끊었다. 그와 동시에 수혁은 부지런히 지팡이를 짚고 내달리기 시작했다. 그래 봐야 다른 사람 빠른 걸음 수준이기는 했지만,

그래도 그냥 걷는 거보다는 나았다.

'혈압이 떨어지는 간……. 심장이 버티지 못한다는 뜻인데.'

[단순 알코올 급성 중독만으로 이 정도로 심한 스트레스성 심근병증이 오긴 힘들 텐데요.]

정말 미친 듯이 먹었으면 모르겠지만, 기록에 따르면 환자는 고작해야 소주 두 병 정도 마신 참이었다. 물론 사람마다 간에서 해독할 수 있는 수준에 차이가 나기는 하는데, 그렇다고 해도 절대적인 양이 좀 적었다.

'뭔가 다른 이유가 있을 거다, 이거야?'

[확신할 수는 없지만, 가능성은 있죠. 가령 구토에 의한 폐렴이라든지?]

'근데 엑스레이상 폐부종 정도만 있던데. 청진 소견도 폐렴이라기엔…….'

[그것도 그렇네요. 뭘까요?]

'아직 감이 전혀 오질 않는데…….'

[일단은 가 보죠.]

사실 가 본다고 해서 당장 뭐가 나올 거 같진 않았다. 지금 가 봤자 어차피 에크모만 달고 있지 않겠는가. 하지만 안 가면 아예 하나도 알아낼 것이 없을 터였다. 혹 에크모가 늦어지기라도 한다면 그동안 연명시킬 수 있는 사람은 수혁뿐이기도 했고. 따라서 수혁은 최대한 빨리 중환자실로 향했다.

"아, 선생님!"

아직 흉부외과가 도착하지는 않은 모양이었다. 하윤이나 대훈 모두 손가락만 빨고 있는 것을 보면 알 수 있었다.

"어, 환자는?"

수혁은 반갑게 인사를 받아 주는 대신 일단 상태에 관해서 물었다. 다행히 대훈은 스스로가 수혁의 팬클럽임을 자처하고 있는 만큼, 1년 차 중에서는 그래도 좀 나은 편이었다.

"한 시간 전까지만 해도 혈압이 90에 60 정도로 유지되다가 이완기 혈압이 50 밑으로 떨어지더니 지금은 40? 그 미만으로 잡힐 때도 있습니다."

"에이라인(동맥 혈압)으로 잰 거야?"

"네. 실시간으로……."

"그럼 신뢰할 만한 상황인데. 흉부외과에서는 온다고 했지?"

"네. 달려오는 중입니다."

"그럼……."

수혁은 잠시 고민에 빠졌다. 여기서 강심제나 승압제를 쓰게 된다면 반응이 있을 수도 있겠지만, 심장 자체에 더 무리를 줄 수 있을 터였다. 어차피 혈압이 아예 확 떨어진 건 아니니, 조금은 버텨 보는 것이 더 나을 수도 있었다.

전신 위약

"심초음파 혹시 있니?"

"네. 미리 준비해 두었습니다."

"잘했다."

수혁은 일단 지금 상황에 대해 정확히 파악하기로 결심했다.

[좋은 판단인 거 같습니다.]

바루다 또한 같은 의견이었다. 어차피 에크모를 달 것이라면 그 전에 심장이 어떤 상태였다는 걸 알아 두는 것이 추후 예후 예측이나, 치료 방침 설정에 도움이 될 테니까.

"흠."

그렇게 심장 초음파를 가져다 댄 수혁의 얼굴이 즉시 일그러졌다.

'거의 움직임이 없어졌어……. 특히 좌심실 하부는……. 이거 경색은 아니겠지, 설마?'

[아뇨. 경색이라고 하기엔 심전도 소견이 너무 다릅니다.]

'아, 그렇긴 하네. 그럼 역시 스트레스성 심근병증이 확 심해졌다고 봐야겠어.'

[이상한 일 아닌가요? 알코올이라면 원인이 확실하게 제거된 상황인데.]

전에 보았던 루푸스에 의한 심근병증과는 아예 다른 상황이라고 보면 되었다. 루푸스는 원인 제거가 불가능한 데 반해 급성 중독은 원인을 즉시 제거할 수 있었고, 그 때문에 지금과 같이 심각한 형태의 심근병증으로 이어지는 경우가 많지 않았다.

"환자는? 아, 저기! 에크모 달겠습니다!"

수혁이 잠시 고민에 빠져 있는 사이, 흉부외과팀이 도착했다. 에크모에 있어서는 완전 베테랑들이었기에 수혁은 황급히 옆으로 비켜서 주었다. 현대 의학은 너무 방대하고 또 깊은 발전을 이루어서 제아무리 뛰어난 의사라도 혼자서 모든 것을 할 수는 없었다. 그러니 지금 수혁이 해야 할 것은 고민이었다. 대체 무엇이 이 환자를 이렇게 만들었는가에 대한 고민.

'아무리 그래도 알코올이 아예 영향이 없었을 거 같진 않아.'

[제 의견도 같습니다. 알코올이 어떤 식으로든 환자의 증상 악화에 기여했을 가능성이 큽니다.]

단독 원인은 아니겠지만, 적어도 방아쇠 역할은 했을 거란 뜻이었다. 자연히 알코올이 어떤 증상을 일으키고, 또 어떤 증상을 악화시킬 수 있는지 토의가 이어졌다.

'알코올에 급성 중독이 되면······.'

하지만 알코올은 상당히 여러 가지 증상을 일으키는 존재였다. 어느 것 하나를 꼭 집어내기는 어려웠다. 약간의 제한이 필요했다.

'일단 심혈관계부터 떠올려 보자.'

[심장 박동이 빨라지죠. 하지만 혈관이 이완되니······. 혈압이 오히려 떨어질 수 있죠.]

전신 위약

역설적인 상황이라고 보면 되었다. 심장은 빨리 뛰게 되는데 혈압은 떨어진다니. 왜 술 먹고 심근경색이 잘 발생하는지에 관해서는 그리 깊은 사유가 필요 없을 정도로 당연한 일이었다.

'그리고 소화기관은?'

[피부 표면의 혈관으로 혈류가 몰리므로 소화가 안될 수 있습니다. 직접적인 영향으로 인해 위산 과다 또는 구역, 구토를 유발할 수 있죠.]

'원래 이런 증상을 가지고 있는 만성 질환이 있을까?'

[원래 심장이 빨리 뛰고, 구역이나 구토를 유발할 수 있는 만성 질환이요?]

'응. 그런 질환.'

수혁은 환자의 몸에 에크모가 삽입되는 것을 지켜보며 계속해서 대화를 이어 나갔다. 그의 질문이 그렇게 녹록한 것은 아니었기 때문에 바루다는 잠시 침묵을 지켜야만 했다.

'일단 갑상선 기능 항진증도 가능하긴 하지 않아?'

[아, 그렇군요. 음.]

그에 반해 정작 질문을 던진 수혁은 거침이 없었다. 애초에 그런 방향으로 의심을 하고 있었기에 그러했다. 하지만 그렇다고 해서 반드시 옳다는 건 또 아니었다.

[하지만 아까 심초음파를 하면서 경동맥과 경부도 긁었지 않습니까? 그때 갑상선은 정상이었습니다.]

'그랬지, 참. 음. 정상이었어.'

물론 모양이 정상이면서 갑상선 항진 증세를 보이는 경우도 아예 없는 건 아니었다. 하지만 이렇게까지 심한 증세를 일으키려면 아주 약간은 변화를 보이긴 해야 했다. 그러니 갑상선 질환은 일단 기각이었다. 그것 외에는 딱히 머릿속에 떠오르는 질환이 없었기 때문에 둘은 잠시 침묵에 잠겼다.

"휴. 다 됐어. 그래도……. 빨리 부른 덕에 환자가 당장 어떻게 되진 않겠네."

아니, 잠시가 아니라 상당히 긴 침묵이었다. 무려 흉부외과 팀에서 에크모를 다 달 때까지도 유지가 되었으니까. 제아무리 베테랑들이라고 해도, 에크모는 그렇게 만만한 술기가 아니지 않은가.

"주치의 선생님?"

"아, 네. 접니다."

흉부외과의 부름에 안대훈이 즉시 달려 나갔다.

"지정의가……. 아, 서효석 교수님이구나."

흉부외과는 안대훈에게 고개도 돌리지 않은 채로 차트를 살피다가, 서효석이라는 이름을 발견하고는 고개를 절레절레 저어 댔다. 혀를 쯧쯧 차기도 했다.

"아예 우리한테 환자 넘길래요? 그게 나을 거 같은데."

그러곤 무척 관대한 제안을 해 왔다. 이렇게 어렵고 까다로운 환자를 받아 가겠다니. 정말이지 살신성인이라는 말이 떠오르는 순간이었다. 하지만 어떻게 생각해 보면 또 당연한 일이긴 했다. 일단 흉부외과를 택한 사람 아니던가. 어지간한 사명감으로는 걷기 어려운 길을 걷고 있는 사람이라는 뜻이었다. 환자를 생각하는 마음이 어마어마할 수밖에 없었다.

"어……."

제안을 듣는 즉시 대훈은 수혁을 바라보았다. 원래 같으면 지정의인 서효석에게 전화를 걸든 해야겠지만, 솔직히 말해서 그럴 필요는 전혀 없을 거 같았다. 그 인간은 환자 안 볼 수 있다는 말만 하면 무조건 좋아할 테니까. 같은 내과라는 게 창피했지만, 사실이 그러한데 뭐 어쩌겠는가.

"선생님, 어쩌죠?"

따라서 대훈에게 중요한 것은 수혁의 의견이었다. 심지어 흉부외과에서 보기에도 그런 것 같았다. 이수혁은 단순한 레지던트가 아니지 않은가. 그가 지금까지 보여 준 것을 모아 놓으면 어지간한 교수조차 따라가기 어려울 지경이었다.

'음. 어쩐다? 갑상선이 아니라면……. 사실 내분비내과에서 볼 이유는 없을 거 같은데.'

[사실 서효석보다는 흉부외과가 잘 보긴 할 겁니다. 하지만…….]

'하지만 뭐?'

[갑상선 얘기를 듣기 전까지는 별생각 없었는데, 그 얘기를 듣고 나니까 뭔가 내분비 질환인 거 같긴 해서요.]
　'그래? 이런 증상을 일으킬 수 있는 게 뭐가 있는데?'
　수혁은 그런 말을 듣고서도 갑상선 말고는 딱히 다른 것을 떠올리지 못했다. 하나 이번에는 바루다가 뭔가 확신을 갖고 있었다.
　[내분비 기관의 종양 쪽으로 넘어가면 몇 가지 짚이는 것이 있지 않나요?]

종양은 어디에나

'종양?'

[그래요. 종양. 갑상선에서도 처음 의심했던 건 역시 종양 아닙니까?]

'그건…… 그렇지.'

갑상선 종양이라고 해서 다 암인 건 당연히 아니었다. 오히려 암이 아닌 종양이 훨씬 더 많았다. 그중 태반은 별 기능이 없는 것들이긴 했지만, 일부는 갑상선 호르몬을 과다하게, 더 정확히 말하자면 조절을 받지 않고 막무가내로 내보내는 놈들이 있었다.

[갑상선 말고 다른 걸 한번 생각해 보시죠.]

'넌 대강 알고 있구나?'

[알고 있죠.]

'흠.'

아마 예전 같았으면 이럴 때 마냥 빨리 알려 달라고 졸라 댔을 터였다. 하지만 지금은 아니었다. 일단 급하진 않은 상황이니까. 에크모를 달기 전이었다면 몰라도, 지금은 달지 않았던가. 적어도 하루 이틀은 번 셈이었다. 다만 눈앞에서 기다리고 있는 흉부외과 의사를 너무 오래 기다리게 하고 있다는 것만 마음에 좀 걸릴 뿐이었다.

"아, 저 잠시 기기 세팅 한 번만 더 살펴보겠습니다."

"그러시죠."

다행히 흉부외과 의사는 잠깐 수혁을 바라보고 있다가 에크모를 향해 걸어갔다. 얼마간의 시간을 번 셈이었다.

'범위를 넓혀라, 이거지. 흠.'

수혁은 그렇게 번 시간을 허투루 쓰는 대신 사고를 뻗어 나가기 시작했다. 우선 심장을 빨리 뛰게 할 수 있는 호르몬들부터 떠올렸다.

'갑상선이 있긴 하지만 일단 이건 아니고. 그렇다고 갑상선 자극 호르몬도 아닐 거야.'

우리 몸의 호르몬은 아주 복잡한 체계를 통해 항상성을 유지하고 있다. 대강이나마 설명하자면, 우리 몸의 갑상선 호르몬이 부족하면 그걸 더 만들라는 신호가 되는 갑상선 자극 호르몬이 분비되고, 이를 통해 갑상선 호르몬이 만들어지는 시스템이었다. 즉 갑상선 자체에 종양이 없더라도, 갑상선 자극 호르몬을 막무가내로 만들어 내는 종양이 있다면 체내에 쓸데없이 많은 갑상선 호르몬이 만들어질 수 있다는 뜻이었다.

다만 이런 상황이라면 대개 갑상선이 정상보다 커져 있기 마련이었다. 환자는 정상이었던 데다가, 바루다 또한 갑상선은 아니라고 단언한 바 있지 않은가. 수혁은 그 범위를 좀 더 넓혀 보았다. 다행히 우리 몸에서 심장 박동수를 높이는 역할을 하는 호르몬은 그리 많지 않았다.

'그럼……. 설마 부신인가?'

이미 수많은 데이터를 쌓아 올린 바 있는 수혁은 금세 관련된 장기를 떠올릴 수 있었다. 바루다는 상당히 대견하다는 듯한 얼굴로 고개를 끄덕였다.

[그래요. 부신에 생길 수 있는 종양 중 하나죠.]

'갈색세포종? 아, 그러고 보니……. 증상이 어느 정도 맞아떨어지긴 하는데.'

[어느 정도가 아니라 아귀가 딱딱 맞아떨어집니다. 아까도 보십시오. 심장이 그 지경인데, 심장 박동수 자체는 처지지 않았습니다. 누군가 강제로 뛰게 하고 있다는 뜻이죠.]

'그래, 네 말이 맞아. 확인해 볼 필요가 있겠어.'

마침 흉부외과 의사가 '이젠 대답해 주겠지.' 하는 얼굴을 하고서 다시 돌아오고 있었다. 사실 저쪽은 펠로우고 이쪽은 레지던트라 서로 대화를 나누기에는 체급이 맞지 않았지만, 흉부외과 의사는 수혁이 원장의 아들이라는 사실을 충분히 높게 사주고 있었다.

"결정하셨나요?"

따라서 여전히 예의 바른 태도로 물었다. 당연히 데려가라고 하겠지 하는 표정을 지어 가면서였다. 하지만 수혁은 그의 예상과는 달리 고개를 가로저었다.

"아뇨. 환자 심장 원인이……. 아무래도 내분비 질환이 맞는 거 같습니다."

"그래요? 응급실에서 당뇨에 의한 케톤 혈증이나……. 뭐 이런 건 배제한 거로 알고 있는데요?"

흉부외과 의사는 고개를 갸웃거렸다. 그뿐만이 아니라 옆에 있던 대훈이나 하윤 또한 마찬가지였다. 이제 이 환자는 내과 손을 완전히 떠났다고 생각하고 있었기 때문이었다.

"네, 그런 질환은 아닙니다."

"게다가 지금 이 환자에서 제일 문제가 되는 건……. 스트레스성 심근병증이지 않습니까? 심장 쪽에 대한 관리라면 저희가 나을 거 같은데요?"

예상과 다른 답에 흉부외과 의사는 평정을 잃고 있었다. 역시 이현종하고 연관된 놈들하고는 말을 섞지 말라고 했던 교수님 말도 떠오르기도 했다.

"아, 그거에 대해서 부정하는 건 아닙니다. 에크모도 달아 주셨고요."

"그럼 대체 왜 전과를 안 하시는 거죠? 제가 볼 때 내분비 쪽 원인을 의심할 만한 근거가 없는 거 같은데."

"아뇨, 그건 아닙니다. 스트레스성 심근병증을 일으킨 원인은 아마도 내분비 질환일 가능성이 아주 큽니다."

"이수혁 선생님. 선생님이 여기 안대훈 선생한테 갑상선이 정상이니, 알코올 원인이 아니라면 아예 원인 불명이거나 기타 감염일 가능성이 크다고 하지 않았습니까? 기록에 다 나와 있던데요?"

에크모라는 게 달아 달라고 해서 딱딱 다는 물건은 아니지 않은가. 그걸 부탁한 사람이 아무리 수혁이라고 해도 마찬가지였다. 아니, 원장 아들이 아니라 원장 본인이 요청한다고 해도 그랬다. 따라서 달기 전에 흉부외과 쪽에서도 충분히 기록을 검토해 놓았다. 그 기록을 보아 하니, 딱히 내과 쪽에서는 손쓸 도리가 없는 듯해서 전과하라는 얘기를 한 것이었다. 그러니 지금 흉부외과 반응은 어찌 보면 당연한 거라고 할 수도 있었다. 그래서 수혁은 별로 기분 나빠 하는 기색도 없이 그저 웃어 버렸다.

"그땐 그렇게 생각했습니다."

"그땐? 지금 에크모 단 지 얼마 되지도 않았는데……. 그새 생각이 바뀌셨어요?"

"내과적 추론이라는 게 그렇지 않습니까? 갑자기 진전될 때도 있는 법이죠."

"내과적…… 추론?"

흉부외과 의사는 너무나도 당당한, 그러면서도 무례하지는 않은 수혁을 어찌 대해야 할지 헷갈리기 시작했다. 분명 레지던트 2년 차에 불과하다는 걸 아주 잘 알고 있었지만, 어쩐지 교수라도 마주하고 있는 듯한 착각이 일었다.

'입 한번 털어 줄까?'

[그래야 납득하고 돌아갈 거 같은데요? 뭐 에크모 달아 줬으니, 들을 권리가 있긴 하죠.]

'오케이.'

물론 수혁의 머릿속에서는 고상함과는 다소 거리가 먼 대화가 이어지고 있었지만, 수혁의 연기력에 의해 표정만큼은 진중함을 이어 나가고 있었기에 흉부외과 펠로우는 이러한 사실을 결코 눈치챌 수 없었다.

"이 환자는 술을 먹고 이 모든 증상이 발생한 겁니다. 그렇죠?"

"그, 그렇지."

펠로우는 힐끔 환자 쪽을 바라보았다. 자랑은 아니지만, 에크모는 정말이지 잘 연결된 상황이었다. 그냥 저대로만 두고,

아무 처치도 하지 않더라도 한동안은 괜찮을 터였다.

"즉 술이 방아쇠 역할을 한 겁니다. 하지만 술이 제거된 상황에서도 환자의 질환은 아주 빠르게 진행됐습니다. 술은 방아쇠 역할을 했을 뿐, 궁극적인 원인은 아니었다는 뜻이 되죠."

"그……. 음. 그렇지."

펠로우는 간신히 '그런가?'라는 멍청한 반응을 집어삼켰다. 그사이 수혁은 계속해서 말을 이어 나갔다. 즉석에서 꺼내 놓기 시작한 얘기라기엔 지나치다 싶을 정도로 잘 정돈돼 있었다. 옆에 있던 대훈이나 하윤은 물론이고, 담당 간호사들마저 넋을 놓고 그의 이야기에 빠져들기 시작했을 지경이었다.

"그렇다면 술의 부작용과 비슷한 역할을 하는 질환이 원인이 되었을 거라고 추론해 볼 수 있습니다. 여기까지 따라오셨죠?"

"어? 어. 그래. 그렇겠네."

펠로우는 수혁이 정말 레지던트가 맞나 의심할 생각조차 하지 못하고, 그저 설명을 따라가기에 바빴다.

"아시다시피 술은 우리의 심장을 더 빠르게 뛰게 만듭니다. 그럴 수 있는 질환 중엔 갑상선 질환들이 있죠. 정확히 말하자면 기능 항진증이나 갑상선 호르몬을 분비하는 선종 또는 갑상선 자극 호르몬을 분비하는 뇌하수체 선종 같은 것들이 있을 수 있겠습니다."

"어……."

펠로우는 언젠가 학생 시절 들어 보았던, 이제는 아득한 추억이 되어 버린 질환명들을 떠올렸다.

'그런 게 있긴 있었지.'

이런 생각을 하느라, 아까 수혁이 자기 입으로 갑상선은 깨끗하다고 했던 것조차 까맣게 잊어버렸다. 딱히 그를 탓할 수 있는 일은 아니었다. 대훈이나 하윤 또한 수혁의 말을 머릿속으로 정리하느라 그저 고개를 끄덕이고만 있었으니까.

"하지만 제가 초음파로 본 결과 갑상선은 깨끗했습니다. 즉 갑상선이 원인은 아니라는 뜻이죠. 뭔가 다른 질환이 있다는 뜻입니다."

"음. 다른 질환?"

"네. 갈색세포종이 있을 수 있죠."

"아. 갈색세포종······."

갈색세포종은 이름이 무척 낯설겠지만, 적어도 태화의료원처럼 큰 병원에서는 그렇게까지 드물진 않은 병이었다. 그 질환의 특성상 흉부외과 측에서 이 질환을 앓고 있는 환자를 보게 될 가능성도 상당히 컸다.

"갈색세포종은 교감신경을 활성화시키죠. 즉 지금 이 환자에게서 관찰되는 빈맥도 설명됩니다. 알코올 섭취 후 증상이 악화된다는 보고도 상당수 있었고요. 그 알코올 섭취를 제거한 이후에도 증상이 진행한 것에 대한 설명도 됩니다."

"아……. 가능성이……. 가능성이 있겠어."

"네. 그래서 내분비내과에서 계속 보고자 합니다. 그래도 될까요?"

"무, 물론이죠. 그럼……."

"그래도 에크모에 관해서는 흉부외과 쪽에서 계속 보아주셨으면 좋겠습니다. 부탁드려도 될까요?"

"그, 그래. 그렇게 하죠. 음. 그럼……. 저는 이만……."

펠로우는 적지 않게 당황한 얼굴로 후다닥 중환자실을 빠져나갔다. '애기나 들어 보고 성깔을 낼걸.' 하는 후회가 강하게 밀려온 탓이었다. 다행히 수혁에게 딱히 탓할 생각이 있는 거 같아 보이진 않았지만, 그래도 민망한 건 민망한 것이었다.

"와……. 진짜. 진짜 그렇네요?"

"정말 대단하세요. 아니, 어떻게 보지도 않고 여기까지 의심할 수 있는 거죠?"

반면 수혁의 팬클럽, 그러니까 대훈과 하윤은 거의 뭐 반쯤 혼이 나간 얼굴이었다.

"어떻게 이러지?"

"진짜 천재세요. 아니, 천재라는 말도 부족해."

이대로 두면 영원히 칭찬이 계속될 거 같았다. 물론 수혁이나 바루다나 둘 다 칭찬을 마다하는 성격은 아니었지만, 될 수 있으면 교수한테 듣는 게 좋지 아랫사람한테 계속 듣고 싶진 않았다.

"그만, 그만. 아직 확인은 해 봐야 해."

"아. 어떻게…… 하죠?"

"제일 좋은 건 CT겠지만, 그건 좀 어렵지."

"에크모를 달았으니까요. 아마 안 될 거 같습니다."

반드시 필요하다고 하면 찍는 것도 가능하긴 했다. 하지만 여러 가지로 성가셨고, 또 환자에게 안 좋은 영향을 줄 수 있었다.

"초음파를 보자."

"네? 복부도 볼 수 있으세요?"

수혁은 초음파를 보기로 결정했다. 수혁이라면 모든 것을 다 할 수 있을 거라 굳게 믿고 있는 대훈은 아주 당연하게도 또다시 호들갑을 떨기 시작했다.

"아니, 배우지도 않았는데 뭘 봐."

"아."

"김진실 교수님 불러서 봐야지."

"제가 연락드리겠습니다."

"아냐, 아냐. 나랑 뭐 하시는 게 있어서. 직접 연락하는 게 나을 거야."

수혁은 그렇게 대훈의 주접을 진압한 후, 김 교수에게 전화를 걸었다. 김진실 교수는 원래 수혁을 좋게 생각하고 있는 데다가, 마침 시간도 난 참이었던지라 곧장 전화를 받았다.

"어, 무슨 일?"

수혁은 무턱대고 초음파를 봐 달라고 하는 대신 간략하게나마 자초지종을 설명했다. 그 설명을 다 들은 김 교수의 입이 벌어진 것은 당연한 일이었다. 듣고 보니 갈색세포종을 의심하는 게 너무 타당해 보였지만, 듣기 전엔 전혀 떠올리지 못했기 때문이었다.

"어……. 그래, 그래. 내가 지금 바로 가서 한번 볼게."

김 교수는 아주 놀란 목소리로 이렇게 말하며 전화를 끊었다. 알면 알수록 '왜 우리 과에는 이런 애가 없을까.' 하는 생각이 들게 하는 녀석이었다.

*****

김진실 교수가 도착한 건 그로부터 얼마 지나지 않아서였다. 어엿한 교수가 일개 레지던트의 요청으로 이렇게까지 해 주다니. 실로 드문 일이라 할 수 있었다. 심지어 자신이 늘 보던 휴대용 초음파 기기를 들고 온 참이었다. 수혁이 고개를 숙인 건 당연한 일이라 할 수 있었다.

"감사합니다, 교수님."

"응? 아냐, 아냐. 환자 어디 계셔?"

"네, 저기."

"어."

 김 교수는 잠시 환자를 보곤 탄식을 흘렸다. 환자 상태가 상당히 안 좋아 보였기 때문이었다. 말 그대로 죽다 살아난 상태니 당연한 일이었다.

"아, 맞아. 에크모 달았다고 했었지."

"네. 원인이 해결되지 않으면……. 깨어나지 못할 가능성도 있습니다."

"너는 그 원인이 갈색세포종이라고 보고 있는 거고?"

"네. 그렇다고 생각합니다."

"흠. 그럼 내가 잘 찾아봐야겠네."

 일순 김 교수의 눈빛에 긴장감이 번졌다. 갈색세포종이란 건 부신, 즉 신장의 위에 있는 조직에 생기는 종양이었다. 원래 같으면 초음파로는 접근하기도 어려웠기 때문에 복부 초음파가 아니라 CT나 MRI와 같은 검사로 진단을 해야 했다.

 '뭐……. 술자의 능력에 따라 갈리긴 하지.'

 김진실 교수는 자신의 은사이자 복부영상의학회의 대부인 이하언을 떠올렸다. 그는 남들 다 못 한다고 하는 췌장 조직 검사도 그냥 척척 해내는 괴물이었다.

 그런 사람에게 배운 김진실 교수 또한 자신의 손에 자부심을 가지고 있었다. 김진실 교수는 상당히 자신만만한 얼굴로 초음파 기기를 환자의 복부에 가져다 댔다. 잠시 시선을 수혁에게로 돌리면서 말을 꺼냈다.

"혹시나 해서 하는 말인데."

"네, 교수님."

"없는 건 못 찾아. 있어야 보이는 거다, 알지?"

"네, 알고 있습니다."

"그래도 혹시 모르니까. 내가 못 찾는다고 해서 다른 검사 안 하지는 말고."

"네, 교수님."

김 교수는 몇 가지 주의 사항을 일러 준 후 재차 모니터를 향해 고개를 돌렸다. 다행히 환자는 그렇게 비만한 사람은 아니었기 때문에 검사가 용이한 편에 속했다. 그래 봐야 찾아봐야 하는 장기가 부신이었기 때문에 만만치는 않았지만.

"일단…… 이제 우측 신장이거든."

"네."

"이 상부 쪽으로 보면……. 음."

하지만 김진실 교수는 그 명성에 걸맞게 금세 우측 신장을 찾아내곤 상부를 비추었다. 그쪽에는 정상 조직이 보일 뿐, 이상 소견은 없었다.

"그냥 부신이야. 뭐……. 마음의 눈으로 보면 조금 커진 거 같아 보이기도 하는데, 이상이 있다고 판단할 정도는 아니네."

"좌측도 한번 봐 주시겠습니까?"

"너 정말 확신하고 있구나?"

"네. 교수님."

다른 사람들이야 전혀 모르겠지만, 지금 수혁은 세계 최고의 진단 목적 인공지능인 바루다와 토의를 마친 상황 아니던가. 이후로도 몇 가지 대화를 더 나눈 참이었기에 수혁은 환자가 갈색세포종이라고 굳게 믿고 있었다.

[흔들리지 마십시오. 갈색세포종 외에는 이유가 있을 수 없습니다.]

'알고 있어. 이건 100%야.'

그렇기에 김 교수가 우측에서 아무것도 찾지 못했음에도 불구하고 전혀 흔들림을 보이지 않았다. 그런 수혁의 태도는 당연하게도 대훈이나 하윤에게 깊은 감명을 주었다.

'혹시 틀리더라도 영원히 따르겠습니다.'

'그래……. 내과 의사가 자기 추론에 저 정도 확신은 있어야지. 저게 내과 의사지.'

그 자리에 있던 모두는 아까보다 더 초롱초롱해진 눈으로 초음파 기기 모니터를 바라보기 시작했다.

'아, 괜히 긴장되네.'

모두의 시선을 느낀 김 교수가 고개를 살랑살랑 저어 댔다. 검사 하나 하는데 이렇게 많은 해당 과 의사들이 따라 나온 건 이번이 처음인 듯했다.

'하여간 웃기는 놈들이라니까.'

내과 의국 내에 수혁의 팬클럽이 있다는 거 정도는 김 교수도 알고 있었다. 거의 수혁의 나팔수 수준으로 광고를 해 대는 사람이 이현종, 신현태에 조태진까지 무려 셋이나 있었기 때문이었다.

아무튼, 김진실 교수는 숨 막히는 기대감 속에서 다시 기기를 움직였다. 곧 좌측 신장이 모습을 드러냈고, 그 상부에 있는 부신 또한 모습을 드러냈다.

"오."

그리고 거기엔 뭔가가 있었다. 그렇게 작지도 않았다. 아니, 거대하다고 표현해도 좋을 만한 크기였다.

"거의…… 6cm는 되겠다."

"갈색세포종일까요?"

"어? 어. 아주 명확한데? 크기가 굉장히 크네……. 왜 전까지는 증상이 있다고 느끼지 못했을까?"

이 정도로 큰 갈색세포종이라면 평상시에도 가슴이 두근거린다거나, 속이 메스껍다거나 하는 증상을 충분히 일으키고도 남았을 터였다. 하지만 김진실 교수의 질문은 아직 환자에게 닿지 못했다. 환자는 의식을 완전히 잃은 채 누워 있었으니까.

"그건 잘 모르겠습니다. 사실 병원 왔을 땐 이미 의식이 온전치 못했어서요."

"가족은 없어? 이 정도면 주변에서 몰랐을 거 같지 않은데."

"있기는 한데……. 다 외국에 있어서. 입원한 후로 한 번도 찾아온 적은 없습니다."

"허이구."

김진실 교수가 알 만하다는 얼굴로 고개를 끄덕였다. 혼자 사는 인구가 늘어나는 것이, 적어도 보건의료학 측면에서 보면 그렇게 달가운 일이 아니었다. 다른 때도 그렇겠지만 특히 아플 땐 가족이나 그에 준하는 가까운 사이의 사람들이 아주 커다란 도움이 되어 주기 때문이었다. 단지 정서적 지지뿐만이 아니라, 현실적으로도 그러했다.

"그럼 환자 기저 질환에 대해서는……. 아직 모를 수도 있겠네?"

"그건 다행히 환자가 계속 다니고 있던 병원을 먼저 방문하고 와서, 기록을 확인할 수는 있었습니다. 근데 거기서도 환자가 다른 증상이 있었는지는 모르고 있었습니다."

"흠."

김진실 교수는 다시 한번 자신이 찍어 둔 사진 쪽으로 고개를 돌렸다. 무려 6cm에 달하는 거대한 종양이 부신 쪽에 똬리를 틀고 있었다. 이걸 몰랐다는 것도 놀랍고 또 안타까운 일이었지만, 그걸 걱정하는 일은 의사가 할 일이 아니었다.

"이건 수술해야 할 거 같은데. 지금 이 상황에서는 어렵지?"

의사는 앞으로의 일을 생각해야만 했다.

"네. 지금은 절대 무리입니다. 그렇지 않아도 에크모까지 달았는데, 전처치도 없이 갈색세포종을 제거하는 건……."

수혁 또한 마찬가지였다. 아니, 수혁은 이미 한참 전부터 환자의 미래를 생각하고 있었다.

"아, 계획이 있구나?"

"네."

"말해 볼래?"

"아, 네. 교수님."

김진실 교수 또한 수혁의 말에서 그의 생각을 일부나마 읽어 낼 수 있었다. 그녀 또한 복부영상의학과 교수로서 갈색세포종 치료와 진단에 관여한 적이 수없이 많은 사람 아니던가. 일정 부분 같은 길을 걷고 있는 사람으로서 수혁의 생각이 궁금했다.

'이미 얼마나 우수한지는 잘 알고 있지.'

그저 이현종을 비롯한 세 팔불출에게 듣기만 한 것은 아니었다. 직접 겪은 적도 있지 않은가. 하지만 여전히 수혁이 레지던트란 생각을 완전히 지우기는 어려웠다. '설마 이번에도?'라는 생각이 아주 미약하게나마 남아 있었다.

"일단은 에크모 유지하면서 혈액 검사 추적 관찰을 해 봐야 합니다. 아까 에크모 달면서 나간 검사를 보니까 환자는 현재 고질소 혈증(신장의 혈액 순환 감소 증상) 및 대사성 산증(몸이 산성화되는 증상)이 있고, 심장 효소도 증가해 있습니다. 우선은 이게 떨어지는 것을 보고 에크모를 제거해야 합니다."

"음."

누가 들어도 그냥 정답이었다. 심지어 내과 의사가 아닌 김진실 교수마저 단박에 이해할 수 있을 만큼이나 명료하기도 했다. 그러나 수혁은 김진실 교수가 미처 놀랄 틈도 주지 않고 말을 이어 나갔다.

"다만 그렇게 하기 위해서는 이번에 발견된 갈색세포종에 대한 증상 억제가 선행되어야 합니다. 그래야 원인을 제거할 수 있을 테니까요."

"그래, 그럼 뭘 해 줄 건데?"

"역시 알파 블로커(혈관 신경 자극을 감소시켜 혈압을 낮추는 약)를 처방해야 합니다. 물론 초음파만으로는 100% 진단을 내릴 수 없기 때문에 MIBG scan(신경 내분비 종양을 발견하기 위한 검사법)도 환자 회복 여하에 따라 한 번쯤은 해 보는 것이 좋겠습니다."

"그래. 그런 다음?"

"전처치가 된 상황에서는 수술이 그렇게까지 어렵지는 않다고 알고 있습니다. 복강경 하좌 측 부신 절제술을 의뢰하겠습니다."

"그래. 음. 그래."

김진실 교수는 역시 수혁은 우수하다는 사실을 다시 한번 확인할 수 있었다. 진단하는 과정도 놀라웠지만, 진단 후의 계획 또한 완벽하지 않은가.

'부럽다, 이현종, 신현태, 조태진.'

사실 평소 자랑하는 걸 듣고 있자면 짜증 날 때가 더 많긴 했지만, 이렇게 겪고 보면 셋 다, 아니 이현종은 빼고 상당히 자제하고 있다는 걸 알 수 있었다.

'뭐 더 죽치고 있을 필요는 없겠지.'

돌아가서 상대적으로 모자란 레지던트들 티칭할 생각을 하자 조금은 한심스럽다는 생각이 들었다. 하지만 다행히 김진실 교수는 올챙이 적을 떠올릴 줄 아는 사람이었다. 물론 그녀 또한 영재 소리는 제법 많이 듣기는 했지만, 그렇다고 수혁처럼 우수한 적은 없지 않은가.

'가자, 가서 우리 애들이나 키우자.'

김진실 교수는 천천히 몸을 일으켰다.

"좋네. 내 의견 남겨 줄 테니까, 비뇨기과에 수술 의뢰할 때 첨부해서 사용해."

"네, 감사합니다."

그러곤 초음파 기기를 끌고 중환자실을 나섰다. 아니, 나서려고 했다. 누군가 길을 막고 서지만 않았다면.

"에이 누구야, 누가 길을 막아. 응, 김 교수?"

신현태였다. 평소와는 달리 상당히 격앙되어 있었다. 그 얼굴을 보자마자 수혁은 뭔가 떠오르는 약속이 하나 있었다.

'아 맞다.'

[벌써 아침인가요?]

'하, 시바……. 과장님하고 약속해 놓고 잊고 있었네.'

신현태는 김진실 교수에게 부리나케 사과를 던져 대고는 수혁을 향해 성큼성큼 걸어왔다. 심기가 아주 편안해 보이진 않았지만, 그렇다고 불같이 화를 내거나 하진 않았다.

"화, 환자 보고 있었니?"

사실 신현태는 연구실에서 혼자 수혁을 기다리고 있었을 때나, 수혁이 전화를 받지 않았을 때는 좀 화가 나긴 했다. 하지만 수혁이 집처럼 쓰고 있는 당직실 근처 병동 간호사에게 수소문한 끝에, 그가 중환자실에 있다는 것을 알게 된 후에는 감정이 좀 가라앉았다.

"아, 과장님. 죄송합니다. 제가 이 환자 보느라…….'

"아냐, 아냐. 보니까 에크모도 박고, 음. 그래. 힘들었겠네."

신현태는 부리나케 환자를 살폈다. 혹시 별거 아닌 환자였으면 어쩌나 하는 걱정 때문이었다. 정말 이상한 감정이었는데, 수혁이 부디 그런 일로 자신을 내팽개쳐 둔 게 아니길 하는 바람이 너무 강하게 들었다.

'그래. 에크모를 했잖아? 그럼 잊을 수 있지. 아마 이현종하고 한 약속이라고 해도 그랬을걸? 암, 그렇고말고.'

다행히 에크모는 아주 눈에 잘 띄는 곳에 놓여 있었다. 덕분에 신현태는 적잖이 안심할 수 있었나.

"그래도 전화는 드렸어야 했는데, 죄송합니다."

게다가 수혁의 태도에서 어느 정도 진심을 엿볼 수 있었다. 신현태는 도리어 껄껄 웃었다.

"아냐, 아냐. 괜찮아. 이젠 괜찮은 거지?"

"아, 네. 환자 정리됐습니다. 의견도 아까 말해 놔서……. 안대훈 선생이 기록 남길 수 있을 겁니다."

"그래. 그럼 얘기 좀 하자. 생각해 보니까 내년에 학회 가려면 지금부터 어느 정도는 준비해야 할 거 같아서."

"네, 교수님."

약은 아직 무리래

수혁은 신현태를 따라 그의 연구실에 들어섰다. 원장인 이현종처럼 비서가 있거나 하진 않았지만, 명색이 과장인지라 방이 꽤나 넓었다. 수혁은 들어올 때마다 늘 부럽다는 생각이 들었다.

"어, 앉아. 너 아메리카노지? 아이스로."

"아, 네. 교수님."

신현태는 자신이 가리킨 의자에 털썩 주저앉는 수혁을 향해 커피를 들이밀었다. 미리 카페에서 사 놓은 것인지, 벌써 얼음이 꽤 녹아 있었다. 심지어 잔에 묻은 물기 때문에 종이로 된 컵홀더 또한 홀딱 젖어 있었다.

"어……. 죄송합니다. 제가 깜빡 잊어서."

"아냐, 아냐. 환자 보느라 그런 건데. 에크모까지 넣었더만.

어쩔 수 없는 일이지.”

　수혁은 사과를 건넸고, 그가 그럴수록 점점 더 흡족해진 신현태는 허허 웃었다.

　'그래……. 얘는 친하다고 마냥 편하게 지내는 놈이 아니지.'

　물론 친하면 친하단 티를 낼 수 있는 법이었다. 신현태는 그런 거 가지고 불편해하는 타입도 아니었다. 하지만 역시 상대가 과장으로서의 권위를 위하고 있단 느낌을 줄 때가 기분이 좋긴 했다.

　“아무튼, 그 화이자에서 하는 거 말이야.”

　“네, 교수님.”

　“그거 내가 좀 알아보니까……. 요샌 약만 만드는 게 아니데?”

　“그렇습니까? 저는 몰랐습니다.”

　수혁은 정말이지 금시초문이라는 표정을 지어 보였다. 바루다 또한 마찬가지였다.

　[제약 회사에서 약을 안 만들면 대체 뭘 만든대요?]

　'알 수 없지. 근데 신현태 과장님이 괜한 소리 하시는 분은 아니잖아.'

　[그건……. 그건 그렇죠.]

　바루다는 그간 쌓아 온 데이터를 기반으로 신현태에 대한 평가를 확인했다. 조금 팔불출 같은 모습을 보일 때가 있기는 했지만, 적어도 이현종보다는 말과 행동에 무게가 있는 편이었다.

"이거 봐. 이게 저번 거기서 연 학회 어젠다야."

"어……."

"뭐 70% 정도는 제약인데. 나머지는 아니지."

"아……. 인공지능이네요?"

"그래. 인공지능."

사실 어떻게 생각해 보면 너무나 당연한 일이긴 했다. 어느 분야를 막론하고 인공지능을 고려하지 않기는 어려운 시대가 되어 버렸으니까. 첨단 산업의 끝을 달리는 의학 분야에서 인공지능을 어떻게 빼놓을 수 있겠는가. 세계적인 제약 회사에서는 그러할 터였다. 물론 둘 다 화이자가 자회사 격으로 여러 인공지능 업체에 투자하거나 아예 사들였다는 사실은 알지 못했지만, 어젠다만 봐도 이들의 관심이 이쪽으로 쏠려 있다는 정도는 알 수 있었다.

[이럴 때 제 모습을 보일 수 있으면 대박일 텐데요.]

쭉 주제들을 훑어보던 바루다가 의기양양한 얼굴로 중얼거렸다. 솔직히 그렇게까지 보기 좋은 모습은 아니었지만, 뭐가 되었건 간에 사실은 사실이었다. 이 녀석은 저 닥터 왓슨보다도 더 뛰어난 성능을 자랑했으니까.

'뭐……. 그건 그렇지.'

왓슨은 기껏해야 연합된 병원의 데이터만을 가지고 있는 거 아니던가. 그간 발표된 진단의 정확도조차 그 병원 의사들과의 일치성을 확인한 것일 뿐이었다. 절대 세계 최고의 진단 툴이라고는 말할 수 없었다. 정말 전 세계의 케이스를 보고 배우며 빠른 속도로 체득해 나가고 있는 바루다와는 비할 바가 아니란 뜻이었다.

[하지만 방법은 없죠.]

'그렇지.'

하지만 바루다를 떼어 내면 수혁은 죽고 말 터였다. 심지어 그렇게 하더라도 바루다가 제대로 작동할지 안 할지는 미지수였다. 그 때문에 둘은 각자의 이해관계가 합치되어 정체를 밝히지 않기로 합의한 상황이었다.

"이제 왓슨과 같은 형태의 인공지능 개발은 사그라들었어."

둘이 대화를 나누는 동안, 신현태는 주제를 손으로 쭉 짚어 주었다. 그가 말한 것처럼 왓슨과 같은 일종의 만능 인공지능에 대한 환상은 많이 깨진 것처럼 보였다. 언젠가는 나오긴 할 테지만, 적어도 근미래는 아닐 거라고 판단한 모양이었다.

"대신 굉장히 지엽적인 분야로……. 세분화되었네요."

"그래. 특히 영상의학 쪽으로는 뭐……. 어마어마해. 지금 보니까."

"그러네요. 흠."

수혁은 고개를 끄덕이며 방금 신현태가 짚어 준 부분을 바라보았다.

[흉부 엑스레이에서 폐 결절 진단……. 흉부 CT에서 폐암, 내시경상 대장암……. 음.]

바루다 또한 아주 흥미가 동한 듯했다. 자신과 같은 인공지능임에도 불구하고 그 만들어진 목적은 매우 달랐기 때문이었다.

[완전히 진단 보조용이네요. 단독으로는 진단이 어렵겠는데.]

'그래. 근데……. 이미 상용화된 기술도 있나 봐.'

신현태는 정말 제대로 이 학회에 임할 생각인 듯했다. 각 주제에 대한 최신 지견까지 찾아다가 주석을 달아 놓은 상황이었다. 이 중에서는 폐 결절 진단 부분이 어느 정도 상용화되어, 실제로 사용하고 있는 병원이 있었다. 리포트에 따르면 해당 프로그램을 이용한 경우, 영상의학과 의사의 숙련도가 낮을 때 결정적인 도움이 된다고 했다.

'1년 차들의 진단 정확도가 올라가는구나.'

[그래도 교수들의 진단 정확도에 미치지는 않네요.]

물론 보조 툴인 만큼, 절대적인 결괏값을 드라마틱하게 변화시키진 못하고 있었다. 하지만 심지어 교수들에게도 어느 정도는 진단 편의성을 향상시켜 준다는 보고가 있었다. 뭐가 되었건 간에 도움이 되기는 한다는 뜻이었다. 의료진들의 진단에 필요한 물리적인 시간을 줄여 준다는 것만으로도 해당 툴은 상당히 의미가 있었다. 보고서에서도 의료진의 번아웃 증상이 눈에 띄게 개선되었다고 쓰여 있었다.

"문제는 이걸 '어떻게 감염내과 분야에서 사용하느냐.'야. 우리가 폐렴에 대해서 흉부 엑스레이를 판독하는 인공지능을 개발하는 건 솔직히 좀 웃기는 일이잖아?"

신현태의 말처럼 내과에서 폐렴에 대한 판독이 가능한 인공지능을 만드는 건 이상한 일이었다. 게다가 기술적인 한계점도 있었다. 괜히 폐 결절만 분별하는 것은 아니지 않겠는가.

결절을 진단하는 것과 폐렴을 진단하는 건 정말이지 하늘과 땅만큼의 난이도 차이가 있는 일이었다.

"음……. 이건 좀 고민이 필요하겠는데요? 내과 쪽에서도 분명히 접점이 있긴 있을 거 같은데……."

"어, 분명히 있을 거야. 이렇게 지엽적인 인공지능이라면, 1년 안에 어느 정도는 성과를 낼 수 있을 거 같기도 하고. 아니면, 아이디어만으로 개발비를 딸 수도 있겠지."

뭔가 거창한 일일수록 투자비를 따기 좋아 보일 수도 있겠지만, 생각보다 투자자들은 비전을 좋아하지 않았다. 그들은 당장 돈이 될 수 있는가를 제일 중요하게 생각했다. 즉, 아이디어는 심플하면서도 실현 가능한지가 제일 중요하다는 뜻이었다.

아무래도 신현태는 이미 국책 과제를 몇 번 시행한 경험이 있었기 때문에 이쪽 방면으로는 수혁과 비교도 어려울 만큼 경쟁력이 있었다.

"간단한 아이디어……. 그러면서도 새로워야겠죠?"

"당연하지. 이건 누가 억지로 줘야 해서 주는 연구비는 아닐 거 아냐. 한두 푼 줄 것도 아닐 거고."

"흠……."

"뭐, 나도 당장 뭘 해 보자는 건 아니야. 그래도 이렇게 뭔가 해야겠다는 생각이 있으면, 어디서건 아이디어가 떠오르는 법이거든."

"네, 한번 생각해 보겠습니다. 근데……."

수혁은 고개를 끄덕이다가 신현태를 물끄러미 바라보았다. 결코 무례한 태도는 아니었던 데다가, 신현태는 수혁을 바보처럼 이뻐하고 있던 터라 그저 웃으며 대꾸했다.

"우리 수혁이, 왜?"

"약에 대해서는 전혀 생각 없으신 건가요? 그래도 역시 화이자면 약이 메인이긴 할 거 같은데."

"아……. 생각이야 있지. 너도 있을걸? 이런 약이 있으면 좋겠다, 뭐 이런 거."

"네. 그런 약이 있긴 합니다."

모든 의사라면 응당 가질 법한 생각이긴 했다. 특히 진단까지 다 해 놓고선 쓸 약이 없어서 환자를 떠나보낼 때가 그러했다.

어쩐지 감염내과라고 하면 신약들과 연관이 좀 떨어지지 않나 싶기도 하겠지만, 여기에서도 백약이 듣지 않는 감염 때문에 환자를 잃는 경우가 왕왕 있었다. 예전에는 없던 감염이 생기기 시작한 탓이었다. 현대 의학이 발전하면서 면역이 억제된 환자들이 오래 살기 시작하면서 새롭게 대두된 문제 중 하나라고 보면 되었다.

"나도 몇 개 있어. 이미페넴도 안 듣는 균주에 대한 약이라든지 뭐 이런 거."

"아, 저도."

"근데 그거……. 너 기전은 정확히 알고 있니?"

"아."

기전이란, 약이 몸 안에 들어가서 어떻게 균을 죽이는지에 관한 내용이었다. 그뿐만 아니라 몸 안에서 어떻게 대사가 되는지, 대사가 된 이후에는 어떻게 몸을 빠져나가는지, 그로 인한 부작용은 어떠한지에 대한 것도 포함하고 있었다. 이런 건 의대에서 배우는 것이 아니었다. 오히려 화학과 훨씬 깊은 연관이 있었다.

"나도 그런 거 우리……. 뭐 태화제약도 있긴 있잖아? 대부분 카피 약을 파는 영업에 가까운 제약 회사이긴 하지만. 연구진도 있긴 하거든."

"네, 교수님."

"거기서 그런 거 얘기했더니 막 웃더라고. 그러더니, 이런 게 공대생한테 공상 과학을 현실화하라는 것하고 비슷하다고 하더라고."

"아……."

"뭐, 우리가 기초 연구실이 딱 마련되어 있고……. 교수들이 거기에 대해서 교육을 받거나 하면 모르겠지만, 이쪽은 너무 어려워. 부끄럽지만 건드리는 게 거의 불가능해."

신현태는 정말 부끄럽다는 듯 고개를 가로저었다. 수혁 또한 비슷한 심정이었다.

'하긴. 아는 게 쥐뿔도 없네.'

[반성하겠습니다.]

'넌 왜 반성해?'

[너무 임상적인 데이터만 쌓은 것 같습니다. 이제는 더더욱 수혁을 굴려서…….]

'아니, 잠깐만. 왜 나를 괴롭히는 방향으로 튀어?'

[약 만들어 보고 싶지 않습니까? 그 큰 화이자가 약 하나로 만들어진 곳 아닙니까?]

수혁은 다그치는 듯한 바루다의 말에 제대로 답하기가 어려웠다. 신약 개발이라. 의학자 대부분이 꿈꾸는 일 아니겠는가.

물론 모든 신약이 비아그라나 글리벡처럼 기적의 약이 되는 건 아닐 것이다. 게다가 그저 그런 신약도 만들기가 더럽게 어려웠기 때문에, 꿈은 꿈으로만 간직하는 이들이 태반이었다. 아무튼, 한 번쯤은 생각해 본 일이긴 했다.

'만들고 싶기야 하지. 근데…… 아는 게…….'

[그건 쑤셔 넣으면 될 일이죠.]

'아니, 아직 나는 임상도…….'

[두 배로 노력합시다. 제가 안일했어요.]

두 배라. 지금도 최선을 다하고 있는 거 같은데, 숨이 턱 막히는 일이었다.

'하…….'

[그렇게 싫습니까? 인류의 발전에 공헌하는 일이?]

'넌 꼭 그딴 식으로 말하더라?'

[그래서 싫냐고요.]

'아니……. 그건 아니지…….'

[그래요. 노력합시다.]

수혁이 바루다로 인해 내적 수모를 겪는 동안 신현태는 커피를 한 모금 들이켜고는 몸을 일으켰다. 사실 바쁘기로만 따지자면 수혁보다도 오히려 더 바쁜 사람 아니던가. 중요한 회의이긴 했지만, 더는 지속해 봐야 여기서 뭐가 더 나올 회의는 아니었다.

"자, 수혁아. 그럼 일하러 가자."

"아, 네. 교수님."

"진료 볼 때 계속 고민은 해 봐. 의외로 답이 가까이 있을 수 있어. 나도 할 테니까."

"네, 교수님. 그렇게 하겠습니다."

[보조 용도의 인공지능이라.]

수혁이 신현태의 방을 빠져나오자마자, 바루다가 중얼거렸다. 스스로 이미 어느 정도 완성되어 가는 형태의 인공지능이라고 생각하고 있었기 때문에 상당히 거만해 보이는 말투였다.

'어째 좀 듣기 불쾌한데?'

[아니꼬워도 어쩔 수 없죠. 사실 상용화됐다는 기술 같은 거……. 저는 이미 다 할 수 있는 거잖아요?]

'그건…… 그건 그렇긴 하지.'

아니, 상용화된 것들보다 더한 것들도 할 수 있었다. 예를 들어 폐 결절 정도 감별하는 건 일도 아니지 않은가. 바루다는 수혁이 좀만 도와주면 폐렴조차 감별해 낼 수 있었다. 심지어 영상의학적 어려움에 의해 연구가 거의 이루어지지 않고 있는 복부 검사에 대해서도 얼마간의 감별 능력을 갖추고 있기도 했고.

'근데 그럼 뭐 하냐. 넌 전면에 나설 수가 없는데.'

하지만 수혁의 말에 반박을 할 수는 또 없었다.

[그건 그렇죠.]

'그리고 너 봤잖아. 왓슨도…… 솔직히 많이 달려.'

[그렇긴 했습니다.]

왓슨도 어쩌다 맞는 답을 내기도 하는 녀석이었지만, 맞는 답이라고 해 봐야 5개의 연합체 병원에서 하는 진단과 치료에 국한되어 있었다. 더군다나 그 과정이 말이 안 되는 경우가 너무 많았다. 한마디로 왓슨을 신뢰하기엔 무리가 있다는 뜻이었다.

이젠 좀 시들해지긴 했어도, 한때 세계 최고란 얘기를 들었던 녀석이지 않은가. 그보다도 못한 수준의 인공지능에 대한 아이디어를 내야 한다는 사실은 당연하게도 바루다의 마음에 들진 않았다.

'그러니까 그 수준에 맞춰야지. 그리고 보니까 확실히 의미는 있던데.'

[뭐……. 그렇긴 하더군요.]

'왜 이렇게 시큰둥해?'

[저보다 못한 걸 만들어야 한다는 게 참.]

'와……. 진짜…….'

[왜요? 제가 틀린 말 했습니까?]

'아니, 그건 아닌데.'

수혁은 그냥 사실을 말하는 것만으로도 이토록 짜증 나게 할 수 있다는 사실을 배우는 기분이었다. 그래서 수혁은 나는 조심해야겠다는 생각을 하면서 발걸음을 옮겼다. 뇌의 일정 부분은 바루다와 대화를 하는 데 쓰는 동시에 지팡이를 짚어야 하는 상황이었기 때문에 걸음걸이는 무척 느렸다.

[아무튼, 현실이 그렇다니 어쩔 수 없죠. 그렇다고 제약을 탁

탁 할 수도 없는 노릇이고…….]

'뭐 그렇지.'

이럴 때면 제아무리 우수한 인공지능이라고 해도 요술주머니나 도깨비방망이는 아니란 생각이 들었다. 환자를 보는, 그러니까 지금까지 수혁과 바루다가 꾸준히 훈련을 쌓아 온 임상 영역이라면 상당한 위력을 발휘하겠지만, 제약은 바루다에게도 완전히 미지의 영역이었다. 그걸 섣불리 건드리느니, 그나마 만만해 보이는 인공지능 영역이 더 나아 보였다.

[나중에는 반드시 시도하는 겁니다. 알았죠?]

'알았어. 알았어.'

[하지만 지금은 일단 신현태 과장의 말을 존중하도록 하죠.]

'그래, 근데 뭐 아이디어라는 게 한순간에 딱딱 떠오르는 건 또 아니니까. 오늘 스케줄부터 소화하자고.'

수혁은 끊임없이 발걸음을 옮기면서 스케줄을 떠올렸다. 하지만 먼저 답을 낸 것은 바루다였다.

[협진입니다.]

'협진……. 교수님 앞으로 난 거 다 봐야 하는 거지?'

[당연하죠. 서효석 교수는 협진을 안 보니까요.]

자기 앞으로 입원한 환자도 잘 보질 않는 사람인데 어디 협진을 보겠는가. 아예 남의 환자라고 생각하고 있을 텐데.

'어쩌다 그런 놈이 교수가 되어 가지고…….'

[아예 협진을 제치는 것도 방법입니다. 수혁도 곤란해지긴 하겠지만 치명적이지는 않을걸요? 만면 서효석은 온전히 책임을 져야 할 겁니다.]

'그렇긴 하겠지. 흠.'

하지만 타 과 입원 환자 중에 내분비내과적 처치나 검사가 필요한 사람은 정말 많았다. 그리고 그들 중에는 적절한 치료가 들어가지 않으면 사망하게 될 만한 사람들도 많았다. 서효석 교수를 날리는 목적 하나만 가지고 내깔겨 둘 수는 없단 뜻이었다.

'일단은 보자. 그 인간은 어떤 식으로든 방법이 있긴 할 거야.'

[유약하군요, 수혁.]

'그런 게 아니라, 인마. 환자가 있으면 봐야지!'

[그렇게 소명 의식이 투철한 의사는 아니었던 거 같은데……. 아직도 수혁의 기억 속에 양주 발언이 선합니다.]

'그런 건 지워 좀!'

수혁은 티격태격하면서도 용케 병동 스테이션에 있는 컴퓨터에 앉았다. 하도 바루다에게 시달리다 보니, 이제는 일상생활에 지장을 받지 않을 정도로 익숙해진 탓이었다.

'어디……. 어이구. 왜 이렇게 많이 쌓였어?'

[주말 동안 쫙 쌓였네요. 아무래도 수혁이 없는 동안에는 아무도 안 챙긴 거 같습니다.]

어찌나 안 봐줬는지 같은 환자인데 협진이 두세 번 난 경우도 있었다. 밖에서, 특히 아선병원의 우창윤 교수가 태화의료원의 약점은 내분비라고 말할 만한 상황이었다.

'아무튼……. 빠르게 한번 훑자.'

[어렵지 않은 일이죠.]

바루다는 무려 20개 넘게 쌓인 협진을 보면서도 그리 어렵다는 생각을 하지 않았다. 심지어 인공지능이 아닌 수혁도 마찬가지였다.

'오케이……. 이 환자는 혈당 검사를 공복 혈당으로 한번 해 봐야겠는데.'

'이 환자는 갑상선 같은데. 검사 나간 게……. 어유. 6년 전. 다시 한번 해 보고 필요하면 약 쓰자고.'

그리고 그러한 반응이 무색하지 않을 만큼 빠르게 환자를 처리해 나갔다. 심지어 환자를 직접 대면하지 않고도 절반 이상 최종 회신을 남길 수 있을 지경이었다. 그렇지 못한 환자들에게도 어떤 검사를 해 보라는 식의 회신은 대부분 남길 수 있었다.

그렇게 싹 회신을 남긴 다음 수혁의 손에 남은 것은 오직 한 명뿐이었다. 협진 내용은 그저 당뇨였을 뿐이니, 그 자체가 흥미로워서 남겨 둔 것은 아니었다.

'1년 6개월 전에 발생한 허리 통증이라.'

[신경외과에 입원해 있군요. 문진 결과가 상당히 이상합니다.]

다만 환자가 신경외과에 입원한 주소, 즉 주된 증상이 아주 이상해 보였다. 아니, 증상 자체는 별거 없는 아주 흔한 증상이었으나 그 경과가 이상했다.

[통증을 호소한 부위가 너무 다양하군요.]

'뭔가 좀 이상하지?'

[꼭 내분비 쪽은 아닐 수도 있겠지만……. 내과적 원인이 있을 가능성이 큽니다.]

'가 보자. 멀지도 않네. 병동이.'

[네.]

그래서 수혁은 해당 환자에 대한 차트를 출력한 후 천천히 걸음을 옮기기 시작했다. 여느 때처럼 지팡이 짚는 소리를 여기저기 울려 대면서였다.

처음엔 워낙 몸이 불편한 사람들이 많은 병원인지라 딱히 주의를 끌지 못했었는데, 수혁이 원장 아들에 병원 설립 사상 최고의 천재라는 소문이 퍼지고 나서부터는 이게 일종의 고양이 방울이 되었다.

"어, 이수혁 왔나 보다."

"왜 왔지?"

"협진 냈잖아. 서효석 교수님한테."

"아……. 차라리 잘됐네."

"근데 그냥 당뇨 협진 낸 건데 왜 직접 왔지? 약 바꾸고 하는 건 랩만 봐도 될 텐데?"

"어……. 그러게?"

그래서 신경외과 병동 스테이션에 있던 간호사들은 미처 수혁이 모습을 드러내기 전부터 그의 출현을 알아차렸다. 덕분에 그중 가장 연차가 낮은 간호사가 병동에서 협진을 낸 환자 차트를 들고 앞으로 나섰다.

"협진 오셨죠?"

"어. 네."

"이쪽이에요, 선생님."

보통의 레지던트라면 감히 상상도 할 수 없는 대접이었다. 하지만 현재 원내 최고 권력자인 이현종 원장의 아들에게라면 이 정도는 해야만 했다. 특히 수간호사가 있을 때는 더더욱 그러했다.

아무튼, 수혁은 상당히 편하게 환자 병실에 도달할 수 있었다. 입원한 지 얼마 되지 않았는지, 2인실 중에서도 문가 쪽에 있는 환자였다.

"진료 볼게요. 감사합니다."

수혁은 간호사에게 인사를 건넸다.

[예의 바른 연기는 늘 최고군요.]

'원래 그렇거든?'

[기억을 살펴보면…….]

'그만, 그만.'

바루다의 참견을 털어 내면서 안으로 들어섰다. 바루다 또한 환자를 대면하고 있는 상황에서까지 깐족거리는 놈은 아니었기에 그리 어려운 일은 아니었다.

"안녕하세요, 김다현 환자분 맞으시죠? 내분비내과에서 왔습니다."

"아……. 네."

수혁은 살짝은 당황한 얼굴이 된 환자를 부리나케 살폈다.

[나이는 42세, 여성. 담배는 피우지 않으며 생리 주기는 아주 규칙적입니다.]

바루다는 그런 수혁을 도와 입원 기록에 쓰여 있던 정보를 줄줄 읊어 댔다.

"당뇨는 사실 조절이 잘되고 있긴 합니다만, 그래도 혹시 몰라서 검진 차 왔습니다."

"아, 네네. 감사합니다."

환자는 수혁이 대강 둘러댄 후에야 몸을 편히 했다. 하지만 얼굴만 다소 편해졌을 뿐, 자세는 여전히 엉거주춤했다.

[진통제가 들어갔음에도 통증 조절이 아주 잘되는 것 같지는 않군요.]

'이상하지? 약을 이중으로 썼던데. 어지간한 통증이라면 조절이 되어야 하잖아?'

[이제 입원한 지 하루째입니다. 적절한 대응이 되지 않았을 가능성도 있습니다.]

'아, 하긴. 그럼 아직······. 오전에 낸 검사 처방 결과도 주치의가 모를 수도 있겠네.'

수혁은 뭔가 루틴으로 쭉 긁은 거 같은 느낌이 강하게 들던 검사 결과를 떠올렸다. 골절을 의심했는지 각종 엑스레이 검사가 쭉 나가 있었다.

"환자분, 엑스레이 찍은 건 혹시 결과 들었나요?"

"아, 아뇨. 방금 찍고 왔어요."

"아······. 그렇구나."

"혹시 결과 아시나요?"

"네? 아······."

수혁은 잠시 고민하는 얼굴이 되었다. 그의 시선은 차트에 쓰인 환자 지정의, 즉 입원시킨 교수의 이름 '최낙필'에 고정되었다. 서효석처럼 자기 환자는 알아서 다 처리하길 바라는 교수들도 있긴 있지만, 대부분은 '감히 내 환자한테?' 같은 생각을 하기 마련이었다.

'저 양반······. 환자에게 얼마나 관여해도 되려나?'

[상관없을 거 같은데요? 이현종 원장한테 완전 깨갱 하잖아요.]

'하긴. 나한테 함부로 말하다가 한 번 된통 혼났지.'

[게다가 이 환자 적어도 신경외과적인 허리 통증은 아니니

다. 엑스레이가 좀 이상하잖아요.]

'그래? 자신 있지?'

[그럼요.]

'오케이. 알았어.'

애초에 최낙필에 대한 감정도 좋지 못한 데다가, 바루다의 말까지 듣고 나니 결심이 딱 서 버렸다. 그래서 수혁은 상당히 자신만만한 얼굴로 고개를 끄덕였다.

"네. 알려 드리겠습니다."

"아, 감사합니다. 아무래도 신경외과라…… 선생님들이 다들 너무 바빠서……. 저 여기 입원하고 의사 선생님 오신 건 이번이 두 번째예요. 오늘은 아예 보지도 못했어요."

김다현 환자는 긴장이 좀 풀리는지 말이 많아졌다. 수혁으로서는 십분 이해가 가는 얘기였다. 신경외과는 바쁘기로 소문난 대학 병원에서조차 제일 바쁜 과였으니까.

"검사받으신 걸 보면……. 좌측 골반 하부에 골전선이 있어요."

"네? 골절이요? 저 어디 부딪친……. 아이고."

"그리고 갈비뼈에도 약간 골절이 의심되는 부위가 있습니다. 이쪽으로는 통증 없으세요?"

"움직일 때 아프긴 해요. 근데…… 허리만큼은 아니고, 부딪친 적은 아예 없는데……."

"정말 부딪친 적이 없으세요?"

"네. 없어요."

"흠."

골절의 가장 흔한 원인인 부상이 배제된 상황이었다. 아주 간단해야 할 진단 과정이 극도로 꼬이게 된 마당이기도 했다. 자연히 수혁의 미간에 주름이 잡혔다.

'엑스레이를 보고 그럴 거 같긴 했는데……. 정말 부딪친 적이 없으니까 고민되는데? 어떤 검사를 더 하지?'

[일단 전과부터 받죠.]

'전과……. 서효석이 받으려나? 아니, 최낙필 교수님이 주시긴 할까?'

[오.]

거기에 더해 진료 외적인 고민까지 더해지는 바람에 수혁의 얼굴은 거의 울상이 되고야 말았다.

'조언을 좀 해 봐.'

[아니……. 이런 건 좀 알아서 하세요.]

게다가 바루다도 모르쇠였다.

'시발 놈아.'

[어허, 어허. 욕은 하지 마시고.]

이 골절은 이상합니다

"하."

수혁은 잠시 한숨을 쉬었다. 자기 환자 뺏기기 싫어하는 최낙필 과장에게서 환자를 뺏어다가, 환자 보기 싫어하는 서효석 교수에게 주어야 하는 입장이지 않은가. 여기서 한숨이 나오지 않으면 그게 더 이상한 일이었다.

[일단 저지르고 생각하시죠.]

'일단 저지르라고? 그러다가 병원에서 쫓겨나 인마!'

[아뇨? 절대 안 쫓겨날걸요? 수혁이 일반 레지던트라면야 뭐 문제가 될 수 있겠지만. 아시잖아요, 수혁도. 수혁은 이제 완전 로열입니다.]

'음.'

[어차피 최낙필 교수 오늘 안에 수술실에서 못 나옵니다. 아까 봤잖아요?]

'하긴. 음.'

바루다의 말에 수혁은 가만히 아까 협진 보러 오기 전 봤던 수술장 상황을 떠올려 보았다. 비록 인성이 좋지도 않고 수혁의 머리 안에 박힌 바루다를 제거하지도 못한 사람이었지만, 서효석과 달리 최낙필은 당당히 태화의료원 신경외과 과장 자리를 꿰찰 정도로 실력 있는 교수였다.

'두개저 종양(두개골 바닥 면에 생기는 종양)이었지? 이비인후과랑 조인해서 수술하는.'

[네. 뭐……. 12시는 넘어야 끝날 겁니다. 그 안에 전과시키시죠. 레지던트는 좋아할걸요? 어차피 협진도 냈겠다. 게다가 최낙필은 머리인데 이 사람은 허리잖아요. 아마 안에서도 다른 교수한테 보낼 생각은 있을걸요.]

바루다의 말은 아주 달콤하고도 설득력이 있었다. 이미 이 환자가 대체 어떤 병을 가졌는지에 대한 궁금증이 극에 달한 수혁으로서는 도저히 거부할 수 없는 제안이기도 했다.

'서효석 교수님은? 그 사람은 어쩌지?'

[어차피 회진 돌러 오지도 않는데요, 뭐. 수혁이 질문이라도 하지 않는 이상 자기 환자로 누가 있는지도 모를 겁니다.]

사실 말도 안 되는 얘기였다. 아니, 말도 안 되는 얘기여야 했다. 그런데 말이 됐다. 상대는 그 서효석이었다.

'그럴싸한데?'

게다가 수혁은 적어도 서효석에게만큼은 아무것도 묻지 않을 자신이 있었다. 발칙한 상상일 수도 있겠지만, 이미 서효석보다는 더 나은 의사가 되었다고 확신하고 있었으니까.

[그럼 뭘 망설이십니까.]

'오케이. 알았어. 음. 그래. 일단 저질러 보자.'

그래서 수혁은 흠흠 헛기침을 몇 번 하더니, 환자를 돌아보았다. 환자는 느닷없이 찾아온 내과 의사가 뭐 좀 진료를 하나 싶더니만 한참 허공을 응시하고 있어서 좀 무섭던 참이었다. 따라서 시선이 마주치자마자 살짝 몸을 뒤로 움직였다.

"아야."

통증 때문에 쉽진 않았지만.

"저, 환자분. 김다현 환자분."

"어, 네."

"제가 오늘 찍은 엑스레이를 보니까…… 역시 신경외과적인 골절은 아닌 거 같아요."

"네? 아, 그럼 정형외과로 가나요?"

우리나라처럼 의료 접근성이 좋은 나라도 드물 터였다. 덕분에 대다수 사람이 대략적으로라도 어떤 과가 어떤 병을 본다는 걸 잘 알고 있었다.

다만 이번에는 틀렸다. 골절 자체에 대한 치료는 골반뼈의 골절이 관찰되는 만큼 당연히 정형외과의 도움을 받아야 할 수 있겠지만, 수혁이나 바루다가 판단하기에 수술이 필요한 상황은 아니었다. 그렇다면 대체 이 다발성 골절이 무엇 때문에 일어나고 있는 것인지에 대해 알아봐야만 했다.

[암일 가능성이 상당히 높습니다.]

그중에서도 특히 다발성 골수종(주로 골수에서 발생하는 혈액암의 일종)을 의심해야만 했다. 이놈은 뼈를 파먹으면서 골절을 일으키는 병이었으니까. 물론 엑스레이 소견이 좀 다르긴 했지만, 원인 모를 다발성 골절이 있는 상황에서 이 질환을 빼먹는 건 일종의 의료 사고였다.

"아, 아뇨. 일단 내과적인 원인이 의심됩니다."

"내……과요?"

당연하게도 환자의 고개가 갸웃거렸다. 골절인데 내과라니. 너무 이상하지 않은가.

"네. 환자분은 분명 어디 부딪친 적이 없었다고 했죠?"

"아, 네. 저……. 뭐 어디 그렇게 많이 다니지도 않아요."

"그런데 명백한 골절 라인이 있습니다. 그리고 이 골절 부위는 사실 외상으로는 잘 안 생기는 부위입니다."

"아."

"따라서 무언가 뼈를 골절시키는 내부 원인이 있을 것으로 생각됩니다."

"그, 그게 뭔데요?"

"그건 이제부터 내과로 오시면 저희가 찾아봐야죠."

"아……."

하지만 수혁은 원체 말을 잘하는 인간 아니던가. 게다가 표정이나 말투 또한 이제는 환자로서 넘어가지 않을 수 없는 수준까지 상당히 발전해 있었다.

"제가 반드시 찾아서 교정해 드리겠습니다."

"어, 근데 그냥 이렇게 가요? 교수님 인사도 안 하고?"

"입원 어제 했는데, 어제 한 번 봤다고 하지 않으셨어요?"

"아……. 그건 그래요."

김다현 환자는 큰 눈을 도르르 굴렸다. 교수 얼굴도 한 번 봤지만, 그 밑의 주치의 얼굴도 어제 보고 감감무소식이었다. 신경외과라는 곳이 워낙 바쁜 곳이라는 것은 알고 있었지만, 이렇게까지 심할 줄은 몰랐다.

'내과가 여기보단 낫겠지…….'

덕분에 환자의 마음은 상당히 기울었다.

"저는 매일 적어도 두 번은 볼 수 있을 거예요. 무조건 원인을 찾아서 치료해 드리겠습니다."

게다가 듣다 보니 내과 질환이 맞는 것 같기도 했고, 수혁이 어려 보이긴 했지만 자신감이 넘쳐 보였다. 최낙필에 비교할 바는 아니어도 주치의보다는 훨씬 나아 보였다.

"어……. 알겠어요. 그럼 뭐……."

더군다나 내심 신경외과랑은 이미 얘기가 되었겠거니 하는 생각도 들었다. 그렇지 않다면 좀 이상한 얘기 아니겠는가. 물론 진짜 이상한 일이 벌어지고 있는 마당이었지만, 환자로서는 미처 상상도 하지 못하고 있었다.

※※※

"네, 수술실이죠?"

그사이 수혁은 병실을 잠시 벗어나 전화를 걸었다.

"네, 13번 방입니다. 무슨 일이시죠?"

전화를 받은 수술실 간호사의 목소리는 그리 좋지 못했다. 당연한 일이었다. 지금 13번 방에서 하는 수술은 무려 10cm가 넘는 두개저 종양에 대한 수술이었으니까. 아마 접근하는 데만 해도 몇 시간이 걸릴지 알 수 없을 터였다. 그러한 사실을 보지 않아도 다 알 수 있는 수혁은 정말 다 알고 있단 얼굴로 고개를 끄덕였다.

"네. 저 내과 2년 차 이수혁입니다."

"아……. 이수혁 선생님. 안녕하세요."

간호사는 수혁의 이름을 듣자마자 태도를 싹 바꾸었다. 아까까지만 해도 살벌하고 바쁜 수술실에 웬 놈이 전화를 걸었냐는 말투였다고 한다면, 지금은 거의 교수에 준하는 대우를 하고 있었다. 예전 같았으면 수혁도 좀 당황했을 테지만, 이젠 이런 특별 대우에 익숙해진 상황이었다.

"네. 혹시 강동호 선생님 전화 가능한가요?"

"아……. 지금 강 선생님 보조 중인데요."

"전화기 가져다 대 줄 수는 있어요? 협진 낸 환자 때문에요."

"잠시만요."

간호사는 수화기를 든 채 수술실 눈치를 살폈다. 다행히 성질 더러운 최낙필은 수술 부위에서 눈을 한시도 떼지 않고 있었지만, 팔짱을 끼고 옆으로 비킨 상황이었다. 아무튼, 지금은 이비인후과 쪽에서 수술 부위로 접근하고 있었다. 이비인후과 교수는 최낙필에 비하면 거의 천사인지라 기회가 생긴 셈이었다. 게다가 강동호는 아무래도 신경외과 레지던트라 제1보조의가 아니라, 2보조를 맡고 있었다. 그저 당기고 있단 뜻이었다.

"저, 선생님. 전화 왔는데요. 내과 협진 때문에요."

"아, 네."

강동호는 그렇지 않아도 어제 낸 협진이 있다는 것을 기억해 냈다. 그리고 그 협진이 어지간해서는 답신이 오지 않는 내분비내과 쪽 협진이었다는 것 또한 기억해 냈다. 그래서 살짝 이비인후과 교수와 최낙필 과장의 눈치를 보면서 전화를 받았다. 다행히 이비인후과 이낙준은 천사라 짤막하게 고개를 끄덕임으로써 허락을 해 주었다.

"전화받았습니다. 신경외과 1년 차 강동호입니다."

"아, 저 내과 2년 차 이수혁입니다. 협진 주신 김다현 환자 때문에요."

"아아, 네. 선생님."

동기 중에는 수혁을 질투하는 사람들도 꽤 있었다. 하지만 하나만 아래로 내려가도 사정은 완전히 달라졌다. 로열에, 똑똑하지, 어지간하면 환자도 잘 봐주지. 이런 위 연차가 세상천지 어디 있단 말인가.

"그 환자 제가 보니까……. 골절이 다발성으로 있어요."

"네? 다발성…… 아, 네."

강동호는 자기도 모르게 목소리를 높이다가 최낙필의 눈치를 보고 훅 깔았다. 그동안에도 수혁의 말을 계속 이어졌다.

"내과 쪽 원인일 가능성이 매우 커 보여요. 전과받아서 보겠습니다."

"어, 전과……. 그……."

"왜요?"

"아뇨. 음."

강동호는 슬쩍 최낙필 쪽을 바라보았다. 성질이 더러운 편이라, 평소 1년 차한테는 인사도 잘 받아 주지 않는 위인이었다. 본격적으로 머리 쪽 수술이 시작되면 3년 차나 4년 차가 들어오겠지만, 지금은 여기 신경외과 레지던트라고는 자기 혼자였다.

'시발 어쩌지?'

당연히 고민이 되었다. 물어보면 간단할 문제였지만, 도저히 그럴 수가 없었다. 평소 최낙필 과장을 겪어 본 사람이라면 다들 그러할 터였다.

"거, 신경외과 선생. 이제 슬슬 집중해 줬으면 좋겠는데."

고민을 더 이어 나갈 수도 없었다. 천사로 소문난 이낙준 교수마저도 이제는 안 되겠다고 판단을 내린 탓이었다.

"어……. 네. 아, 알겠습니다. 그럼 일단 넘기겠습니다. 네."

그래서 강동호는 어영부영 넘기고 말았다. '왜 머리를 보는 최낙필이 허리 통증을 호소하는 환자를 받았을까.'에 대한 고민은 해 보지도 못했다.

"자, 여기 당겨 줘요."

"네."

물론 김다현 환자에 대한 생각 자체도 오래가지 못했다. 수술 외에 다른 생각을 하기엔 지금 이 환자 수술이 너무 어려웠다. 교수들도 쩔쩔매고 있는데, 1년 차가 어떻게 마음 편히 있을 수 있겠는가.

'전과하래. 간호사한테 말해서 받으면 되겠네.'

[네, 그럼 그렇게 하시죠. 넘어오는 즉시 처방을 좀 내 봅시다.]

'뭐 뭐 내지?'

[일단 수혁의 의견을 들어 보죠.]

바루다는 즉각 답변을 주는 대신 수혁의 의견을 물었다. 약간 교육받는 느낌이긴 했지만, 딱히 기분이 나쁘거나 하진 않았다. 어차피 바루다에 100% 의존해서는 절대 세계 최고의 의사가 될 수 없을 테니까. 솔직히 말하면 언제까지 머릿속에 있는 바루다가 제대로 작동해 줄지 알 수 없는 노릇이었다. 그래서 수혁은 상당히 협조적으로 자신의 의견을 읊어 댔다.

'일단 피 검사 긁어 봐야지. 이게 파골(뼈를 부서뜨리는 것, 파골세포)이 되는 건지 뭔지 알려면.'

[그렇죠. 그리고?]

'엑스레이에서는 골절인지 아닌지 긴가민가한 부위가 너무 많아. 본 스캔(bone scan)을 해 봐야 해.'

[좋군요. 또?]

'뭐……. 영상에서 어지간하면 보이긴 하겠지만. 이비인후과에 의뢰해서 편도선을 포함한 검진을 받아 보는 게 좋겠지.'

[임파암까지. 세심하군요, 수혁.]

워낙 깐족대던 놈이라 진심인지 뭔지 좀 헷갈리긴 했지만, 바루다는 진심으로 감복했단 얼굴이었다.

'넌 뭐 추가할 거 없어?'

[없습니다. 결과를 보면서 추가하도록 하죠.]

'좋아. 가 보자.'

[네.]

▰▰▰▰▰

전과는 금세 이루어졌다. 심지어 전실까지 일사천리였다. 원장 아들이자, 가장 똘똘하다는 평을 듣고 있는 레지던트가 전화하는데 그 누가 들어주지 않겠는가.

"정말 괜찮으시겠어요? 여기 특실밖에 없어서. 그냥 거기 계셔도 되긴 되는데."

"아뇨. 괜찮아요. 치료되는 게 중요하죠."

물론 그 저변에는 환자의 재력이 뒷받침되어 있긴 했다. 김다현 환자는 무려 하루 병실료만 40만 원이 넘는 특실도 마다하지 않았다.

[재력가이신가. 맨날 탕수육에 짜장면 먹겠네, 부럽다.]

'너는 뼈 부러진 사람 보고 그런 말이 나오냐?'

[수혁의 속마음을 읽은 건데요?]

'흠흠.'

바루다의 말처럼 상당한 재력가인 모양이었다. 의료진에게는 참으로 다행한 일이었다. 모든 의료에서 독이 되는 부작용인 '재정적 독성'을 염두에 두지 않아도 되니까. 그야말로 자신이 알고 있는 모든 진단 방법과 치료를 다 동원해도 좋다는 얘기였다.

"그저 치료만 해 주시면 돼요. 너무 아파요."

김다현 환자는 수혁의 팔뚝 근처를 잡은 채 간절한 어투로 말했다. 진통제가 들어가고 있음에도 굉장히 아픈 모양이었다. 1점부터 10점까지 통증 정도를 평가하는 검사에서 계속 7에서 8점을 왔다 갔다 하고 있었다.

"네, 환자분. 일단 통증에 대해서도 약을 더 드릴게요. 그리고 다행히 오늘 검사가 가능하다고 하거든요? 밤에 내려가야 할 수는 있지만……. 그래도 결과를 바로 볼 수 있겠습니다."

"아……. 감사합니다."

진단된다고 해서 통증이 사라지는 건 아니겠지만, 뭐라도 되면 좋다는 생각에 고개를 숙였다. 통증 때문에 완전히 숙어지진 않았지만, 그 마음은 충분히 전해졌다.

'일단 통증부터 좀 잡자. 어차피 진단에 이제 신체검사가 중요한 건 아니잖아.'

아파서 응급실에 가 본 경험이 있는 사람이라면 아마 알 터였다. 의사가 어쩐지 내 통증을 내버려두고 있을 때가 있다는 것을. 야속할 수도 있겠지만 이유가 있었다. 통증이 때론 진단에 있어 가장 중요한 단서가 되기 때문이었다. 하지만 이미 골절을 확인한 마당에는 얘기가 많이 달라지는 법이었다.

[펜타닐을 추천합니다. 일회성으로 쓰기 좋은 마약성 진통제죠. 그나마 호흡 억제력도 낮고요.]

'펜타닐……. 그래, 그걸로라도 좀 조절을 해 드려야지. 이대로는 안 되겠어.'

[용량은 잘 조절하십시오. 여자분이고, 체중도 그리 많이 나가지 않습니다.]

'당연하지. 내가 1년 차냐.'

수혁은 피식 웃어 대면서 처방을 넣었다. 너무 방심하는 거 아닌가 싶은 얼굴이었지만 역시나 실수는 없었다. 제대로 처방된 진통제는 곧 위력을 발휘하여 환자의 증상을 경감시켰다. 그렇다고 호흡을 억제하거나 의식을 떨어뜨리는 수준도 아니었다.

덕분에 김다현 환자는 검사실에서 연락이 오자마자 웃으며 내려갈 수 있었다. 수혁은 휠체어를 타고 엘리베이터로 향하는 환자의 뒷모습을 바라보다가 이내 모니터를 향해 고개를 돌렸다.

"선생님, 협진 다 보시고 전과까지 받으신 거예요?"

그런 수혁을 향해 하윤이 말을 걸어왔다. 아무래도 새 환자가 오다 보니 인턴이 할 일이 좀 생겼는지, 아까부터 병동을 바삐 돌아다니고 있었다.

지금은 그나마 상황이 좀 정리된 모양이었다. 그렇지 않고서야 지금처럼 병동 스테이션으로 인턴이 다가올 수는 없었을 터였다.

"아, 응. 아까 낮에."

"와……. 20개 넘게 있었는데. 언제 다 보셨어요?"

"응? 인턴인데 그건 어떻게 알아?"

"안대훈 쌤이 그거 명단 뽑아 놓고 요 며칠 계속 한숨 쉬고 있었거든요. 저야 뭐 이 근처 처방 있으면 계속 오니까, 그때 봤죠."

"아하."

수혁은 별거 아니란 투로 답하는 하윤을 대견하다는 눈으로 바라보았다. 수혁도 2년 전에는 하윤과 같이 인턴을 돌아 본 경험이 있지 않은가. 이런 사안은 관심이 없으면 절대로 알 수 없었다.

"김다현 환자분 검사 결과 보고 계시는구나. 좀 어떤 거예요?"

인턴이면 사실 시간 날 때마다 눕고 싶을 텐데, 하윤은 태도가 좋아도 너무 좋았다. 수혁은 왜 태도 좋은 인턴을 선배들이 이뻐했었는지 이제야 알 것 같았다.

'확실히 이쁘네.'

[얼굴이 이뻐서 이뻐 보이는 거 아닐까요?]

언제나 그러하듯 바루다는 일침을 놓았다. 수혁은 뜨끔했으나 그의 뛰어난 연기력에 힘입어 아무렇지 않은 척할 수 있었다.

'아니, 아니거든? 나는 그렇게 속물이 아니거든?'

[글쎄……. 아무튼, 결과 나왔지 않습니까? 설명해 주는 셈 치고 같이 보시죠.]

바루다는 거기서 더 들이파지는 않았다. 실제로 결과가 나온 마당인 데다가, 아직 확인하지 못한 상황이었기 때문이었다. 어서 빨리 보고 싶은 마음은 하윤보다 이쪽이 훨씬 더했다.

"어, 그래. 한번 보자. 어디……."

수혁 또한 비슷한 심정이었기에 급히 검사 결과 창을 띄웠다. 루틴 CBC(총혈구 검사)를 포함한 여러 혈액 검사 결과가 주르륵 눈앞에 나타났다.

"뭐 백혈구, 적혈구, 혈소판 수치는 정상이고……. 칼슘이랑 인 어디 갔지?"

외상이 아닌 다른 이유로 골절이 일어나고 있는 경우 가장 중요한 것은 뼈의 주요 성분이었다. 그중에서도 칼슘과 인의 수치는 무척 중요했다.

"아, 여기 있어요. 어? 인이 엄청 낮은데요?"

"어디. 오. 1.6이면……. 확실히 떨어져 있는데. 거기에 ALP는 올라가 있어."

인의 정상 수치는 2.5에서 4.5mg/dL였다. 정상 아래 마진에 걸려 있어도 좀 이상하다는 생각이 들 텐데 1.6이라니. 이 정도면 하윤의 말대로 엄청 낮다는 표현을 쓰기에 부족함이 없었다.

"본 스캔도 했나 봐요!"

아래턱을 쓰다듬으며 슬슬 허공을 보기 시작한 수혁의 어깨를 하윤이 두드렸다. 정신을 차리니 그녀의 말대로 검사 결과 창에 뭔가 번쩍거리는 곳이 있었다. 새로운 검사 결과가 떴다는 알림이었다. 하도 바쁜 병원이다 보니, 간혹가다가 검사 내놓고선 결과를 너무 늦게 확인하는 경우가 있어 만들어진 기능이었다. 만족도가 아주 높았다.

"오. 빨리 보자."

수혁은 바루다와의 대화를 잠시 미뤄 두고는 본 스캔을 클릭했다. 그러자 지금까지 떠 있던 프로그램 외에 영상 프로그램이 가동되었다. 태화전자의 후원을 받는 병원답게 모든 컴퓨터 성능이 상당히 좋은 편이라 시간이 크게 지체되진 않았다. 애초에 본 스캔이라는 검사가 영상이 몇 개 없기도 했다.

"흠."

수혁은 그렇게 열린 본 스캔 영상을 빠르게 훑었다. 골절이 있거나 뭔가 이상이 있는 부위는 새카맣게 나타날 것이었다. 엑스레이와는 달리 한눈에 알아볼 수 있는 것이 장점이었다.

"오른쪽 1, 2, 9번째 갈비뼈에……. 왼쪽은 1, 2, 3번 골절. 꼬리뼈도 부러졌네? 어쩐지 허리를 너무 아파하더라."

그 외에도 엑스레이에서도 확연하게 확인할 수 있었던 좌측 골반뼈 골절이 있었다. 그야말로 다발성 골절이라는 말이 실로 아깝지 않은 수준이란 뜻이었다. 인이 떨어져 있는데, 다발성 골절이 일어났다. 수혁은 이번에야말로 본격적으로 허공을 응시하기 시작했다.

'일단 인이 떨어질 수 있는 상황이 뭐가 있지?'

[신장에서 재흡수가 안될 수 있습니다.]

'튜불(tubule, 세관) 쪽에 문제가 생겼다 이건가?'

[어디까지나 가정입니다만, 제일 의심됩니다. 그다음으로는 장에서 흡수가 덜 되고 있을 수도 있고, 호르몬의 영향으로 세포 안으로 과도하게 이동하고 있을 수도 있습니다. 또는 그물뼈의 생성이 촉진되어 있을 수도 있습니다.]

'감별하려면 또 검사를 내야겠네.'

[네. 그나마 통증은 조절되고 있으니 시간은 번 셈입니다.]

'좋아.'

수혁은 바루다에게 이것저것 묻는 대신 바로 처방을 내렸다. 25(OH) VitD3라고 하는, 쉽게 말하면 그냥 비타민D라고 봐도 되는 녀석 하나와 뼈 생성과 분해에 관여하는 호르몬인 부갑상샘 호르몬 수치를 확인하는 검사였다. 그 두 가지 항목을 본 바루다는 감개무량하다는 듯한 표정을 지어 보였다.

[좋군요. 아주 좋아요.]

'많이 늘었지?'

[빈말이 아니라 진짜 서효석보다는 좋은 내분비내과 의사일

겁니다, 이미.]

'후후.'

[그렇게 웃지만 않으면 더 멋질 텐데. 지금 미소 실제로 얼굴에 반영되고 있다는 걸 모르니까 이러고 있겠죠?]

'이런 망할.'

수혁은 그제야 바로 옆에 하윤이 있고, 하윤이 그의 얼굴을 고스란히 확인하고 있었다는 것을 떠올릴 수 있었다. 뒤늦게 무표정한 얼굴로 돌아왔지만, 이미 다 본 모양이었다. 하윤은 상당히 어색한 미소를 짓고 있었다.

"인이 떨어져 있으면서 다발성 골절이 있지? 이 경우에는 일단 신장에서 인이 얼마나 잘 흡수되고 있는지 확인해 봐야 해. 그게 안되고 있다면 신장 질환을 생각해 볼 수 있거든."

"아……."

물론 수혁은 이미 여느 연기자 뺨치는 수준으로 올라와 있었기 때문에, 대강 둘러댈 수 있었다. 하윤 또한 수혁이라고 하면 껌뻑 죽을 만큼 대단한 사람이라고 생각하고 있어서 별문제가 있지는 않았다.

"그거 알아낼 수 있는 공식이 있는데, 혹시 기억해?"

"아…… 배운 거 같아요. 그……. 혈중에 있는 뭐랑 소변에 있는 뭐를 나누는 건데."

"오. 너 진짜 공부 잘했구나. 족보에도 없는 내용일 텐데."

수혁은 막상 질문을 던진 마당이었음에도 순수하게 감탄을 터뜨렸다. 이런 내용을 숙지하고 있는 사람은 아마 레지던트 중에서도 거의 없을 게 뻔했기 때문이었다. 신장내과 펠로우 정도나 되어야 알고 있을 터였다.

"정확히는 기억이 안 나요. 딱 그 정도만……."

"있는 것도 모르는 사람이 태반일걸. 자, 이거랑 이거 보면 알지도 모르겠다."

수혁은 루틴 검사에는 포함되어 있지 않은 검사를 더 처방했다. 소변 내 크레아틴과 소변 내 인 수치를 확인하는 검사였다.

"아. 혈중 인하고 혈중 크레아틴 비율을 보면……. 인이 얼마나 재흡수되는지 알 수 있어요."

하윤은 그걸 보자마자 예전에 배운 내용을 기억해 냈다. 수혁은 정말이지 대견한 얼굴이 되어 그녀의 어깨를 톡톡 두드려 주었다.

"대단한데? 맞아. 이거 내일 보면 어느 정도는 원인을 잡을 수 있을 거야."

"내일 회진 시간 맞춰서 와 있을게요."

"그럴래?"

"네. 인턴이라……. 어떻게 될지는 모르겠지만요."

"그래, 그럼 내일 보자."

"네. 선배님."

바루다는 고개를 숙인 후 총총걸음으로 사라져 가는 하윤을 보며 중얼거렸다.

[정말 특이한 사람입니다. 대체 수혁의 어디가 좋아서 저럴까요?]

'나 정도면 꽤 괜찮은 편이지 뭐.'

[자기애성 인격 장애라고 들어는 보셨죠?]

'꺼져……. 일단 좀 자자. 오늘 온종일 돌아다녔더니, 힘들어.'

[인정합니다. 확실히 혈중 스트레스 호르몬 농도가 높아졌습니다. 오늘은 이만 쉬시죠.]

바루다가 보기에도 수혁의 몸 상태가 영 아니었는지, 웬일로 순순히 수혁이 당직실에 들어가 눕는 것을 방관하였다. 그렇게 수혁의 밤은 조용히 넘어가고 있었지만, 아쉽게도 모두에게 그런 밤이 되지는 못했다.

수술실에서 나온 최낙필 과장이 김다현 환자가 전실한 것을 보고 강동호 레지던트 1년 차를 향해 소리치기 시작했다.

"이 미친놈아! 그 환자가 누군지 알고 그냥 보냈어!"

"네, 네?"

이제 막 수술실에서 나와 잠시라도 몸을 뉠 수 있다는 기대감에 부풀어 있던 강동호는 소스라치게 놀랐다. 당연히 그와 같이 있던 4년 차 치프 또한 마찬가지였다.

'이 미친놈이 무슨 사고를 친 거지?'

대강이라도 짐작 가는 건 없었다. 어차피 4년 차라고 해 봐야 신경외과 아니던가. 1년 차보다 심하다고 할 수 있을 만큼, 신경외과 4년 차는 눈코 뜰 새 없이 바빴다.

"이 새꺄, 그 환자⋯⋯. 넌 생각이라는 걸 안 해? 내가 왜 허리 아픈 사람을 받았겠어!"

4년 차와 강동호의 고뇌가 이어지는 동안 최낙필은 아까보다도 더 거세게 소리쳤다. 화를 내다 보면 더 화나는 사람이 있는 법인데, 딱 최낙필이 그랬다. 지금 시각이 새벽 2시인 데다가, 병동 복도였기 때문에 어마어마한 민폐였지만 그는 아랑곳하지 않았다.

"어⋯⋯."

"아⋯⋯. 미치겠네."

최낙필은 이후로도 한바탕 욕을 쏟아 내다가, 황급히 달려온 시니어 간호사의 말을 듣고 나서야 목소리를 조금 낮추었다. 물론 표정은 그리 바뀌지 않은 상황이었다. 보통 외과계 의사들은 수술실에선 성격이 개차반이더라도 나오면 한풀 꺾이기 마련이었지만, 최낙필은 그렇지 않았다. 그 때문에 4년 차의 얼굴은 더없이 어두워져 있었다.

'아⋯⋯. 지랄하기 시작하면 끝도 없을 텐데.'

그냥 더럽기만 한 게 아니라 집요하기까지 한 인간이었다. 아마 한 달은 이걸로 두고두고 괴롭힐 게 뻔했다. 그래서 4년 차는 일단 상황을 좀 더 알아보기로 작정했다.

'VIP면 뭔가 표시를 해 뒀을 텐데.'

저렇게 난리바가지를 피울 정도라면 반드시 그래야만 했다. 하지만 김다현 환자의 외래 차트에는 그냥 입원이라는 글자만 쓰여 있을 뿐, 아무 기록도 되어 있지 않았다. 다만 입원장을 내자마자 바로 처리가 된 걸 보면 뭔가 있을 거란 생각이 들기는 했다.

'이 시발. 이러니까 간호사도 모르고 주치의도 모르고 나도 모르지.'

교수만 아니었으면 당장에 뭐라고 해 줄 텐데. 상대는 그냥 교수도 아니고, 최낙필 과장이었다. 적어도 4년 차의 가까운 미래 정도는 얼마든지 결정할 수 있었다.

'누가 데려간 거야?'

참을 인 자를 그리며 좀 더 살펴보니, 주치의가 이수혁으로 되어 있었다. 사실 다른 과인 데다가 연차도 달라서 굳이 알 필요 없는 이름이긴 했지만, 딱 보는 순간 알 수 있었다.

'원장 아들이네.'

설마 뭔가 알고 데려간 건가 하는 생각마저 들었다. 그렇다면 정말 어마어마한 VIP라는 얘기인데, 더더욱 최낙필 과장을 볼 자신이 없어졌다. 하지만 반대로 최낙필 과장은 이 새끼가 뭘 봤길래 고개를 삭 돌렸나 너무 궁금해졌다.

"야, 넌 뭐 봐? 정신없어? 4년 차가 돼 가지고 과 돌아가는 사정을 하나도 몰라?"

사실 최 과장도 이런 말 자체가 말이 안 된다는 것 정도는 알고 있었다. 4년 차가 아니라 과장인 자신도 솔직히 과 돌아가는 사정을 다 알진 못했으니까. 그러니까 그냥 억지라는 뜻인데, 이런 억지가 통하는 게 또 병원이었다.

"죄송합니다."

"뭐 보고 있어? 비켜 봐."

"아, 그…… 네."

"김다현 환자 차트네? 음. 잘했어. 그렇지 않아도 대체 어디……. 내과? 아니, 내과로 갔어?"

최낙필은 차트를 들여다보다가 도저히 이해가 안 간다는 얼굴이 되었다. 그렇지 않은가. 분명 골절로 인한 입원이었는데 내과라니. 설마 당뇨 그거 하나 협진 냈다고 데려갔나 하는 생각이 들었다.

'서효석, 이 개새끼가…….'

평소 환자 보기 싫어하기로는 병원 전체 1, 2위를 다투는 것이 서효석 아닌가. 그런 그가 환자를 데려가다니. 이건 분명 환자가 누군지 알고 있다는 뜻이었다.

괘씸한 새끼란 생각이 팍 치고 올라왔다. 그래서 전화기를 딱 부여잡았으나, 차마 번호를 누르지는 못했다. 서효석이 최낙필보다 아래 기 수이긴 했으나, 그 장인은 한참 윗사람 아니던가.

'하……. 내일 날 밝으면 바로 신현태 찾아가서 따져야지.'

최낙필은 과장으로 끝낼 생각이 없는 위인이었다. 여지가 있을 거 같은 사람들에 대한 화는 곧잘 참았다.

"이 새꺄. 너, 너 똑바로 해. 너도 인마. 치프가 되어 가지고……."

대신 화풀이 대상에게 내는 화는 전혀 참지 않았다. 그는 또다시 한 10분가량 욕지거리를 내뱉고는 오늘 수술한 환자 잘 보란 말을 남기고 사라졌다.

'으.'

제일 무서운 사람이 사라졌음에도 강동호는 얼굴이 필 수 없었다. 흉신악살과 같은 몰골이 된 4년 차가 자신을 똑바로 응시하고 있었기 때문이었다. 평소 꽤 친한 학교 선후배 사이였지만, 이럴 땐 얄짤없었다.

"너 새꺄 입이 없냐?"

당연하다는 듯 발길질이 날아왔다. 강동호는 아릿한 통증이 느껴지는 정강이를 감싸 줄 생각도 하지 못한 채 고개를 숙였다.

"죄, 죄송합니다."

"모르면 물어보라고 했지? 사고 치기 전에."

"그……."

"에이, 시발."

4년 차는 잠시 최낙필이 사라진 곳을 물끄러미 바라보다가 말을 이었다.

"뭔 환자야. 뭐 의심해서 입원시킨 거야."

그나마 한 대 친 거로 화가 풀린 4년 차는 비로소 제대로 된 질문을 던졌다. 외래고 입원 기록이고 신경외과 쪽 기록은 별 것 없어서 알 수 있는 게 없었다.

"그……. 허리 통증이요."

"그건 증상이잖아. 진단명이 뭔데? 디스크야?"

"아……. 아뇨. 그건 아닙니다."

"그럼 뭐야."

"골절? 이렇게 들은 거 같습니다."

"골절? 근데 왜 내과에서 데려가. 누가 데려간다고 했어? 설마 네가 먼저 전과받아 달라고 한 건 아니지?"

4년 차는 만약 그랬다면 한 대 더 칠 생각을 하며 물었다. 강동호는 부리나케 고개를 털었다.

"아, 아닙니다. 이수혁……. 이수혁 선생님이 먼저 데려가겠다고 했습니다. 골절이 내과적인 원인이라고 하면서."

"이수혁이? 하……. 이 새끼 이거 원장 아들이라고 눈에 뵈는 게 없나."

물론 4년 차라고 해도 감히 수혁의 앞에서 이런 말을 할 수는 없을 터였다. 강동호도 없으니까 하는 소리란 건 알고 있었지만 일단 맞장구는 쳐 주었다.

"정말 그런가 봅니다. 대체 뭐가 뭔지 저는……."

"뭐긴 뭐야. VIP 빼 간 거지. 서효석 이 양반도 평소에는 죽어라고 안 보더니……. 진짜 웃기네, 이거?"

"어, 어떻게 하죠?"

"어쩌긴 뭘 어째. 넌 할 일이나 하고 있어."

"서, 선생님은 뭐 어떻게 하시려고요?"

"내과 치프 불러다 까야지."

4년 차는 인상을 잔뜩 쓴 채 어디론가 사라졌다.

강동호는 그가 완전히 시야에서 사라진 후에야 짙은 한숨을 쉴 수 있었다.

"에이……. 이수혁 뭐야, 진짜."

애꿎은 수혁에 대한 불만을 늘어놓으면서였다.

◢◢◢◢◢

정확히 그 시각으로부터 3시간 반 이후, 수혁이 눈을 떴다.

[왜 이렇게 귀를 후비적거립니까?]

'몰라. 괜히 간지럽네?'

[그러다 외이도염 걸려요. 조심해요.]

'나도 알아, 나도. 아무튼, 검사 결과 나왔으려나?'

[검사실에 전화는 해 놓긴 했지만, 알 수 없죠. 일단 검체가 나와야 되는 거니까.]

피야 뽑으면 그만이었지만, 소변은 이 사람이 봐야 검사가 나갈 수 있지 않겠는가. 수혁은 부디 환자가 소변을 제대로 봤기를 바라면서 침대에서 몸을 일으켰다.

"그나마 좀 일찍 자서 그런가. 몸이 괜찮네."

[왜 그걸 입 밖으로 냅니까?]

"나 혼자 있잖아."

[자꾸 그래서 혼자 있게 된 건 아닐까요?]

수혁은 바루다의 시비를 가뿐히 씹고는 병동으로 향했다. 어제 말했던 대로 하윤이 스테이션 쪽에서 기다리고 있었다. 얼굴엔 졸린 기운이 잔뜩 묻어 있었는데, 아마도 평소보다 더 일찍 나와서 루틴 잡을 끝내 놓은 모양이었다.

'그래도 나 돌아오기 전보다는 낫겠지.'

수혁은 어제 싹 정리해 둔 처방을 떠올렸다. 의학에 있어서만큼은 부족한 거보다 과한 게 무조건 낫다는 말이 있긴 하지만, 그래도 굳이 쓸데없는 검사를 반복할 필요는 없지 않겠는가. 1년 차 안대훈이야 불안해서 이것저것 내겠지만, 수혁은 그럴 이유가 없다고 생각했다.

"아, 선생님. 너무 일찍 나왔나 봐요. 벌써 일이 끝났어요."

물론 하윤은 그러한 내막을 알지 못했다. 그저 오늘따라 인턴 잡이 좀 적다고 생각했을 뿐이었다. 수혁은 그걸 좀 말해 줄까 하다가, 자기 입으로 말하면 없어 보일 뿐이라는 바루다의 조언을 전격 수용했다.

"이제 6시 좀 넘었는데, 엄청 부지런하네."

"이쁨받는 인턴이 되려면 이 정도는 해야죠."

사실 하윤 정도의 성적이라면 딱히 이렇게까지 안 해도 충분히 이쁨받을 수 있을 터였다. 솔직한 얘기로 요즘 같은 분위기에서 과 톱이 내과를 지원하는 일은 상당히 드문 일이 되어 버렸기 때문이었다. 아마 교수님들은 하윤이 위 연차를 폭행이라도 하지 않는 이상 무조건 뽑으려 할 것이 뻔했다. 성적 의미 없다, 의미 없다 하지만 1등이 우리 과를 지원했다는 건 언제나 의미 있는 일이지 않은가.

수혁은 그런 생각을 하면서 김다현 환자의 차트를 타고 들어갔다. 아무래도 로딩이 있었는데, 그사이에 하윤이 재차 입을 열었다.

"아, 맞아. 김다현 환자분 말이에요."

"응, 왜?"

"아까……. 한 5시 반쯤? 신경외과에서 찾아왔었어요. 불편한 거 없는지, 내과에서 진단 제대로 받고 있는 건지……. 이것저것 물어봤어요."

"5시 반에……. 신경외과에서?"

"네."

"이상한데."

수혁의 고개가 절로 갸웃거려졌다. 말마따나 정말 이상한 일이었기 때문이었다.

[중환자실 보기도 바쁠 텐데, 이미 전과된 환자를 찾아오다니. 신경외과에 인력 충원이라도 있었던 걸까요?]

'그럴 리가 없잖아.'

[흠.]

하지만 바루다나 수혁이나 진료 외적인 부분으로 사고를 확장하진 못했다. 하윤 또한 사회 경험이 대충 비슷했기 때문에 별말을 잇지는 않았다. 덕분에 둘은 그냥 이상하네 하고는 환자의 검사 결과를 들여다보게 되었다. 다행히 환자는 밤에 소변을 본 건지 검사가 떠 있었다. 바루다는 그것을 토대로 즉시 계산을 해내었다.

[TRP(Tubular Reabsorption of Phosphate, 인의 재흡수율) 71%. 유의하게 감소해 있습니다. 그 외 비타민D 수치는 정상, 부갑상선 호르몬도 정상입니다.]

'그럼 신장이 문제네.'

[튜불에서의 문제라면 역시……. 암일 가능성을 생각해 봐야 합니다.]

튜불은 신장의 한 부속 기관을 뜻하긴 했지만, 그렇다고 신장암을 의심하는 건 아니었다. 튜불의 손상을 일으킬 수 있는 암을 감별해야만 했다. 그때 하윤이 입을 열었다.

"아, 맞아."

무언가 떠오른 듯한 얼굴이었다.

"왜?"

수혁은 즉시 바루다와의 대화를 멈추고 하윤을 마주 보았다. 비록 바루다는 그런다고 하윤이랑 잘될 거 같냐고 투덜거리고 있었지만, 수혁은 이제 적당히 바루다의 말을 무시할 수 있게 된 참이었다.

"환자가 목뒤에 뭐 만져지는 게 있다고 했어요."

"목뒤라. 설마 임파암인가?"

"암이요?"

진단 흐름을 전혀 이해하지 못한 하윤은 눈을 끔뻑거렸다. 중환자실을 들렀다가 오느라 조금 늦게 온 안대훈 또한 마찬가지였다.

"아."

수혁은 그제야 애들은 바루다의 말을 들을 수 없단 걸 상기한 채 말을 이었다.

"보면, 신장에서 인의 재흡수가 잘 안돼. 튜불에 손상이 있다는 건데, 그럼 일단 튜불을 급성으로 망가뜨릴 수 있는 종양을 생각해 봐야 하고. 주로 성장이 빠른 놈들이 이런데……. 목에 덩이가 있다면 역시 임파암부터 생각해 봐야지."

"아……. 그럼 이비인후과에 절개 생검 의뢰할까요?"

"어, 그래."

🔳🔳🔳

수혁이 티칭 비슷한 처방을 내리고 있을 때쯤, 신현태는 최낙필의 전화를 받고 있었다. 아직 출근하기도 전에 걸려 온 전화였기 때문에 약간은 짜증 난 목소리였다.

"왜요, 최 과장님. 저 아직 병원 아닌데."

"다름이 아니라. 어제 서효석 교수가 레지던트 시켜다가 우리 환자 가로챘거든?"

하지만 최낙필은 새벽부터 이미 오래 참았다고 생각하고 있는 상황이었기에 지나치다 싶을 정도로 날카로웠다. 신현태는 천성이 부드러운 편인 데다가, 서효석으로 시작하는 얘기에서는 무조건 불리하다고 여기고 있었기 때문에 급히 태도를 바꿨다. 더군다나 지금 서효석 밑을 도는 레지던트는 우리 수혁이 아닌가. 긴장해야 했다.

"어……. 그런 일이 있었습니까? 어떤 환자인데요?"

"태화전자 부사장님 딸. 지금 본인이 이사기도 하고…….

일부러 티 안 내겠다고 하서서 나한테만 전화했던 거 같은데……. 어떻게 알았는지 빼 갔어. 정말 이러기야?"

VIP

 김다현. 태화의료원의 모회사인 태화생명의 최대 주주 회사인 태화전자의 전무 이사는 무료한 얼굴로 천장을 바라보고 있었다.
 '일단 통증은 없으니 살겠네.'
 전과되기 전까지는 뭔 약을 먹어도 안 듣는 것처럼 말하더니, 이수혁이라고 하는 젊은 선생이 데려온 이후엔 통증이 잘만 조절되고 있었다.
 '엄청 어려서 걱정했는데.'
 사실 원장한테라도 따로 전화를 해야 하나 하는 고민까지 들던 와중이었다. 물론 사장단 회의에서 봤던 이번 원장은 이런 식의 말이 잘 안 통할 거 같긴 했지만.

'이현종이라고 했던가.'

태화의 다른 분야도 다 그렇겠지만, 이현종은 자신의 분야에서 가히 세계 최고라 해도 이상하지 않은 사람이었다. 그런 사람들은 청탁을 잘 들어주지 않는 법이었다. 특히 그 청탁이 위에서 내려온다는 느낌을 주면 더더욱 그랬다.

덜커덕. 김다현 환자가 계속 천장을 바라보고 있을 무렵, 문이 열렸다. 5시 반부터 와서 귀찮게 했던 신경외과 사람들인가 해서 고개를 돌려 보니, 어제 봤던 그 내과 의사였다. 진단이 제대로 되고 있는지 어떤지는 알 수 없었지만, 뭐가 되었건 간에 통증은 사라진 상황 아니던가. 수혁에 대한 감정은 좋을 수밖에 없었다.

"아, 선생님."

따라서 김다현은 억지로 몸을 일으켜 앉은 후, 수혁에게 인사를 건넸다. 수혁은 그런 다현을 보며 엷은 미소를 지어 보였다.

"네, 환자분. 아프진 않으세요?"

그러곤 일단 통증부터 물어보았다. 예전의 수혁과 바루다였다면 통증보단 진단 과정에 도움이 될 질문부터 했겠지만, 지난 1년 조금 넘는 기간 동안 쌓아 온 경험이 둘을 달라지게 만든 셈이었다. 이제야 환자의 고통에 조금은 더 귀를 기울이게 되었다. 자신이 치료하는 것이 병이 아니라, 환자라는 걸 가슴으로도 알게 되어 가고 있다고 보면 되었다.

"아……. 훨씬 나아요. 움직일 땐 아픈데."

"너무 무리하지는 마세요. 골절이 있어서 무리해서 움직이면 더 아플 거고……. 골절이 심해질 수도 있습니다."

"아, 네. 그런데……. 혹시 제 병명은 나왔나요?"

환자의 말에 수혁 뒤에 서 있던 대훈과 하윤의 얼굴이 흐려졌다. 방금까지 임파암일 가능성이 크다는 대화를 나누고 왔기 때문이었다. 하지만 수혁은 얼굴 하나 바뀌지 않은 채 고개를 가로저었다. 1년간 내과 의사로 살아온 경험이 그를 더 신중하게 만들어 준 덕이었다.

[잘했습니다. 100% 확신이 들기 전에는 아무 말도 하지 않는 게 좋습니다.]

수혁이나 바루나 주치의를 하면서 느껴 온 것이 상당히 많았는데, 그중 하나가 바로 환자들이 생각보다 더 의사들의 말 한마디에 출렁인다는 것이었다. 잘못 나간 말 한마디가 환자를 절망에 빠지게 할 수도 있었고, 많이 생각해서 나간 말 한마디는 환자의 치료 의지를 북돋아 줄 수 있었다. 특히 조태진 교수가 있는 혈액종양내과에서 그러한 사실을 많이 느낀 바 있었다.

"일단 내과적 원인인 것만은 확실합니다. 어떤 이유인지는 아직 알 수 없지만, 환자분의 몸에서 인이 빠져나가고 있어요. 오늘부터는 그 원인을 알아보기 위한 검사를 해 보고자 합니다."

"아······. 네."

김다현은 인이 빠져나간다는 것이 무엇을 의미하는지 전혀 알지 못했다. 하지만 그게 자신의 다발성 골절과 연관이 있다는 것 정도는 이해할 수 있었다.

"검사 중 하나가 좀······. 불편한 검사일 겁니다."

"불편이요?"

"네. 잠시만 목을 보여 주실까요?"

"목을? 아, 이거요. 네."

김다현은 아까 하윤에게 해 주었던 말을 떠올린 후, 순순히 목을 수혁에게 들이밀었다. 좌측 경부 레벨 4 정도에 대략 1cm 쯤 되는 덩이가 하나 있었다.

'체인 형태가 아니네.'

[주변에 눌어붙어 있지도 않습니다.]

'악성 가능성이 떨어지기는 하는데······.'

[하지만 임파암에서는 이런 특성을 보이기도 합니다.]

'하긴, 그건 그래.'

단순 CT에서도 완전히 감별이 안 되는 경우도 있었다. 영상 검사를 해도 그런데, 이런 검진에서 어떻게 정확히 감별을 한단 말인가. 적어도 임파암이 의심되는 상황에서 조직 검사는 거의 필수라고 보면 되었다.

"이 덩이 떼어 내서 조직 검사를 해 보는 것이 좋겠습니다."

"떼어 내……? 수술인가요?"

"일종의 수술이긴 합니다만, 전혀 어려운 수술은 아닙니다."

"선생님이 직접 하시나요?"

다현은 어쩐지 수혁에게라면 뭐든 맡길 수 있겠단 생각이 들었다. 나이가 젊어서 처음에는 전혀 그런 느낌이 없었는데, 지금은 아니었다.

'뭔가……. 아주 능숙하단 말이지.'

마치 한 분야의 대가와 마주하고 있는 듯한 기분이었다. 나이를 생각해 보면, 그리고 김다현 이사가 늘 마주하는 다른 사람들의 지위를 고려하면 말도 안 되는 수준이었다. 그런데 마음은 이미 움직인 후였다. 안타깝게도 수혁은 천천히 고개를 저었다.

"아뇨. 이비인후과에 의뢰할 겁니다. 목은 그쪽이 전문이라."

"아……."

"걱정 안 하셔도 됩니다. 기본 술기에 해당하는 수술이에요."

"혹시 어떤 교수님이 하게 되나요?"

다현의 말에 수혁은 잠시 입을 다물었다. 절제 생검과 같은 간단한 협진 수술은 교수급이 하지 않았기 때문이었다. 대개 레지던트 3년 차나 4년 차가 하기 마련이었다. 그렇게 말하려고 하는데, 바루다가 끼어들었다.

[느낌 싸한데요?]

'왜. 뭐가 싸해.'

[제가 의료 외적인 것도 일단 데이터로 쌓아 두고 있는 건 알고 계시죠?]

'알고 있지.'

수혁은 굳이 쓸데없는 짓이란 말은 하지 않았다. 지금까지 한 번도 쓸모 있던 적이 없지 않은가. 아마 바루다도 잘 알고 있을 터였다. 하지만 수혁의 생각과는 달리 바루다는 곧 입을 털어 대기 시작했다.

[일단 최낙필 교수가 자기 세부 분과가 아닌 환자를 입원시킨 경우는 지금까지 단 한 번도 없었습니다.]

'그래?'

[신경외과에서 따로 요청도 없는데 전과한 환자를 보러 온 적도 없고요.]

'그럼 뭐야?'

[이 환자, VIP인 거 같습니다. 그것도 어마어마한.]

'아……'

단 한 번도 환자를 볼 때 그 환자의 신분을 고려한 진료를 해 본 적이 없는 수혁이었다. 물론 직업이나 사는 곳을 물어본 적이야 많았지만, 그건 진단을 위한 질문이었지 환자를 판단하기 위한 질문은 결코 아니었단 얘기였다.

하지만 수혁 또한 머리가 꽤 잘 돌아가는 축에 속하는 사람 아니던가. 바루다의 말을 듣자마자 딱 알아차릴 수 있었다.

'어쩐지, 좀 이상하긴 했어. 저 신경외과가…….'

[차트에 아무 표시가 안 되어 있는 건 좀 이상한 일이지만, 얼마 전 네이버 뉴스 기사에서 본 이름이랑 같습니다. 김다현, 태화전자 전무 이사입니다. 나이도 같아요.]

수혁은 바루다의 말을 들으며 즉시 핸드폰을 꺼내 검색을 시작했다. 바로 옆에 있던 김다현 환자가 좀 이상하게 여기긴 했지만, 의사는 가운 걸치고 뭔가 서두르면 다 그럴싸해 보이는 법이었다. 김다현 환자는 설마하니 수혁이 자신의 이름을 검색하고 있단 사실은 꿈에도 알지 못했다.

'헐. 태화전자 부사장 따님인데?'

태화전자 부사장의 딸이라. 재벌가의 딸 정도는 아니더라도, 전자 내에서는 끗발 날리는 사람이란 뜻이었다.

[그러니까 교수님한테 받도록 해 줍시다. 부탁하지도 않았는데, 알아서 해 줬다는 걸 알면 감동하겠죠.]

'그건 좀……. 아니, 아냐. 알았어.'

수혁은 의사로서 이렇게까지 특혜를 줘도 되나 하는 고민이 들었다. 약간은 양심의 가책이 느껴졌지만 어쩌겠는가. 수혁은 짤막한 토의를 더 나눈 끝에 재차 입을 열었다.

"협진 수술이라 어떤 교수님이 맡게 될지는 모릅니다. 결정되는 대로 알려 드리겠습니다."

"아, 네. 감사합니다. 그러면 여기서 기다리고 있으면 되나요?"

"네. CT 하나만 찍고요. 아무리 간단한 수술이라고 해도 검사가 필요하긴 하거든요."

"아……. 네. 알겠습니다."

경부는 초음파도 상당히 효율이 좋은 부위이긴 했다. 하지만 역시 수술 방법을 결정함에 있어서는 CT만 한 것이 아직은 없었다. 다행히 CT는 MRI처럼 오래 걸리는 검사가 아니었고, 따라서 예약 환자 중간중간 비는 시간이 있었다. 게다가 김다현 환자가 VIP라는 걸 원장 아들이 암시하는데 그 누가 감히 거절할 수 있겠는가.

수혁이 CT가 필요하다고 한 지 30분도 채 지나지 않아서 검사를 할 수 있었다. 그렇게 모니터에 뜬 환자의 종물은 아무리 어렵게 봐 줘도 레지던트가 할 수 있는 위치에 있었다.

'이걸 그럴싸하게 포장해라 이거지.'

[네, 다행히 수혁은 현재 병원에서 꽤 유능하다고 소문이 나 있으니 가능할 겁니다.]

'실제로 유능하거든.'

[전부 수혁의 공은 아니죠.]

'그래, 네 덕도 있다. 됐냐?'

[사실을 언급하는데 되고 말고가 있겠습니까?]

'후.'

수혁은 한숨 속에 일말의 화를 털어 낸 채 핸드폰을 집어 들었다.

"네, 이비인후과 협진방 3년 차 김종세입니다."

다이얼을 누르자 곧 상대방이 응답했다. 무척 사무적인 어투였는데, 원래 이런 사람으로 유명했다. 하지만 김종세는 병원의 이러저러한 소문에 대해 관심이 많기로도 유명한 사람이었다. 아마 수혁에 관한 얘기를 어느 정도는 알고 있을 터였다.

"안녕하세요. 내과 2년 차 이수혁입니다."

"아, 네. 이수혁 선생님. 혹시 협진 내셨나요?"

아니나 다를까, 김종세는 수혁의 이름을 듣자마자 친절한 어투로 대꾸했다. 방금까지만 해도 냉정하기만 하던 말투는 간곳없이 사라져 있었다.

"네. 방금요. 절제 생검이 필요한 환자이고……. 음."

"네, 말씀하세요."

김종세는 왜 말을 하다 마냐는 표정으로 수화기를 바라보았다. 정확히 5초 정도가 흐른 후에야 수혁의 말을 이어서 들을 수 있었다.

"이건 비밀인데……. 환자가 VIP거든요."

"아……. 네. 어느……."

병원 VIP에는 몇 가지 종류가 있었다. 일단 정치인. 더 말해 뭐 하겠는가. 당연히 VIP 대우를 해 주기 마련이었다. 두 번째로는 연예인 등의 유명인들이 있었는데, 아무래도 파급력이 있기에 어쩔 수 없는 일이라 할 수 있었다. 세 번째가 가장 중요한데, 태화그룹의 중진들이었다. 직접적으로 돈 주는 사람들이니만큼 VVIP 대우를 받고 있었다.

"태화 쪽. 근데 밝혀지길 원치 않으세요. 절대 알려지면 안 됩니다."

"아, 아. 네."

김종세는 태화라는 이름을 듣자마자 자신도 모르게 목소리를 낮췄다. 그뿐만 아니라 전화기를 잡고 있던 손도 벌벌 떨기 시작했다. 이수혁이 원장 아들인데, 그런 이수혁조차 긴장할 정도면 대체 어느 정도의 VIP란 말인가.

"그거 직접 하실 순 없을 거 같고……. 혹시 오늘 교수님 중에 손 남는 분 계시나요? 펠로우라도."

"어……. 어……. 아, 펠로우는 한 분 계십니다."

"오케이. 좋아요. 그럼 오늘 바로 해 주실 수 있나요?"

"해, 해야죠. 바로 잡겠습니다."

"감사합니다."

"아니, 아뇨. 네, 잡고 또 연락드리겠습니다."

수혁은 VIP라는 말에 벌벌 떨며 전화를 끊은 김종세를 보며 혀를 쯧쯧 찼다.

'속물이구만.'

바루다는 그 말을 들으며 '누가 할 소리'를 덧붙이고 싶었지만, 일단은 참았다. 지금은 때가 아니었기 때문이었다.

병동 엘리베이터 쪽에서 표정이 무척 어두운 사람 둘이 걸어오고 있었다. 신현태와 최낙필이었다. 방금까지라면 왜 저러나 싶겠지만, 이젠 알 수 있었다.

'환자 빼돌린 것처럼 느끼겠지?'

[그럴 겁니다.]

'괜찮겠지? 우리가 더 잘 보고 있잖아.'

[물론이죠. 오히려 저쪽이 꿀리죠. 개판으로 보고 있었는데.]

바루다의 말에 수혁의 입꼬리가 말려 올라갔다. 생각하면 할수록 꿀릴 일이 없었으니까.

'좋아. 그럼.'

수혁은 지팡이를 짚은 채 몸을 일으켰다. 혼자 덜렁 있었다면야 조금 떨릴 수도 있었겠지만, 최낙필 옆엔 수혁 바라기 중 하나인 신현태가 있지 않은가. 어지간한 일이 아니고서는 편을 들어 줄 터였다.

"안녕하세요, 교수님."

수혁은 상당히 활기찬 목소리로 인사를 건넸다. 최낙필은 사실 인사고 나발이고 화부터 내려고 했으나, 이수혁의 얼굴을 알아보고 나서는 잠시 주춤했다.

'이수혁이 애였나?'

원장 아들이라길래 어떤 놈인가 하고 있었는데, 알고 보니 작년 초쯤에 자신에게 수술받았던 바로 그 친구였다.

'애가…… 원장 아들이라고?'

이상한 일이었다. 분명 그때 원장은 고아인 학생이 다치기까지 했는데, 교수가 되어서 고아라서 다행이냐는 말이 나오냐고 성을 내지 않았던가.

'숨겨 둔 아들이라고 해도……. 이 정도까지 철저하게 숨겨 두나?'

남들 앞에서 고아라는 소리를 텅텅 해 대면서까지? 제아무리 이현종이 좀 이상한 사람이라고 해도 이건 정도가 지나친 게 아닌가 하는 생각이 들었다.

"최 과장님. 환자 이 병동에 있습니다. 그렇지? 수혁아?"

그가 그렇게 쓸데없는 생각에 빠져 있는 사이, 신현태가 수혁에게 말을 걸었다. 여느 때처럼 따뜻하기 그지없는 말투였다. 말만 안 해서 그렇지, 거의 아빠나 다름없는 느낌이었다.

"어떤 환자……. 말씀이신지."

하지만 수혁은 공과 사를 구별할 줄 아는 인간이었다. 뻔히 다 아는 사안도 자신의 안위를 위해서라면 감쪽같이 감출 수 있었다.

"아, 참. 얘기를 안 해 줬구나. 김다현 환자라고, 여기 최 과장님 환자였어. 네가 전과받았던네, 아냐?"

"아. 네, 제가 전과받았습니다. 혹시 무슨 문제라도……."

수혁은 여전히 아무것도 모른다는 얼굴을 하고 있었다. 그의 연기는 바루다마저 인정하는, 그야말로 최고 수준의 연기 아니던가. 애초에 그에게 호감을 느끼고 있던 신현태는 물론이고, 수혁이 다친 그 레지던트였다는 사실에 평정심을 잃은 최낙필까지 속아 넘어가고야 말았다.

"그, 너는 몰라?"

최낙필은 씩씩거리던 것을 애써 감추고 입을 열었다. 수혁은 다 알고 있었지만, 고개를 가로저었다.

"죄송합니다. 무슨 말씀인지 도통 모르겠습니다."

시선을 자신의 발끝으로 모았기 때문에, 옆에 있는 사람으로 하여금 마음 아픈 기분까지 들게 할 지경이었다. 특히 신현태는 더더욱 그러했다.

"최 과장님, 애먼 애 잡지 마시고……. 일단 서효석 교수 올라오면 얘기하죠."

"그……. 에이. 짜증 나게. 서효석 그 인간은 어디 있는데."

"외래 끝났다고 했으니까 올라올 겁니다, 곧."

"그 새끼는……. 남의 환자 데려갔으면 열심히나 볼 것이지. 내갈겨 둘 거면서 왜 데려갔어?"

최낙필은 자기도 정작 입원 후에는 본 적도 없는 주제에 툴툴거리기 시작했다. 바로 그때, 수술이 일사천리로 잡힌 VIP 김다현 환자가 환자 엘리베이터를 향해 이송되었지만, 수혁을 제외하고는 그 누구도 알아보지 못했다. 어찌 보면 당연한 일이었다. 내과 병동에 입원한 내과 환자가 수술장이라니. 무척 낯선 상황 아니겠는가.

"모르죠, 나야. 서효석 교수 특이한 거야 유명하잖습니까."

"그건 그렇지. 신 과장도 힘들긴 하겠어."

최낙필은 되는 대로 화를 내다가, 문득 이 자리에 있는 사람 중 만만한 사람이 아무도 없다는 생각이 들었다. 수혁이야 원장 아들로 유명한 놈 아니던가. 이현종이 비록 괴짜였지만, 세계적인 대스타 의사였다. 심지어 운도 좋아서 딱히 경영에 관여하고 있는 것도 아닌데 태화의료원은 그가 원장으로 취임한 이래 계속 영업 이익이 늘고 있었다.

'신현태도 그냥 과장이 아니잖아, 그러고 보니까.'

서효석도 장가까지 기가 막히게 가긴 했지만, 신현태는 태어나기도 금수저로 태어난 데다가 장가도 더 잘 간 인간이었다. 태화생명의 주축 중 하나가 바로 신현태의 아버지였고, 장인은 전자의 전무 이사였다. 그 말은 곧 기 수 하나 제외하면 최낙필이 신현태보다 나은 게 하나도 없다는 뜻이었다. 최낙필은 급히 화를 주체하기 시작했다. 신현태는 이 인간이 갑자기 왜 부드럽게 말을 하나 하면서도 일단은 맞춰 주었다.

"네, 뭐. 좀 안 맞는 부분이 있죠."

생각 같아서는 서효석 같은 놈 대차게 까고 싶었지만, 그래도 다른 과 교수 앞에서 그러는 건 아니다 싶어서 참았다. 다행히 서효석은 감히 두 과장을 오래 기다리게 둘 수는 없었는지 금방 병동에 올라왔다.

"휘유, 여기도 오랜만이네."

내분비내과 교수가 내분비내과 병동에 들어서면서 하는 소리라기엔 좀 경악스러운 말을 해 대면서였다. 최낙필은 속으로 미친놈이라고 생각하면서 탕탕 병동 데스크를 쳐 댔다.

"서 교수. 이쪽이야."

"아……. 최 과장님. 네. 안녕하세요."

서효석은 못마땅하다는 기색을 감추지 않았지만, 일단 인사는 건넸다. 자신과는 달리 최낙필은 실력 하나로 위로 올라간 진짜배기 칼잡이였기 때문이었다. 아무튼, 머리 쪽 수술 하나만 놓고 보면 거의 적수가 없을 정도로 대단했다.

"빙빙 돌아가는 거 싫어하니까, 단도직입적으로 말하지."

최낙필은 서효석이 가까이 오자마자 툭 하고 말을 던졌다. 옆에 있던 신현태가 말렸지만, 별 소용이 없었다.

"너……. 김다현 환자 알고 빼돌린 거지?"

신현태는 서효석의 성질이 최낙필 못지않다는 걸 아주 잘 알고 있었다. 그리고 최낙필보다 훨씬 더 치사한 인간이라는 것도 알고 있었다.

보통 이런 싸움에 윗사람 끌어들이는 건 아주 치졸한 일이라고 생각하겠지만, 서효석은 아니었다. 주저함이 전혀 없었다.

"네?"

그런데 서효석의 반응이 시원찮았다. 누가 봐도 전혀 아는 게 없는 듯한 반응이었다. 덕분에 소리를 내지른 최낙필도 조금은 민망한 얼굴이 되었다.

"김다현 말이야, 김다현!"

"어……. 모르는 분인데. 뭘 빼돌……려요?"

서효석은 계속 띵한 얼굴이었다.

"아니, 잠깐만. 김다현? 태화전자?"

오히려 신현태가 대화에 끼어들었다. 김다현이라면 가끔 아버지 통해 나가는 모임에 나오는, 겁나게 똑똑하지만 수수한 사람 아니던가? 아마 태화 직계 가족을 제외하면 가장 힘 있는 집안이라고 봐도 무방할 터였다.

"그래요, 그 김다현. 그러니까 내가 이 난리지. 근데 몰라?"

"아예 모르는 이름인데요?"

"구라 치지 마. 전과까지 받았는데 왜 이름을 몰라!"

"전과요?"

'전과요?'라고 되묻는 표정은 어떻게 보면 순수하기 짝이 없었지만, 김다현의 전말을 알고 있다고 생각하고 보면 더없이 빡치게 만드는 얼굴이었다.

"하."

최낙필은 '이 개새끼를 어떻게 해야 하나.' 하는 생각에 사로잡히게 되었다.

"아, 잠시만요, 교수님."

분위기가 점점 더 험악해지고 있을 무렵, 수혁이 끼어들었다. 수술장에서 받은 문자 결과를 확인하자마자였다.

〈동결 절편 꽝 나왔습니다.〉

문자는 덜렁 이렇게 한 줄만 적혀 있었다. 아마 이비인후과 레지던트 3년 차인 김종세가 의도한 것도 그게 전부일 가능성이 컸다. 하지만 수혁이 그 문자로 인해 떠올린 것은 결코 그렇게 간단하지 않았다.

"응?"

"야, 어른들 얘기하는 데 왜 끼어들어."

끼어드는 수혁에게 신현태는 관심을 보였고, 서효석은 무시했으며, 최낙필은 화를 냈다. 어지간한 레지던트였다면야 이런 상황 속에서 당연히 입도 벙긋하지 못했겠지만, 수혁은 그런 수준이 아니지 않은가.

"아, 최 과장님께서 환자분에 관해 굉장히 궁금해하시는 거 같아서요. 제가 주치의라……. 어느 정도는 알고 있습니다."

"어? 아, 그래. 흠."

최낙필은 마지막으로 서효석에게 눈길을 주었다. 그때까지도 서효석은 정말 아무것도 모른다는 눈이었다. 처음 봤을 땐 연기라고 생각했는데, 보면 볼수록 그건 아닌 것 같았다.

'그렇게 똑똑한 놈도 아니잖아.'

쟤는 어떻게 의대에 들어왔을까 하는 생각이 들게 하는 사람은 1년에 한두 명 정도 꼭 있는 법이었다. 서효석은 그 정도가 아니라, 거의 몇 학번에 걸쳐서 회자되는 희대의 바보였다.

'진짜 모르는 거 같아. 오히려……. 이놈이…….'

최낙필은 수혁에게 집중하기로 했다. 신현태는 애초에 수혁만 보고 있었기 때문에 곧 서효석을 제외한 모두가 수혁을 바라보게 되었다. 수혁은 그러한 시선을 담담한 표정으로 받아 가며 입을 열었다.

"우선 환자분은 원래 당뇨로 협진 의뢰된 환자입니다."

"그래, 그랬지."

"혈액 검사 중 HbA1c(당화 혈색소)를 보면 혈당 조절은 지금 약으로도 아주 잘 조절 중이라는 것을 알 수 있었습니다."

"그럴…… 테지."

태화전자의 에이스 이사 아니던가. 몸 관리에 있어서도 소홀히 할 사람이 아니란 뜻이었다. 그런 사람이 허리 입원이 필요할 정도의 통증을 호소하면서 올 줄이야. 최낙필은 아직도 그날 받은 전화를 생각하면 심장이 두근거렸다.

"그런데 좀 이상했습니다. 통증을 호소하는 부위는 허리인데, 정작 골절선을 확인한 부위는 골반이었습니다."

"음."

듣고 보니 그것도 그랬다. 최낙필은 '왜 그걸 놓쳤을까.' 하면서 고개를 끄덕였다. 신현태는 역시 하는 얼굴로 고개를 끄덕였다. 서효석만이 '뭔 소리야?' 하는 얼굴이었다. 하도 환자를 안 보다 보니, 감이 다 떨어져 버린 탓이었다.

"그래서 입원 다음 날 새벽 시행한 엑스레이를 보니, 갈비뼈 쪽에도 여러 군데 골절선이 확인되었습니다."

"뭐? 갈비뼈?"

최낙필은 화만 낼 줄 알았지, 환자 검사 결과를 확인할 생각은 하지 못했던 참이었다. 애초에 자기 분야는 아니라고 판단했었기에 그저 협진이나 보면 되겠거니 하고 있었기 때문이었다. 수혁은 상당히 놀란 표정이 된 최낙필을 보며 후후 웃었다.

"그리고 환자 진술상 환자는 어디에도 부딪친 적이 없었다고 합니다. 거기에 다발성 골절까지 있는 상황이라, 일단은 내과적 원인일 거로 생각하게 되었습니다."

"허."

최낙필은 등골이 쭈뼛 서는 듯한 기분이었다. 이게 사실이라면 자신은 감히 태화전자 부사장의 딸이자, 태화전자 전무 이사 본인의 진단명을 완전히 놓치고 있었던 셈이 되기 때문이었다. 수혁은 그러한 최낙필의 반응을 즐기며 말을 이었다.

"교수님께서는 수술방에 들어가 계셨고, 담당 레지던트였던……. 강동호 선생도 수술방에 있어서 부득이하게 전화로 전과를 받았습니다. 당시 환자가 통증을 상당히 심하게 호소하고 있어서 펜타닐 계통의 진통제 처방하여 조절하였습니다."

"통증……."

많이들 간과하는 부분이지만, 환자 치료에 있어 통증 조절은 사실 가장 중요한 일이기도 했다. 특히 혈액종양내과에서는 더더욱 그러했는데, 수혁은 조태진 교수와 친하게 지내면서 이런 개념을 많이 배운 바 있었다.

"그리고 시행한 본 스캔에서 제가 엑스레이에서 확인한 골절 외에 꼬리뼈 골절도 확인되었습니다. 이게 허리 통증의 원인이었습니다. 그리고 추가로 시행한 혈액 검사에서 신장에서 인의 재흡수가 떨어짐을 확인하였고, 이에 대한 원인 중 임파암에 대한 감별을 위해 절제 생검을 의뢰했습니다."

"임파암? 이런 망할."

최낙필은 이제 자신이 놓친 병이 암이란 사실에 절망하기 시작했다.

"아, 올라오셨네요. 설명을 좀 드리겠습니다."

수혁은 그런 최낙필 뒤로 모습을 드러낸 김다현을 가리키고는 천천히 그녀를 향해 다가갔다. 지팡이를 짚은 채였기에 무척 느렸지만, 그 누구도 그를 잡을 생각은 하지 못했다. 지금까지 수혁이 늘어놓은 설명엔 그만큼의 힘이 실려 있었기 때문이었다.

"아."

김다현 환자는 상당히 긴장한 상황이었다. 그도 그럴 것이 허리가 아파 입원을 했는데, 알고 보니 몸 이곳저곳에 다 골절이 있다는 얘기를 들은 참 아니던가. 그 이유가 뭔지 알아내야 한답시고 조직 검사를 빙자한 수술까지 받게 되었다. 아무리 의료에 대해서는 문외한인 김다현이라지만, 뭔가 낌새가 수상쩍다는 것 정도는 눈치챌 수 있었다.

'조직 검사라니.'

설마 암인가? 그런 건가? 이제 겨우 나이 마흔을 갓 넘었는데 암이라니. 탄탄대로처럼 쭉 뻗어 있던 인생 여정에 무언가 거대한 돌덩어리가 툭 하고 떨어진 듯한 기분이었다.

"환자분."

김다현을 아득한 심연에서 건져 올린 것은 수혁의 말 한마디였다. 비록 오랜 시간 가까이 지낸 것은 아니었지만, 그간 수혁이 보여 준 단호함과 빼어난 진단 실력은 정신적으로 유약해져 있는 김다현을 매료시키기에 충분한 것이었다.

"네, 선생님."

수혁은 멍한 눈으로 자신을 마주하고 있는 다현의 목을 바라보았다. 작은 거즈에 의해 상처가 가려져 있었지만, 주변부는 확인이 가능했다. 붓기는커녕 빨개진 곳도 찾아 볼 수 없었다. 수술은 기가 막히게 되었음이 분명했다.

'잘못 떼어 냈을 가능성은 없겠지?'

[태화의료원 이비인후과는 절제 생검만 매일 1건에서 2건을 시행하는 곳입니다. 실수가 있을 거라고 보긴 어렵습니다.]

'하긴.'

수혁은 혈액종양내과를 돌던 당시를 떠올렸다. 그때 대체 얼마나 많은 협진 수술을 의뢰했던가. 그중에서 단 한 번도 검사가 잘못되었던 적은 없었다. 레지던트가 해도 그런데 펠로우가 했다면 더더욱 실수는 없었을 터였다. 순간 VIP 신드롬이라는 재수 없는 단어가 머릿속을 스쳐 지나가긴 했지만, 수혁은 재빨리 그 단어를 지워 버렸다.

"수술실에서 혹시 무슨 설명 들으신 게 있나요?"

"아……. 잠시만요."

"네."

다현은 이제 막 수술실에서 올라온 사람답게 완전한 제정신은 아니었다. 비록 전신 마취를 한 건 아니었지만, 그래서 더 힘든 감이 있었다. 정신이 멀쩡한데 국소 마취로 목을 쨌다고 생각해 보라. 통증이 문제가 아니라 어마어마한 심력 소모가 있을 터였다.

"그냥……. 수술 잘됐고, 결과는 나중에 내과에서 들으라고 했던 거…… 같아요."

수혁은 다현의 말을 들으며 내심 감탄했다.

'과연. 펠로우 짬바가 괜히 나오는 게 아니네.'

[그러니까요. 혹여 동결 절편이 틀릴 경우를 대비했군요.]

동결 절편이란 정식 조직 검사를 말하는 것이 아니었다. 정식 조직 검사는 조직의 특징을 더욱더 잘 확인할 수 있게 염색을 진행한 후에야 이루어지는 것인 데 반해, 동결 절편은 수술실 옆에 마련된 병리과에서 그냥 얼린 조직 절편을 보고 판단하는 것이었기 때문이었다. 물론 태화의료원 병리과는 워낙 그 경험이 많이 쌓여 있어서 상당히 정확한 진단율을 자랑하고 있지만, 김다현은 VIP였기에 1%의 확률이라도 오진의 짐은 지기 싫었던 모양이었다.

"아……. 결과요."

하지만 수혁은 이미 영상을 통해서도 어느 정도는 감별을 해 둔 상황이었다. 조직 검사는 어디까지나 보험 같은 느낌이었다는 뜻. 거기서도 음성이 나온 이상 거리낄 것은 없었다.

"암은 아닙니다."

"아……. 암을 의심했었나요?"

"네. 뒤늦게 말씀드려서 죄송합니다만……. 확실치 않은 상황에서 미리 겁줄 필요는 없다고 판단했습니다. 이제 확인했으니 말씀드리겠습니다. 암은 아닙니다."

"아……. 감사합니다."

세상천지에 암은 아니라고 하는데 쌍욕 박을 사람이 어디 있을까. 김다현 또한 마찬가지인지라 일단 감사의 인사부터 올렸다. 수혁은 그런 환자를 보며 담담히 웃었다.

[연기의 일환인가요?]

바루다는 '이 인간이 여기서 왜 웃나.' 하는 얼굴이었다. 수혁은 속으로 쯧쯧 혀를 차면서, 역시나 속으로 고개를 가로저었다.

'당연하지. 이래야 훈훈하잖아. 지금 환자랑 나만 있는 것도 아니고.'

[아하……. 이게 전형적인 보여 주기식 미소인가요?]

'그렇게 말하니까 좀…….'

[맞죠?]

'맞긴 맞지.'

수혁은 그 놀라운 연기력으로 바루다와 시답잖은 대화를 나누는 동안에도 훈훈한 미소를 짓고 있었다. 웃음은 전염된다고 하던가. 어느새 김다현 환자도 수혁의 보기 좋은, 마치 보살과도 같은 미소를 따라 짓고 있었다. 수혁은 이제 됐다고 판단이 들었는지 재차 입을 열었다.

"제가 환자분 신장에서 인이 재흡수되지 못한다고 말씀드렸을 겁니다. 맞죠?"

다현이 신뢰감을 느끼게 되었던 바로 그 말투였다. 단호하면서도 논리적이어서, 환자 입장에서는 의지가 될 수밖에 없었다.

"네, 선생님. 그렇게 말씀하셨어요."

"사실 그 원인 중 하나가 암입니다. 제일 확률이 높은 진단명이었죠."

"아……."

"그러나 이제 아님을 확인했습니다. 그렇게 되면 남는 진단명은 거의 없습니다."

"어, 그럼 혹시……."

수혁은 대화를 멈춰서 나누지 않았다. 아주 천천히, 다현이 누운 침대에 기댄 채 병동 스테이션을 향해 걸어오면서 나누던 참이었다. 아무리 느려 봐야 병원이 그렇게 넓지는 않기에 이미 신현태, 최낙필 그리고 서효석 앞에 당도한 지 오래였다.

"네, 진단명은 알아냈습니다. 정확한 건 유전자 검사를 해 봐야겠지만요."

"유전자요?"

적어도 김다현은 유전자 검사라는 말을 직접 듣는 건 처음이었다. 당연히 그러했을 터였다. 유전자 검사는 일상적으로 시행되는 검사는 아니었으니까. 물론 옆에 서 있던 교수들도 놀라기는 마찬가지였다. 전과받은 지 이제 겨우 만 하루 정도밖에 안 됐는데 무슨 진단을 내린단 말인가. 비단 공부 안 하는 멍청이 서효석에 한정된 일도 아니었다.

'우리 수혁이는……. 역시 괴물인가?'

공부 열심히 하기로만 따지면 전국에서 열 손가락 안에 드는 신현태도 마찬가지였다. 내과 의사 특유의 직업병 때문에, 이들과 대화를 나누면서도 도대체 김다현의 병이 뭘까 계속 고민해 왔지만 아직 실마리조차 잡지 못하고 있는 상황이었다.

'뭔 소리야, 이놈이. 암이 아니면 뭔데?'

아무래도 수술하느라 신현태보다는 공부할 시간이 적은 최낙필은 놀랍다기보다는 좀 황당한 기분이었다. 아예 감도 안 잡히는 병을 기껏해야 내과 2년 차가 알아냈다고? 그것도 맨땅에 헤딩하듯 환자를 받아 가고서?

'정말 그런 거면 시발 나 같은 교수들은 다 접시 물에 코 박고 죽어야지.'

반면 서효석은 별생각이 없었다. 너무 무식해서 이게 얼마나 어려운 일인지도 감이 안 왔기 때문이었다. 그저 이번에 온 2년 차가 좀 똑똑하다더니, 정말 말을 잘하네. 뭐 이런 수준이었다.

"김다현 씨, 혹시 가슴 쪽에 만져지는 멍울이 있지 않나요?"

"네? 아까는 암이 아니라고……."

"암 얘기를 하는 게 아닙니다. 혹시 없나요?"

"음……."

김다현은 잠시 고민하다가 고개를 끄덕였다.

"있어요. 근데 그거……. 벌써 옛날에 하나 뗐었는데 아무것도 아니라고 들었어요. 그냥 물혹이라고……."

"한 개였나요?"

"어……. 여러 개요."

대화가 이어질수록 김다현은 묘한 기분이 들었다. 수혁이 마치 자신의 속을 꿰뚫어 보기라도 한다는 듯 확신에 찬 질문을 던지고 있지 않은가. 더 환장할 노릇인 건, 그게 다 맞아떨어지는 중이라는 것이었다.

"역시 그렇군요. 그럼 혹시……. 형제나 자매분이 있진 않으십니까?"

수혁은 바루다와 함께 김다현에 대해 알아보면서 확인했던 기사 하나를 떠올렸다.

[김다현은 쌍둥이군요.]

'쌍둥이 동생이 있구나.'

[쌍둥이 동생은 미국에 있군요.]

아버지가 태화전자 부사장이라고는 해도 어찌 되었건 태화 집안사람은 아니지 않은가. 자식들이 다 태화에 있으리라는 법은 없다는 얘기였다. 김다현의 동생은 미국에서 교수로 재직 중이었다. 계열도 아예 달라서, 인문학 쪽이었다.

"아……. 쌍둥이 동생이 하나 있어요."

다현은 수혁이 알고 있는 대로 답을 해 주었다. 덕분에 수혁은 준비하고 있던 질문을 할 수 있었다.

"혹시 그 동생분은 어디 아프다고 한 적 없나요?"

"어…….."

김다현은 다행히 동생과 꽤 우애가 돈독한 편이었다. 외로울 법한 미국 유학 시절 같이 살았던 자매가 아닌가. 게다가 그냥 자매도 아니고 쌍둥이. 요즘도 상당히 자주 연락을 주고받는 편이었다. 당연히 근황을 어느 정도는 알고 있었다.

"그러고 보니……. 제 동생은 등이……."

"역시 그렇군요."

수혁은 마치 탐정이라도 된다는 듯 고개를 크게 끄덕였다. 바루다에게는 꼴같잖은 모습처럼 보였지만, 이미 다른 이들은 수혁의 추론에 매료된 지 오래였다. 아마 수혁이 어지간히 이상한 짓을 하지 않는 이상에는 몰입이 깨지지 않을 터였다.

"제가 의심하는 환자분의 병명은 바로 ADHR, 즉 오토조말 도미넌트 하이포포스패테믹 리케츠(Autosomal Dominant Hypophosphatemic Rickets)입니다."

신현태를 제외한 이 자리에 있는 모두가 처음 듣는 병명이었다. 신현태도 이 병을 가진 환자가 신우신염으로 입원 치료를 해서 알았지, 그 전까지는 몰랐었을 정도로 드문 병이기도 했다.

"뭐, 뭐요?"

일단 발음마저 생소한 병이었던지라, 나름 공부를 오래 한 김다현조차 단번에 알아듣지 못하고 눈을 끔뻑거렸다. 솔직히 말하면 서효석도 비슷한 상황이었다.

'오토조말 뭐라고 했더라?'

그래도 최낙필은 중간 부분 조금 넘어서까지는 들은 참이었지만, 참담하기는 마찬가지였다. 수혁은 교수들을 좌절로 몰아넣은 채 말을 이었다.

"유전 질환인데……. 우성 형질을 가지고 있어요. 쌍둥이라면 같은 증상을 보일 가능성이 아주 크다는 뜻이죠. 유방에 여러 낭종을 포함하는 것이 특징이고……. 인의 재흡수가 떨어지면서 다발성 골절의 원인이 되는 병입니다."

뭔가 듣기만 해도 심각한 질환 아닌가. 다현은 '차라리 암이 나은 거 아냐?' 하는 생각마저 들 지경이었다. 원래 미지에 관한 공포는 큰 법이었으니, 충분히 그럴 수 있는 일이었다.

"치료는 그렇게 어렵지 않습니다."

하지만 수혁의 말이 계속되자, 다현의 얼굴이 눈에 띄게 밝아졌다.

"저, 정말이에요?"

"네. 약만 먹으면 됩니다. 다만 평생 먹어야 한다는 것이 단점인데. 그래도 약만 먹으면 병이 없는 사람과 똑같이 지낼 수 있습니다."

"아."

다현은 아까 홀로 암이 아닌가 하고 고민하던 때를 떠올렸다. 불과 몇십 분 전일 뿐인데, 그때만 해도 인생 다 끝났다고 여겼다. 그런데 이제 살 수 있을뿐더러, 별문제 없이 살 수 있다는 얘기를 듣고 있지 않은가. 감개무량하다는 말이란 바로 이럴 때 쓰라고 있는 말이란 생각이 들 지경이었다.

"감사합니다……."

"아니, 아닙니다. 아직 치료를 시작하지도 않았는데요."

"그대로 있었으면 아마 진단이 되지…… 않았을 겁니다."

다현은 근거리에서 자신을 바라보고 있는 최낙필 쪽을 힐끔 보고는 재차 입을 열었다.

"이수혁 선생님이 협진 보러 왔다가 저를 내과로 데려가지 않았다면 진단은커녕 계속 아프기만 했을 거예요. 정말 감사합니다."

"그렇게 말씀해 주시니 감사합니다."

"앞으로 제가 도울 일 있으면 돕겠습니다."

"네? 그게 무슨 소리인지……."

수혁은 짐짓 아무것도 모르겠단 얼굴로 다현을 바라보았다. 애초부터 이렇게 하기로 계획했던 바루다마저 소름이 돋을 정도의 연기였다.

[미친, 메소드 연기 보소. 시바, 이거 너무한 거 아냐? 뭔 놈의 의사가 이렇게 연기를 잘해?]

바루다는 도무지 믿기지 않는지 다시 한번 수혁이 짓고 있는 표정을 점검했다. 방금 수혁이 내뱉은 말투와 대조하면서였는데, 하면 할수록 감탄만 나오는 모양이었다.

[미쳤네. 아카데미상 받겠네.]

바루다가 이럴 정도니 다른 사람들은 어떻겠는가. 환자복을 입고 있지만, 실은 태화전자의 전무 이사인 김다현 또한 깊은 감명을 받은 참이었다.

'설마설마하고 있었는데. 진짜 모르고 있던 건가?'

산전수전 다 겪은 그녀조차도 눈치채지 못할 만큼이나 수혁의 연기는 대단한 것이었다. 김다현으로서는 고마운 마음이 배가 될 수밖에 없는 상황이었다. VIP라 대우해 준 것이 아니라, 그냥 환자에게 이만큼 해 준 셈이었으니까. 정말이지 훌륭한 의사 아니던가.

"아……. 이수혁 선생님. 정말 대단하시군요."

김다현은 아까보다도 더 감명받은 얼굴이 되어 고개를 살짝 숙였다. 마음 같아서는 더 깊이 숙이고 싶었지만, 방금 목을 수술받은 참이라 이게 한계였다.

"아, 아뇨. 저는 그냥 해야 할 일을 했을 뿐입니다."

반면 수혁은 계속 모르쇠를 치고 있었다. 여전히 연기력은 훌륭한 데다가, 이미 확 넘어온 상황에서 이어지는 대화였기에 김다현은 홀랑 빠져들고 말았다.

"정말 훌륭한 의사 선생님이세요. 저……. 인사가 좀 늦었습니다."

김다현은 태도를 달리한 채, 핸드폰에 끼워 둔 자신의 명함 한 장을 수혁에게 건네주었다. 명함에는 태화전자 전무 이사라는 직함이 적혀 있었다. 수혁은 여기서 매우 놀라야 하나 아니면 얼떨떨해야 하나 하는 고민에 빠졌다.

[얼떨떨! 얼떨떨로 갑시다! 그게 지금 톤에서 자연스러워!]

다행히 바루다가 있었다. 녀석의 분석을 100% 신뢰하기는 어려웠지만, 그래도 의학 외적인 부분에서도 어느 정도 실력이 늘고 있지 않은가.

"어……. 이게……."

"안녕하세요, 태화전자 전무 이사 김다현입니다. 오랜만이네요, 신 과장님."

김다현은 얼떨떨해하고 있는 수혁을 향해 아주 자연스럽고 또 당당하게 손을 내밀었다. 뒤에 엉거주춤하게 서 있던 신현태를 힐끔 보면서였는데, 그제야 신현태도 아는 척을 할 수 있었다.

"아, 네. 전무님."

"어……."

"제가 도울 일 있으면 성심성의껏 돕겠습니다, 이수혁 선생님."

[지금! 지금 당황하면서 알아보는 척해요!]

"아, 네. 네! 아, 전무 이사님이시구나……. 그룹……. 아, 네."

수혁은 실로 적절한 때 크게 놀란 표정을 하며 호들갑을 떨었다. 누가 봐도 순진한 젊은 의사 같아 보이는 모습이었다. 전말을 알고 있는 사람이라면 어처구니가 없어 돌아가실 지경이 되었겠지만, 애석하게도 이 자리에 있는 사람 중엔 그런 사람이 아무도 없었다. 그저 흐뭇하게 웃어 줄 사람만 있을 뿐이었다.

"수혁아, 진짜 높은 분이셔. 아버지는 잘 계시죠?"

"아, 네. 아직도 현역이시죠."

"그러니까요. 진짜 대단하셔요."

김다현의 아버지, 김범준 부사장은 70이 가까운 나이에도 여전히 경영 일선에서 뛰고 있었다. 그냥 평범한 부사장이 아니라, 저 거대한 태화전자의 일정 지분을 들고 있는 등기 이사라는 뜻이었다.

태화 일가에 비할 바는 아니었지만, 일종의 준재벌급은 된다고 보면 되었다. 그룹 전체에 대한 영향력 또한 만만치 않은 수준이라 알아 두면 무조건 도움이 될 터였다. 그 연줄을 눈 뜨고 뺏긴 최낙필은 아주 복잡한 얼굴이 되어 있었다.

'이걸…… 다행이라고 해야 하나.'

아마 자신이 데리고 있었다면 진단명을 맞히지 못했을 가능성도 있었을 터였다. 만약 그렇게 되었다면 자신의 행보는 어찌 될까. 상상하기도 싫을 정도였다.

'그래도 아까운데…….'

수혁은 최낙필의 복잡미묘한 눈빛을 애써 받아넘겨 가며 입을 열었다.

"아, 아. 맞다."

연기하느라 놓친 멘트가 있어서였다. 모두 그에게 주의를 기울이고 있었기 때문에 곧 모두가 반응했다.

"네, 선생님."

"어, 수혁아, 왜."

원래 이수혁 처돌이라 할 수 있는 신현태는 물론이고, 새롭게 그 길에 들어서게 된 김다현 또한 마찬가지였다.

[좋구만. 아주 좋아요.]

바루다는 그들의 대답이 마음에 드는지 연신 미소를 지어 보였다.

"아까 쌍둥이 동생분이 있다고 하셨죠?"

"아, 네."

"말씀드렸다시피 환자분의 질환은 유전병입니다. 쌍둥이 동생분도 아마 같은 병을 앓고 있을 겁니다."

"아, 아!"

김다현은 명함을 건네준 후로는 줄곧 냉정한 모습을 유지하고 있었으나, 동생 얘기가 나오자 더는 그러지 못했다. 수혁은 눈에 띄게 당황하는 모습을 보여 주고 있는 다현을 향해 말을 이었다.

"한번 검사받아 보도록 해 주시고, 치료 시작하도록 해 주시죠. 치료만 받으면 골절 없이 지내실 수 있습니다."

"아, 감사합니다. 정말 감사합니다."

"그럼 오늘부터 바로 처방해 드리도록 할게요. 이미 발생한 골절이야 어쩔 수 없지만, 약 드시기 시작하면 이제부터 발생할 골절은 예방할 수 있을 겁니다."

"네, 네."

다현은 그 후로도 몇 번인가 더 감사를 표했다. 도울 수 있는 게 있으면 돕겠다는 말도 몇 번 더 덧붙였는데, 이젠 아까와는 달리 아버지의 얘기도 끼어 있었다.

/////

[김범준이면 상당히 유명 인사죠.]

다현을 병동에 보낸 후, 바루다가 여전히 들뜬 목소리로 중얼거렸다. 그도 그럴 것이 김범준은 현 태화그룹 내의 실세 중 하나였다. 그런 사람의 도움을 받게 된다면 얼마나 큰 힘이 되겠는가.

"수혁아, 이번에도 역시 잘했다."

신현태 과장 또한 김다현 환자가 병실로 돌아갈 때까지 침묵을 지키고 있다가 비로소 입을 열었다. 수혁은 짐짓 쑥스럽다는 표정을 지으며 고개를 숙였다.

"아닙니다. 우연히 아귀가 맞았습니다."

"우연은 무슨. 이거 이렇게 빨리 진단할 수 있는 사람이 우리나라에 몇이나 되겠어? 대단한 거야, 정말."

"감사합니다."

"그나저나 잘됐어. 회장님 일가 제외하면 제일 힘 있는 집안이야. 어차피 너 교수 되는 거야 확정이긴 했는데……. 이걸로 100%네."

신현태는 그런 말을 하면서 괜히 서효석 쪽을 돌아보았다. 잘났다 싶은 신임 교원이 있으면 일단 시비 거는 게 일상인 인간이어서 그랬다. 자신이 못 가진 걸 가진 사람이 있으면 부러워하거나 배우려고 하는 게 성숙한 사람의 자세일 텐데, 이 인간은 그저 질투하고 깎아내리려고만 했다.

"그, 그렇죠. 100%죠. 축하해, 이수혁 선생."

물론 서효석은 인성과는 별개로 상당한 눈치를 탑재하고 있었다. 원장 아들인 것만 해도 만만치 않았는데, 거기에 더해 저런 백까지 생긴 마당 아닌가. 여기서 뻗대 봐야 입지만 더 좁아질 뿐이었다. 이렇게 된 거 차라리 잘 지내는 게 나았다.

"감사합니다."

수혁은 딱히 서효석과 잘 지낼 마음일랑 없었지만, 아직은 위치가 위치였기에 좋게 받았다.

"거참. 아까 그 병 이름 뭐라고?"

반면 최낙필은 아직도 아쉽다는 얼굴을 하고 있었다. 데리고 있어 봐야 진단은커녕 사고만 쳤을 가능성이 크다는 걸 알고 있음에도 그랬다.

"아······. 네 오토조말 도미넌트 하이포포스패테믹 리케츠입니다."

"어 그래, 그 오토조말. 음. 그래, 뭐. 음."

원래 여기 화내러 온 참이 아니던가. 최낙필은 참으로 난감하다는 얼굴이 되었다. 심정상 화를 내고는 싶은데 명분이 사라졌기 때문이었다.

'알고 데려온 게 아니라······. 이건데.'

아까 그게 연기일 리는 없지 않은가. 그게 연기면 의사가 아니라 저기 어디 충무로에 가 있어야 할 거 같았다. 까맣게 속아 넘어갔다는 뜻이었는데, 그래서 더 화를 내지 못하고 있었다.

'어려운 환자 같아서 데려왔고 맞혔다. 이거잖아, 지금.'

칭찬을 해 줘야 마땅한 상황이라는 뜻이었다.

'후.'

게다가 수혁은 원장 아들임과 동시에 막강한 백을 거느린 사람이 된 참 아니던가. 서효석처럼 백이 좋은 게 아니면서도 위로 올라가고 싶은 최낙필로서는 어떻게든 연줄이 필요했다. 수혁이 그 연줄이 되어 줄지는 의문이었지만, 뭐가 어찌 되었건 간에 잘 보여 두면 좋을 거 같았다. 그는 성질을 좀 접어 두기로 결심했다.

"이수혁 선생, 고마워. 어려운 환자인데……. 진단 잘해 줬어."
"아, 감사합니다. 과장님."

물론 수혁은 딱히 최낙필의 감사 인사에 의미를 두진 않았다. 원래도 머리가 좋은 편인 데다가, 바루다가 데이터화해서 저장해 두고 있는 탓에 최낙필이 자신을 두고 했던 말을 잊을 수가 없었기 때문이었다. 실력은 있는 사람이니만큼 서효석처럼 병원에서 내쫓고 싶은 생각은 없었지만, 그렇다고 잘해 주고 싶은 마음이 들지는 않았다.

"그럼, 난 환자가 있어서."

최낙필은 다시 한번 손 인사를 한 후 자기네 병동으로 돌아갔다.

"어……. 나도 뭐……. 그……. 연구! 그래 연구가 있어서."

서효석은 여기가 자기 병동임에도 불구하고 회진도 안 돌고 스리슬쩍 빠져나갔다. 신현태는 그런 서효석을 보면서 자기도 모르게 '아, 저 새끼 잘라야 되는데.' 하고 중얼거렸다. 하지만 옆에 수혁이 있음을 인지하고 있었기에 금세 다른 얘기를 꺼낼 수 있었다.

"아무튼, 연구거리는 생각해 봤니?"

다행히 수혁이랑은 하도 자주 보는 사이라 얘깃거리는 참 많았다. 수혁 또한 어색해지지 않아 다행이라는 얼굴로 대꾸했다.

"아, 네. 해 보긴 했는데, 아직은 딱히……."

"그렇지? 아무래도. 나도 생각해 봤는데 이게 딱 떠오르진 않더라."

"그러니까요."

"흠."

신현태는 얼굴 본 김에 다시 생각이나 해 보겠다는 듯 턱 밑을 만지작거렸다. 하지만 그런다고 아이디어가 턱턱 나오면 세상에 논문 못 써서 머리 쥐어 싸매고 있는 사람이 왜 있겠는가. 신현태는 잠깐 그렇게 있다가 이내 손목에 차고 있던 시계를 내려다보았다. 올 때만 해도 어중간한 시간이었는데, 이젠 밥 시간이 되어 있었다.

"배 안 고파? 안 바쁘면 같이 먹을래? 현종이 형이랑 약속 있는데."

"아……. 저야 좋죠."

"그래, 그럼 가운 벗어. 내려가자."

"가운? 밖으로 나가요?"

"응. 현종이 형 취미가 제철 음식 먹는 거잖아. 요새 뭐 기깔 나게 맛있는 집이 생겼다더라고."

"오……. 알겠습니다."

이현종은 상당히 입맛이 까탈스러운 편이었다. 그 사람이 맛있다고 하면 무조건 맛있다고 보면 되었다.

[빨리, 빨리!]

맛있는 음식이라면 거의 걸귀가 되는 바루다가 지랄을 해 대는 통에 수혁은 신현태와 함께 서둘러 1층으로 향했다. 중간에 신현태가 전화를 받았는데, 이현종은 벌써 식당으로 가고 있다는 연락이었다. 둘은 급히 신현태의 차를 타고 식당으로 향했다.

고풍스러운 기와지붕이 인상적인 식당이었는데, 강남 언저리에 이런 집이 있다는 게 놀라울 정도로 마당이 크고 넓었다.

"재벌 집 회장님들도 와서 먹고 그러는 집이라더라. 어마어마하게 비싸, 예약 잡기도 힘들다더라. 원래 이하언 교수 오기로 했었는데 못 와서 자리 난 거야."

"아……. 네, 감사합니다."

신현태는 놀란 얼굴의 수혁에게 부연 설명을 해 준 후, 예약한 자리로 향했다.

"어어, 왔어?"

이현종은 이미 자리에 앉아 있었는데, 상당히 심각한 얼굴이었다. 자세히 보니 통화 중이었는데, 환자 얘기인 듯했다.

"아니, 인마. 너는 우리 과 병도 아닌데 물어보면 내가 아니? 나는 알 줄 알았다고? 미친놈이 내가 무슨 A.I. 냐?"

괴질

"왜 그래요?"

신현태는 정말이지 아무렇지 않은 듯한 얼굴로 이현종 맞은편에 앉았다. 다른 사람이 통화하면서 저리 역정을 내고 있다면야 퍽 놀랄 일이지만, 이현종이라면 얼마든지 가능한 일이기 때문이었다. 이현종의 성질이 더러워서라기보다는, 그냥 그의 말투가 썩 거친 편이기에 그러했다.

"그러게요. 엄청 화나셨네."

심지어 까마득히 밑인 수혁조차도 별 긴장한 모습을 보이지 않았다. 수혁이 보아 온 이현종은 거의 절반의 확률로 욕을 하고 있지 않았던가. 새삼스러울 것이 전혀 없었다.

"음식 올리겠습니다."

심지어 직원도 이현종이 익숙한 건지, 아니면 신경 쓰지 않도록 교육을 받았는지 별말 없이 방을 떴다.

"아니, 인마……. 내가 그걸 어떻게 알아. 나 심장 보는 사람이야, 심장!"

그사이에도 이현종은 전화를 끊지 않고 성깔을 부리고 있었다. 재미있는 건 상대가 굴하지 않고 있다는 점이었다.

"에이, 선후배 좋다는 게 다 뭡니까."

"선후배는 제기……. 이럴 때만 선배야?"

"어어? 이러시면 제가 많이 섭섭하죠. 전에 저랑 군 골프장……."

"알았어, 알았어. 하."

뭔가 이현종에게 중요한 걸 제공해 주는 인물인 모양이었다.

'골프라…….'

그나마 가까이 앉은 데다가, 바루다 때문에 작은 단서도 분석이 가능한 수혁은 상대방이 꺼낸 단어 중 하나를 캐치해 낼 수 있었다.

[이현종이 아주 좋아하는 취미 중 하나죠.]

'군 골프장이면 군인인가?'

[아마도요. 꽤 계급이 높지 않을까요?]

덕분에 어느 정도 유추를 이어 나가고 있으려니, 이현종이 드디어 전화를 끊었다.

"환자 자료 보내 봐, 그럼. 너 대신 다음에도 라운딩 잡아야 되는 거다?"

"그럼요, 그럼요. 바로 정리해서 보낼게요."

"어휴……. 심장 환자를 좀 보내. 나도 이거 공부해야 한다고."

"다음부터는요. 감사합니다, 선배. 충성."

"충성은 개뿔. 누가 군인 아니랄까 봐. 끊어."

신현태는 이현종이 핸드폰을 방석 아래로 내려놓을 때까지 기다린 후, 입을 열었다.

"누구예요? 기태?"

"그래, 기태. 이 새끼는 왜 전역 안 하고 계속 군대에 있냐? 대령에서 진급 못 하면 나와야 되는 거 아냐?"

"군의관이라 예외 조항 받았을걸요? 저도 잘은 몰라요. 그런 얘기는 안 하니까. 근데 뭐, 또 환자 보낸대요?"

"그거지 뭐. 이 자식 태화 동문인 걸로 병원장 하는 거 아냐? 허구한 날 환자 보내고 있으니……."

"그래도 기태가 수도병원 병원장으로 거의 말뚝 박다시피 해서 레지던트들은 좋아하던데요, 뭐."

딱히 수도병원장이라고 해서 딴 데 가야 하는 군의관을 수도병원으로 끌어 줄 수는 없겠지만, 일단 수도병원으로 온 사람에 한해서는 챙겨 줄 수 있지 않겠는가. 마치 끈 떨어진 연 같은 신세인 군의관들에게는 어마어마하게 큰 힘이 되어 주는 셈이었다.

"몰라, 귀찮아."

물론 이현종은 딱히 그런 것 따위엔 관심이 없었다. 세상에 군의관 때, 그것도 수도병원에 가야 혜택을 볼 수 있는 것 때문에 우수한 레지던트들이 태화의료원에 지원하겠는가. 만약 그런 생각을 하는 놈이 있다면 사절이었다.

"아무튼, 수혁아. 오늘 또 한 건 올렸다며? 김다현이라고, 그 친구 겁나 높은 사람인데. 엄청 깐깐하고."

이현종은 기태라는 대령 군의관과 관련한 일은 한시도 생각하고 싶지 않다는 듯 고개를 거칠게 흔들었다. 그러곤 볼 때마다 기분 좋아지는 수혁을 바라보았다. 눈빛엔 애정이 가득 담겨 있었다. 딱히 바루다가 분석하지 않아도, 누구라도 알아볼 수 있을 정도였다.

'좋구만.'

비록 생부는 없지만, 자신을 아들처럼 대하는 이들이 이 자리에만 둘이나 있지 않던가. 덕분에 수혁은 푸근한 미소를 지으며 대꾸할 수 있었다.

"아닙니다, 원장님. 그냥 우연히."

"우연은 무슨. 김범준 그 양반이 따로 전화했던데. 거기 둘째 딸도 아마 문제 있을 거라며? 안 그래도 여기저기 아파서 미국에서 병원 다니고 있다더라고. 그거 해결 안 돼 가지고 고민이었는데, 이번에 진단받아서 고맙다고. 대신 전해 달래."

"아……. 벌써 전화가 왔어요?"

"김범준 그 양반 딸 바보야. 사석에서 보면 맨날 딸 얘기만 해."

"아……."

수혁은 고개를 끄덕이며 새삼 이현종이 원장은 원장이란 생각을 했다. 비록 주로 보여 주는 모습은 원장이라기엔 좀 부끄럽기는 하지만, 대외적으로는 뭐가 어찌 되었건 간에 태화의료원 역사상 가장 뛰어난 원장 아니던가. 태화전자 부사장과 따로 만난 적이 있다고 해도 그리 이상할 일은 아니었다.

"그렇게 대단한 일 아냐. 김범준 부사장이 워낙에 골프 좋아해서 그래."

"아……. 같이 좀 치시나 봐요?"

"그렇지 뭐. 사실 싱글 유저는 드물잖아. 그룹 내 사장단 닥닥 긁어도 두 손으로 꼽을 정도일걸?"

물론 신현태는 그게 좀 아니꼬운지 바로 깎아내렸다. 그러자 이현종은 의외로 너그러운 얼굴을 한 채 껄껄 웃었다.

"새끼, 저 골프 못 친다고. 넌 어떻게 된 게 구력이 몇 년인데 아직도 싱글이 안 되냐?"

"공에 미쳐 사는 것도 아닌데 뭔 싱글이에요, 싱글은."

승자의 여유에서 나오는 그런 너그러움이었다. 이현종은 그 후로도 몇 번인가 더 신현태의 속을 긁어 대다가, 돌연 안타깝다는 표정을 지어 가며 수혁을 돌아보았다.

"거참. 수혁이도 골프 칠 수 있으면 참 좋은데……. 중요한 얘기가 엄청 많이 오가거든."

"형은 뭘 그런 얘기를 하고 그래. 고쳐 줄 거야?"

"내가 신이냐? 어떻게 고쳐."

"그럼, 말을 마."

"안타까워서 그렇지, 안타까워서. 수혁이는 내가 딱 보니까 애가 침착해서 또 치려고만 하면 곧잘 칠걸?"

딱히 침착해서 그런 건 아니겠지만, 어느 정도 사실이긴 했다. 수혁에게는 바루다가 있었으니까.

[방송 보니까, 쇼트 게임은 진짜 자신 있는데요.]

'말해 뭐 하냐……. 의미 없지.'

[하긴 그건 그렇습니다.]

그래 봐야 다 헛소리일 뿐이었다. 다리가 불편한 수혁에게 골프는 운동이 아니라 고행이 될 뿐일 테니. 일단 하체가 잡아 주지 못하는 상태에서는 걸어 다니는 건 고사하고 비거리 자체도 안 나올 게 뻔했다.

"형이 그 얘기 하니까 수혁이 표정 어두워졌잖아."

"어, 그래? 미안, 미안. 난 다 극복한 줄 알았지."

"뭔 극복이야. 다리 다쳐 봤어요?"

"넌 다쳐 봤고?"

"난 얘기를 안 하잖아, 그래서."

"음."

듣고 보니 맞는 말이지 않은가. 천하의 이현종이라 해도 입을 다물 수밖에 없었다. 제일 말 많은 양반이 입을 다물어 버리니, 한동안 방 안에는 정적이 흘렀다. 하필 워낙에 비싼 집이라 모든 식사 자리가 룸으로 되어 있는 탓에 조용함이 도를 지나쳐 어색할 지경이었다.

드르륵. 침묵을 깬 것은 오래된 나무 미닫이문이 밀리면서 내는 소리였다. 잘 관리가 된 덕에 귀에 거슬리는 소리는 아니었다.

"전채 내어 드리겠습니다."

문을 열고 들어선 이는 직원이 아니라, 요리사였다. 총주방장은 아닌지 나이는 젊어 보였으나 앙다문 입에 고집이 배어 있어 실력이 있어 보였다.

"연근을 얇게 저며 튀긴 것을 저희가 직접 만든 당근 무스와 함께 낸 것입니다."

그는 직사각형 접시에 담긴 음식을 하나하나 설명해 주었다. 솔직히 말하면 알아들을 수 있는 말이 무척 한정적이었으나, 수혁은 열심히 고개를 끄덕였다.

"먹어 봐. 오른쪽부터. 여기 진짜 괜찮아."

그가 나가자마자 이현종이 허허 웃으며 음식을 권했다. 기분이 진짜 좋아 보였는데, 이현종이 좋아하는 취미 중 하나가 골프라면 제일 좋아하는 건 미식이었기 때문이었다. 신현태 또한 먹는 걸 마다하는 사람은 아니었기에 얼굴에 웃음기가 가득했다.

"네."

"수혁이는 이런 데 처음 와 보지?"

"아, 네."

"천천히 음미하면서 먹어 봐. 이런 곳은 단순히 맛만 있는 게 아니라, 요리사의 철학이 담겨 있어."

"아……. 네. 원장님. 감사합니다."

수혁은 아까 남몰래 검색해 본 가격을 떠올리며 고개를 성의 있게 끄덕였다. 과연 얼마나 맛이 있을지는 모르겠지만, 절대 가격만큼 맛있을 거 같진 않았다. 음식의 맛을 폄하하려는 의도가 있는 건 아니었다. 그저 가격이 그의 상상을 아득히 넘어가 버렸기 때문이었다.

[초 치지 말고 일단 먹기나 하죠.]

'군침 좀 그만 흘려. 뭔 인공지능이…….'

[그럼 이런 거 좀 자주 먹여 주시죠. 딱 보기만 해도 있어 보이잖아요?]

'맛이 있을까 싶은데.'

[초 그만 치시라니까.]

'알았어, 알았다.'

수혁은 아주 조심스럽게 맨 우측 음식을 집어 들었다. 연근 어쩌고 했던 것인데, 별로 기대가 되진 않았다. 연근이라니. 이미 충분히 먹어 본 재료 아니던가.

'어?'

그런데 입에 넣자마자 그런 생각은 사정없이 무너져 내렸다. 튀김옷을 입히지 않고 바로 튀겨 냈는지, 무척 바삭하면서도 고소했다. 그와 동시에 쓱 하고 번져 오는 연근의 향이 마치 비밀 병기처럼 수혁의 코끝을 내질렀다.

'어어?'

그게 끝이 아니었다. 당근 무스의 부드러운 달콤함이 자칫 느끼해질 수 있는 마지막 맛을 기가 막히게 잡아 주었다.

[와……. 미쳤다. 이건 미쳤어.]

인간 수혁뿐만 아니라, 인공지능인 바루다마저 한순간에 매료시킬 만한 맛이었다. 이게 고작 전채 요리 중 1번 요리라니. 갑자기 뒤이어 나올 요리들에 대한 기대감을 한껏 끌어올리는 맛이라고 할 수 있었다.

"쟤 이런 데 좀 데리고 다녀야겠다. 얼굴 봐라. 뿅 갔네."

이현종은 정말 딴 나라에 간 것 같은 얼굴이 된 수혁을 보며 고개를 가로저었다. 신현태 또한 그런 수혁을 보며 미안하다는 표정을 지어 보였다.

"그러고 보니까 맨날 어중간한 것만 먹였네요."

"과장이 좀 챙겨야지."

"형은 이뻐라면서요. 아빠가 좀 챙겨요."

"원장이잖아. 내가 좀 바쁘니?"

"근데 애 진짜 맛있나 보네. 우리 말하는 것도 안 들리나 본데요?"

신현태의 말대로 수혁은 오감을 오로지 음식에만 집중하고 있었다.

두 번째 음식인 열빙어튀김 또한 첫 번째만큼이나 훌륭한 맛을 자아내고 있었다. 신기한 점은 같은 튀김인데, 뭔가 매우 다르다는 것이었다.

'이건 좀 더 기름진데……. 안에 뭐가 든 것 같아. 그냥 알이 아닌가?'

[알에 간장이 배어 있어요. 밖에서 처리한 모양인데…….]

그 절인 알이 튀김에 무려 상큼한 맛을 더해 주고 있었다.

"이렇게 집중력이 좋으니까, 공부도 잘하지. 좋은 일이야."

"그건 그래요. 애 오늘 진단하는 것도 정말 기똥찼다니까요."

"어……. 나도 들었어. 미친놈이 벌써 각 과 교수들처럼 진단을 하네?"

"교수보다 낫죠. 서효석이 그거 뭐……. 알기나 하겠어요."

"걔는 좀 빼고 얘기하자. 그 새끼가 뭔 교수야."

"거 못 자르나, 진짜."

"가만있어 봐. 나도 벼르고 있어. 어."

이현종은 멀쩡히 대화를 나누다 말고 핸드폰을 집어 들었다.

"에이. 이 새끼 빨리도 보내네."

그러곤 얼굴을 찡그렸다.

"뭔데요. 아, 기태."

"응. 진짜 좀 이상한데?"

"어디 좀 봐 봐요."

"수혁이도 보라고 해. 얘 요새 타율 너무 좋잖아. 얘가 알 수도 있어."

"어……. 그럴까요?"

"야, 수혁아."

"어, 네."

그러나 수혁이 음식에서 헤어 나온 건 메인 디시였던 소고기 안심구이가 끝난 다음이었다. 나오는 요리마다 워낙에 훌륭했던 터라 도리가 없었다. 이현종이나 신현태나 여기 음식이 그럴 만하다고 여기고 있었기에, 딱히 황당해하거나 하지는 않았다.

"디저트도 맛있지?"

"네. 어우, 여긴……."

"괜히 이 가격에도 예약하기 어려운 집이 아니지."

이현종은 이제 곧 결제될 50만 원 남짓한 금액을 떠올리며 고개를 끄덕였다. 솔직히 점심 한 끼에 지불한다고 하기엔 지나치게 많은 금액이긴 했지만, 먹을 때마다 '아, 이런 거 먹으려면 또 힘내서 일해야겠구나.' 하는 동기를 주는 그런 맛이었다. 여러 번 먹은 이현종도 감동할 정도였으니, 오늘 처음인 수혁이야 더 말할 것도 없었다.

이현종은 조금 더 기다려 준 후, 수혁이 디저트마저 절반가량 먹었을 때쯤에 이르러서야 자신의 핸드폰을 보여 주었다.

"지금 우리 병원 응급실로 오고 있는 환자들인데, 한번 봐 봐."

"네? 아, 네. 원장님. 음."

수혁은 여전히 입안에 디저트를 머금고 있던 참이었지만, 어찌 되었건 정신을 차리고 고개를 끄덕였다. 그리고 시선을 돌려 이현종의 핸드폰을 바라보았다. 핸드폰에는 두 개의 흉부 엑스레이 사진이 떠 있었는데, 골격이 다른 것으로 보아 같은 사람 것이 아니라 두 사람의 엑스레이 사진인 것 같았다.

[좀 이따가 하면 안 되나. 아직 다 안 먹었는데.]

평소와는 달리 바루다는 진단을 내리는 대신 투덜거리기만 했다. 수혁도 비슷한 심정이었기에 딱히 그를 탓하진 않았다.

'이거 사 주셨잖아.'

대신 바루다를 달랬는데, 돈 냈다는 말은 언제나 그러하듯 상당한 힘이 있었다.

[하긴 그렇군요. 잘 보여야 또 사 주겠죠?]

'그렇지. 그러니까 좀 보자고.'

[흠.]

그 때문에 바루다는 수혁과 함께 사진을 유심히 뜯어보기 시작했다. 흔히 생각하는 것처럼 그저 폐만 보지는 않았다. 생각보다 흉부 엑스레이가 품고 있는 정보는 많았으니까.

'체형은 둘 다 보통……. 뚱뚱하지도 마르지도 않았어. 꽤 젊은 사람들 같은데.'

[네. 기껏해야 20대 초반? 그리고 남자예요.]

골격부터 살집의 정도를 통해 체격을 대강 짐작할 수 있었다. 또한 골화의 진행 정도를 통해 나이를 알 수 있었고, 방패 연골의 모양을 보고 성별까지 알 수 있었다.

'수술받았던 적은 없어 보이고…….'

[그런데 폐가 아예 하얗게 됐군요.]

'그러니까. 아팠던 적도 없어 보이는 사람 폐가 이렇게까지 되다니.'

[나이도 어린데……. 대체 뭘까요?]

사진의 폐는 방금 대화처럼 하얗게 변해 있었다. 원래 까매야 할 것이 하얗게 되어 있다는 건 폐렴이 심각하다는 뜻이었다. 기저 질환이 있던 노인이 아니라, 청년의 폐가 이렇게 되는 건 아주 드문 일이라 할 수 있었다.

"좀 이상하지?"

이현종은 자신의 예상대로 고개를 갸웃거리고 있는 수혁을 향해 물었다. 수혁은 현종의 말을 들으며 천천히 고개를 끄덕였다.

"네. 환자가 혹시 어떤 사람들이죠? 그럴 나이가 아닌 거 같은데……."

"뭐 사진 봐서 대강 알겠지만."

아마 다른 레지던트였다면 이런 말은 절대 안 할 터였다. 하지만 상대가 이수혁이지 않은가. 이현종은 이미 수혁이 자기보다 더 천재라고 인정하고 있는 상황이었다. 자신이 본 거 정도는 다 봤을 거라 굳게 믿고 있었다. 그리고 수혁은 그의 믿음을 절대 배신하지 않았다.

"오른쪽이 22살, 왼쪽은 20살이야."

"음……."

"군인이야, 군인. 훈련병 동기."

"아. 그럼……."

군인이라면 아무리 젊고 건강하더라도 상식 이상으로 아플 수 있긴 했다. 단체 생활을 하는 데다가, 워낙에 시설은 후지고 또 훈련은 고됐으니까.

"하지만 그렇다고 해도……. 이 소견은 좀 너무한데요?"

"그렇지? 나도 군 훈련병들이 아데노바이럴 뉴모니아(아데노바이러스에 의한 폐렴)로 오는 건 좀 봤는데. 이 정도는 아니거든."

수혁의 말에 신현태가 끼어들었다. 아무래도 감염 쪽 얘기다

보니 이현종보다는 신현태가 할 말이 더 많았다. 폐렴이야 호흡기 쪽에서 꽉 잡고 있다지만, 그래도 간혹 감염내과가 메인으로 볼 때도 있었기 때문이었다.

"아데노⋯⋯. 아, 그때 그 사건이요?"

"어. 그때 여럿 죽었었지."

아데노바이러스는 사실 면역 결핍 환자에서 주로 문제를 일으키는 녀석이었다. 당연하게도 정상 면역 인구에 대해서는 전혀 걱정하고 있지 않았다. 하지만 신병 훈련소의 열악함은 여러 의학자의 상상을 뛰어넘었다.

'그 이후로 겨우겨우 아데노바이러스에 대한 백신을 놓을 수 있게 됐지.'

그것도 한두 번이 아니라 여러 차례 반복이 되었다. 신병 훈련소에서 폐렴에 걸려서 죽었다는 얘기. 아주 이상하게 들리진 않았다. 그냥 훈련이 힘들고 몸이 약해서 그런 거라고 충분히 여기고 넘어갈 수 있다는 뜻이었다.

'지금 생각해 봐도⋯⋯. 그때의 난 훌륭했어.'

그 이유가 아데노바이러스일 수 있다는 걸 생각해 낸 것이 바로 신현태였다. 당시 감염내과 펠로우까지 마치고 신병 훈련소 군의관으로 가 있던 그는, 아무리 봐도 젊은 성인에게 생겼다고 하기엔 너무 급작스러운 경과를 보이는 폐렴이 수상하다고 생각했다. 딱 한 명한테만 생겼다면 그도 그냥 넘겼을 수도 있었을 터였다.

하지만 그때 폐렴에 걸린 환자는 모두 6명이나 되었다. 그래서 그때까지 아무도 해 보지 않았던 아데노바이러스에 관해 검사를 시행했고, 해당 환자 중 절반에 해당하는 세 명을 살릴 수 있었다. 그뿐 아니라, 후향적(後向的) 역학 조사를 통해 그때까지 사망했던 훈련병 중 상당수가 아데노바이러스에 의한 폐렴 때문에 사망했다는 것을 밝혀내기까지 했다.

"근데 이건 아데노랑 양상이 달라. 현종이 형, 이거 언제 찍었다고요?"

"증상 생긴 다음 날."

"너무 빨라……."

"그래, 너무 빨라. 아데노바이러스에 의한 거라고 하면……. 얘네 군대 가면 안 될 애들일걸."

물론 바이러스에 의한 폐렴도 엄청 빠른 경과를 나타내는 녀석들이 있기는 했다. 하지만 거기엔 한 가지 조건이 필요했다. 숙주의 면역이 없을 것.

"그러니까요. 흠……. 증상은 어떻대요?"

신현태의 말에 이현종은 다시 핸드폰을 거두어 갔다. 그러곤 박기태 대령이 보낸 자료를 쓱쓱 넘겨 보기 시작했다.

"일단 둘 다 열나고, 기침하고, 가래 나오고……. 컨디션 깔리고. 거의 동시에 발생했어."

"같은 방 쓰는 애들은 모두 몇 명인데요?"

"그런 것도 보냈으려나? 아, 여기 있네. 16명."

"16명? 북한이야? 왜 이렇게 많아."

"왜 나한테 화를 내?"

"아뇨, 화를 낸 게 아니라. 황당해서 그렇죠."

아직도 한방에 16명이 같이 자고 있다니. 신현태는 자기도 모르게 자기가 훈련받았던 논산을 떠올렸다. 그게 벌써 20년 전인데, 그때도 16명이 한방에서 잤다.

'시발.'

신현태와 같은 인격자조차 저도 모르게 욕설이 튀어나올 만큼 끔찍했던 기억. 잠시 몸서리치고 있으니, 이현종이 말을 이었다.

"그중에서 같은 증상 보이는 애는 없대."

"없대요? 애네 언제 이런 건데요?"

"이제 이틀. 근데 사진이 이렇네?"

"허……. 시발, 지금 어디래요?"

"아까 나한테 전화하고 쐈으면……."

국군수도병원이면 분당 아니던가. 거기서 강남까지는 금방이라고 보면 되었다.

"지금 거의 왔겠는데? 우리도 가죠? 얘들 레지던트들이 볼 수는 없을 거 같은데."

"어……. 그래야겠지?"

이현종은 뭔가 좀 아쉽다는 듯 옆을 바라보았다. 작게 난 창문 밖으로 역시나 작은 사이즈의 폭포가 보였다. 워낙에 비싼 집이다 보니 조경도 퍽 신경을 쓴 모양이었다.

"뭐 해요. 안 일어나고. 수혁이는 벌써 나갔어."

구경이나 좀 더 하고, 입안에 감도는 감동을 만끽하고 싶었거늘, 이 멋대가리 없는 놈들이 이미 다 나가고 없었다.

'망할 놈들이 낭만이 없네.'

하지만 이현종 또한 의사는 의사였다. 아쉬움에 몸서리치면서도 밖으로 향했다. 그러곤 신현태 옆자리, 그러니까 조수석에 아주 자연스럽게 털썩 앉았다.

"차는? 또 안 갖고 왔어요?"

"나 운전 싫어하는 거 알잖아."

"그럴 거면 벤츠는 왜 샀어?"

"남들 다 타니까. 나만 없으면 섭섭하잖아."

"나 참……. 수혁아, 안전벨트 맸니?"

이현종이 별종 짓 하는 게 어디 하루 이틀 일인가. 신현태는 잠시 고개를 가로젓고 나서는 곧장 수혁을 챙겼다. 이현종과 대거리를 해 대느니 우리 이쁜 수혁이나 한 번 더 보는 게 의미 있다고 여겼기 때문이었다.

"네, 교수님. 맸습니다."

"그래. 너 들어가도 당장 할 거 없지?"

"네? 네, 뭐. 당장은 없습니다."

"그럼 같이 가서 한번 보자. 대체 뭐야, 이거."

"네, 교수님."

수혁은 어차피 말이 없었어도 가 보긴 할 참이었다.

'데이터에 없어?'

[처음 봅니다, 이런 양상의 폐렴은.]

바루다도 모르는 질환은 실로 오랜만이지 않은가. 환자를 두고 이런 생각을 하는 것이 좀 꺼림칙하긴 했지만, 뭐가 되었건 간에 호승심이 생겼다.

수혁이 잠시 고민에 빠진 동안 신현태는 차를 몰아 골목을 빠져나왔다. 병원까지는 그리 멀지도 않았고, 막히는 길도 아니었다. 게다가 신현태는 꽤 밟고 있었다.

"어어. 미친놈아. 살살 해. 나 오래 살고 싶어."

이현종은 그게 마음에 안 드는지 고래고래 소리를 질러 댔다. 물론 그런다고 말을 들을 신현태가 아니었다.

"환자 온다면서요."

"아니, 새꺄. 이러다가 우리가 환자로 가."

"이 차 어지간히 박아도 안 죽어."

"미친놈이?"

그렇지 않아도 신현태는 환자 위하는 마음이 큰 열혈 닥터 아니던가. 그중에서도 군인이라고 하면 눈이 돌아가는 편이었다. 특히 훈련병이라면 더더욱 그랬고, 폐렴이라고 하면 거의 반쯤 미쳐 버렸다. 지금 반 미쳤다는 뜻이었다.

"어어. 제발. 현태야."

"시끄러워요. 환자가 기다린다."

"너는 왜 이런 면에 있어서는 늙지도 않냐."

"형이 이상한 거야. 어떻게 의사가."

"내가 너보다 많이 살리거든?"

"에에이!"

"미안해! 그만 밟아!"

옳은 소리 해 대는 이현종을 닥치게 하면서까지 병원으로 달렸다. 그 덕분인지 뭐 때문인지는 모르겠지만, 환자를 싣고 있는 것으로 보이는 군 앰뷸런스와 거의 동시에 응급실에 들어설 수 있었다.

"여기, 여기 주차하시면 안…… 어? 원장님?"

당연히 요원 하나가 달려 나와서 말렸지만 안에 타고 있는 게 다 의사인 데다가,

"우리 저 환자 보러 온 거야! 주차 좀 대신 해 줘요!"

그중 운전자로 보이는 사람이 급히 뛰어내리면서 방금 앰뷸런스에서 나온 환자를 가리키는 바람에 졸지에 발레파킹을 하게 되었다.

"미안해요. 저도 환자 보러 가야 해서."

 더구나 수혁은 다리를 절룩이면서까지 달리고 있지 않은가. 요원은 달리 어떻게 거절할 말을 찾을 수가 없었다.

"네네. 차는 걱정 마시고 가십시오!"

"고생이 많다."

 이현종 또한 자신이 주차를 할까 말까 고민을 하다가 그냥 응급실로 향했다. 생각해 보니까 이현종은 자기 차도 안 모는 사람 아니던가. 그런데 남의 차 운전이라니. 있을 수 없는 일이었다.

◢◢◢◢◢

"의식…… 의식 떨어지잖아!"

"산소 포화도도 떨어집니다!"

 그사이 환자에게로 달려간 신현태와 수혁은 동시에 비명을 질렀다. 환자 둘의 상태가 모두 최악을 향해 달리고 있었다.

'바로 삽관할까?'

 수혁은 떨어지는 산소 포화도를 보며 중얼거렸다. 그와 마찬가지로 상황을 쭉 지켜보고 있던 바루다가 즉각 답변을 해 왔다.

[우측은 즉시 삽관하지 않으면 위험합니다.]

'왼쪽은?'

 수혁이 보기엔 왼쪽도 만만치 않았다. 아직은 포화도만 조금 흔들릴 뿐, 의식이 가라앉지는 않고 있긴 했지만, 지금까지 둘이 거의 같은 경과를 보이지 않았던가. 언제 어떻게 될지 알 수 없었다. 하지만 바루다는 인간의 불안감을 갖고 있지 않았고, 덕분에 더욱 객관적인 판단이 가능했다.

[둘의 경과가 앞으로도 같으리라는 보장은 없습니다. 산소 포화도 80% 정도는 산소만 줘도 얼마든지 극복 가능한 수치입니다.]

'그건 그렇지만……..'

[그리고 문진할 대상이 필요합니다. 아까 식당에서 들어서 알고 있겠지만, 이 둘의 경과는 아주 이상합니다. 여러 검사를 긁는 것보다 몇 마디 질문해 보는 것이 단서 찾기에 훨씬 유리합니다.]

'아.'

바루다의 말을 듣고 보니 '과연'이라는 생각이 들었다. 때론 문진이 그 어떤 검사보다 더 위력을 발휘하기도 하지 않던가. 특히 이 두 환자처럼 평범하지 않은 환경에서, 평범하지 않은 경과를 밟아 온 환자들이라면 더더욱 중요할 터였다.

"삽관할게요! 이쪽은 산소 풀로!"

"어, 어어. 그래, 그렇게 하자. 군의관! 같이 온 군의관 어디 있어?"

다행히 신현태 또한 수혁과 의견이 일치한 모양이었다. 딱히 수혁의 말에 반박하는 대신 군의관부터 찾았다.

그러자 저 멀리서 머리가 애매하게 긴 군의관 하나가 헐레벌떡 뛰어왔다. 원무과 쪽에서 뛰어오고 있었는데, 아무래도 접수를 하고 있던 모양이었다.

"안녕하십니까, 교수님."

"어……. 무슨 과지?"

"내과입니다."

"내과, 그래."

신현태는 군의관 어깨에 붙어 있는 대위 계급장을 보며 고개를 끄덕였다. 100% 확신하긴 어렵지만, 대위면 거의 전문의지 않던가. 어디서 수련받았는지는 알 수 없어도 대강 지금까지 아예 헛짓하진 않았을 거란 믿음은 가질 수 있었다.

"으샤."

그사이 수혁은 벌써 환자의 입을 벌리고 후두경을 넣고 있었다. 숙련된 응급실 간호사들의 도움을 받고 있으니, 일은 일사천리였다. 신현태는 혼자 아주 잘 해내고 있는 수혁을 확인하고는 다시 내과 군의관에게로 고개를 돌렸다.

"어떻게 된 거야? 언제부터 증상이 있었어?"

"아, 네. 그……."

내과 군의관은 잠시 당황하는가 싶더니, 이내 유창하게 환자에 관해 이야기하기 시작했다. 비록 군의관으로 있는 동안 녹

슬기는 했겠지만 썩어도 준치라는 말이 있지 않은가. 군대 가기 전 대학 병원에서 쌓은 4년간의 혹독한 경험은 쉬이 사라지지 않는 법이었다.

"우선 둘 다 거의 동시에 훈련소 의무실로 찾아왔다고 합니다. 당시 증상은 기침, 가래였는데, 마치 사레 걸린 듯 멈추지 않는 기침이었고……. 약간의 호흡 곤란이 있었다고 합니다. 청진 때도 기도가 좁아져 있었다고 했습니다."

"아. 그때부터 본 건 아냐?"

"네? 아, 네. 저는 수도병원에서 근무합니다."

"아하. 그럼 전원받은 건가? 언제 왔지?"

내과 군의관은 잠시 눈알을 굴렸다. 하도 오랜만에 중환자다운 중환자를 보다 보니 하루하루가 무척 길게만 느껴졌기 때문이었다. 이 두 환자를 본 지 체감상으로는 거의 한 달은 된 거 같았다.

"어제…… 어제 새벽입니다."

"어제 새벽이라. 흠."

내과 군의관은 대답하면서도 상당히 놀란 얼굴이었다.

'와……. 24시간 좀 넘게 봤는데 이렇게 힘드냐…….'

물론 신현태나 방금 삽관 및 산소 공급을 마치고 온 수혁은 이러한 군의관의 심정 따위에는 전혀 관심이 없었다. 그저 환자의 상태가 궁금할 따름이었다.

"처음 왔을 때 바이털은 어땠나요?"

내과 군의관은 갑자기 끼어든, 젊다 못해 어려 보이는 수혁이 조금 불편했지만 일단 순순히 묻는 말에 답해 주기로 마음먹었다. 왜인지는 몰라도, 눈앞에 있는 교수가 수혁의 끼어들기를 완전히 인정해 주고 있었기 때문이었다.

"일단 혈압은 둘 다…… 조금 높았고. 이건 아마 애들이 놀라서 그런 것 같긴 했어요."

내과 의사다운 판단이었다. 기저 질환도 없는 상황에서 고혈압이라면 충분히 이런 상황을 고려해야 했다.

[역시 내과 전문의라는 게 후루꾸로 딸 수 있는 건 아니로군요.]

'그런 말은 또 어디서 배웠어?'

[제 유일한 입출력자이신 이수혁…….]

'아아, 그만, 그만.'

무려 바루다도 인정할 정도의 판단이었다. 그 칭찬이라고 하는 게 좀 이상하긴 했지만, 내과 군의관은 계속해서 당시 상황을 떠올렸다.

"마찬가지로 심장 박동수는 110회 정도였는데, 심전도는 그냥 빈맥이었고요."

심장에 별문제가 있거나 했던 건 아니란 뜻이었다. 당연한 일이었다. 군대에 입대할 정도로 건강한 20대 청년에게 심장이 문제가 있어서는 안 될 테니까.

"호흡수는 둘 다 분당 28회가 넘어갔고……. 그땐 뭐……. 포화도까지 떨어질 정도는 아니었어요. 주관적인 호흡 곤란이 있어서 산소 1L 정도는 틀어 주긴 했는데, 그거 말고는 뭐……."

다시 말하면 바이털, 즉 활력 징후에서 호흡 곤란 말고는 특이 사항은 없었단 뜻이었다.

"근데 오자마자 찍은 흉부 엑스레이가……. 이거 어디 갔지."

내과 군의관이 허둥대기 시작하자, 같이 온 것으로 보이는 간호 장교가 철제 차트 두 개를 들이밀었다.

"여기 있습니다, 김 대위님."

"아, 고마워. 사진이…… 여기 있네요."

내과 군의관은 그렇게 전달받은 차트에서 어제 새벽에 오자마자 찍은 엑스레이를 찾아 보여 주었다. 아까 이현종 원장의 핸드폰에 저장되어 있던 것과 정확히 같았다.

"아예 새하얘……. 이상한데."

그걸 본 신현태가 고개를 갸웃거렸다. 사진 자체가 이상하다는 뜻은 아니었다.

"네. 이상해요. 활력 징후에 비해 사진이 너무 안 좋습니다."

매칭이 안 된다는 뜻이었다. 증상만 들어 보면 이렇게까지 하얗게 나올 건 아니지 않은가. 그런데 사진은 거의 무슨 곧 죽을 환자의 폐 같았다.

"대체 뭐에 걸린 거야, 얘네."

감염내과 전문의로 평생을 살아온 신현태도 처음 보는 소견이었다. 답답한 마음에 던진 질문에 내과 군의관이 고개를 가로저었다.

"검사는 나갔는데, 아직 나온 건 없습니다."

"그렇겠지."

검사만 하면 딱딱 결과가 나온다고 생각할 수도 있겠지만, 아쉽게도 일이라는 게 그렇지가 않았다. 특히 감염에 관한 검사들은 보통 균 배양 검사가 되기에 십상인데, 이럴 경우엔 몇 주씩 기다려야 하는 경우도 왕왕 있었다. 성질 급한 사람은 그거 기다리다 죽을 지경이 되었는데, 실제로도 환자가 그 기간을 버티지 못하고 돌아가실 때도 있었다.

"처치는 어떤 걸 하셨어요?"

수혁은 결과도 안 나온 검사에 대한 미련을 보이진 않았다. 대신 이 둘이 수도병원에 가서 대체 어떤 치료를 받았는지가 궁금했다.

"아……. 일단 감염인 거 같은데, 어떤 감염인지 도통 감이 안 잡혀서……. 레보플록사신에 3세대 세파(세팔로스포린계 항생제) 줬고요."

"아, 네."

완벽한 선택이라고 할 수는 없었지만, 그렇다고 잘못된 선택도 아니었다. 어찌 되었건 저 두 가지 약이라면 어지간한 지역

사회 폐렴은 치료가 가능했을 테니.

"바이러스 가능성도 완전히 배제할 수는 없어서……. 스테로이드는 처방하지 않았습니다."

"네."

이건 안전한 선택이었다. 바이러스성 폐렴인데 스테로이드를 때렸다간 환자를 정말이지, 단박에 잡을 수도 있었으니까. 심지어 결핵 같은 경우도 스테로이드 주사 잘못 맞았다가 확심해져서 폐 절제술을 해야 할 정도로 번지기도 했다. 잘 쓰면 정말 좋은 약이었지만, 조심해야 하는 약이기도 했다.

"그 외에는 사실……. 산소 정도 주는 거 말고 별다른 처치는 하지 않았습니다. 아직 삽관할 정도도 아니었고……."

내과 군의관은 캐묻는 듯한 수혁을 보며 마치 변명하듯 말을 마쳤다.

[뭐……. 나쁘지 않은 처치였는데요?]

'그래. 그런데 이렇게 나빠졌다는 건…….'

[바이러스일 가능성을 염두에 둬야 합니다. 아니면 슈퍼 박테리아이거나 혐기성 세균일 가능성도 있겠지만…….]

중환자실에 입원해 있는 사람들도 아닌데 대체 군인들이, 그것도 훈련병이 어딜 가서 그런 이상한 균에 옮아 온단 말인가.

'역시 바이러스일까?'

[근데 그것도 좀 이상하긴 합니다.]

바루다는 연신 이상하다는 말만 해 대고 있었다. 평소 같으면 수혁도 퍽 짜증이 났겠지만, 이번만큼은 예외였다.

"항생제 두 개를 썼는데…… '호전이 아예 없다.'라. 이상한데."

신현태마저 이상하다는 말을 해 댈 정도로 정말 이상했으니까.

"이 친구들 말고, 다른 애들은 어때? 둘만 같은 방을 쓴 건 아니잖아."

신현태의 말에 내과 군의관이 상당히 당당한 태도가 되어 대꾸했다.

"그렇지 않아도 저도 그게 이상했습니다. 항생제가 아예 듣지 않는 것으로 보이거든요? 열도 없다가…… 오늘부터 나기 시작했고. 그럼 바이러스를 떠올려 봐야 하는데……."

보통 바이러스성 질환은 세균보다 더 잘 번지는 법이었다.

"근데, 같은 방 썼던 애들 중에는 감기 환자도 없습니다."

"감기도 없어? 아예 증상이 없어?"

"제가 너무 이상해서 전원 다 수도병원으로 불러서 검진했는데……. 아예 없습니다. 기침하는 친구도 없어요."

"허."

내과 군의관도 꽤 열정 있는 친구인 모양이었다. 없는 일을 만들어 했다니. 본래 군의관은 군 무력증에 빠져서 아무것도 하기 싫은 게 보통인데. 신현태는 자신의 뒤를 이어 장병 건강에 온 힘을 다하고 있는 군의관의 어깨를 툭툭 두드려 주며 말을 이었다.

"그럼 16명 중에 이 둘만 이런다 이거지?"

"네."

그렇다면 매우 드문 확률이겠지만, 사람이 사람에게 옮기는 질환이 아닐 수도 있었다. 이를테면 동물에게서 옮아오는 인수 공통 감염병 같은 질환일 가능성이 있다는 뜻이었다.

"음······. 훈련소가 어디라고?"

"양주입니다."

"양주······. 거기 군의관이나 뭐 관계자는 안 왔나?"

"아, 와 있습니다. 아까 안으로 들어가서 접수했는데. 아, 저기. 저 상사입니다."

"아, 고마워. 일단······. 자료 넘겨주고 또 생각나는 거 있으면 전화할게."

"네, 교수님. 환자 받아 주셔서 감사합니다. 혹 변경 사항 있으면 꼭 연락 주십시오."

내과 군의관은 양주 훈련소 상사를 알려 준 후, 앰불런스를 타고 돌아갔다. 신현태는 상사가 이쪽으로 오는 사이, 수혁을 향해 물었다.

"너 생각은 어때?"

아마 다른 레지던트였다면 질문도 안 했거나, 문제 내는 식의 질문을 했을 터였다. 하지만 지금 그 옆에 있는 건 수혁이었다.

신현태는 진심으로 조언을 구하고 있었다.

"일단……. 일반적인 형태의 감염은 아닙니다. 사람끼리 옮기는 질환이 아닐 가능성도 있습니다."

"그렇지? 네 생각도 그렇구나?"

"한 가지 가능성일 뿐이지만……. 네. 그럴 가능성이 크다고 생각합니다."

"오케이. 그럼 부대 환경에 관해서 물어보자."

"네."

　그사이 이현종은 원무과 쪽에 가 있었다. 석좌 교수가 될 정도로 뛰어난 의사이긴 하지만 감염에 관해서는 별로 아는 게 없지 않은가.

'원래 진짜 뛰어난 사람은 자기가 할 줄 모르는 걸 구분할 줄 알아야 하는 법이지.'

약간 변명처럼 느껴지는 생각을 하면서였지만, 뭐가 어찌 되었건 원장이었기에 원무과에서도 어마어마한 성과를 내고 있긴 했다.

"네, 원장님. 바로 중환자실로 가시면 될 거 같습니다."

"수납은?"

"에이……. 원장님이 직접 접수하셨는데요. 나중에, 나중에 하시도록 안내해 주시면 되겠습니다."

"오케이. 좋아. 중환자실은 어디지?"

"본관이죠. 내과계 중환자실로 배정해 드렸습니다."

"자리가 있었어?"

"네. 딱 두 자리."

"좋네."

원래 중환자실로 바로 입원하는 건 쉬운 일이 아니었다. 지금 입원해 있는 사람 중에도 중환자실에 내려가야 할 사람들이 한둘이 아니지 않은가. 의사들이라 해도 어찌 됐건 사람인지라 기왕이면 자기가 보던 환자를 위하기 마련이었다. 당연히 자리를 어느 정도 킵해 두는 것이 원칙이라는 얘기였다. 하지만 원장 정도 되는 사람이 나서면 아무리 견고한 원칙이라도 깨질 수밖에 없었다.

"야, 중환자실 잡았어. 가자."

이현종은 아주 득의양양한 미소를 지으며 수혁과 신현태가 있는 곳으로 돌아왔다. 그때까지도 둘은 상사와의 대화를 끝마치지 못하고 있었다. 신현태는 조금은 귀찮다는 얼굴로 손을 휘휘 내저었다. 이럴 때 아니면 언제 또 이현종에게 갑질다운 갑질을 해 보겠냐는 생각도 있었다.

"어, 형. 잠깐만 나 진료 보잖아."

"야, 나도 의사야······."

"심장 의사지. 이 환자들은 감염이고."

"하······."

평소의 이현종이었다면 대번에 뒤집어엎었을 터였다. 기본적으로 착한 사람이긴 했지만, 그렇다고 또 인격자인 건 아니었으니까. 하지만 지금은 말 그대로 그가 낄 자리가 아니었다. 감염내과 전문의이자 권위자이기도 한 신현태가 중환자들을 보고 있는 시점이었으니까.

'에이, 더러워서 진짜.'

아마 이현종도 본인이 심장 환자 보는데 누가 자꾸 어정거리면 짜증 날 터였다. 그 때문에 아니꼽고 더러웠지만 일단 입을 다물고 뒤로 물러났다.

"그러니까······ 축사 같은 건 없다 이거죠?"

"네? 네. 그럼요. 부대 내에 그런 게 어디 있겠어요. 병사들이 키울 수 있는 것도 아닌데."

"하긴······. 흠."

그사이에도 신현태는 상당히 진중한 얼굴로 질문을 이어 나갔고, 상사 또한 성심성의껏 답하고 있었다.

'축사는 없다. 그럼 인수 공통 감염병이 아닌가?'

물론 수혁도 옆에서 들은 대화를 토대로 바루다와 토의를 나누는 중이었다.

[그렇게 단정 지어 말할 수는 없습니다. 야생 동물에게 옮았을 가능성도 있으니까요.]

'하지만 이 정도로 심각한 질환이라면……. 벌써 난리가 났을 텐데? 야생 동물이 진원지라면.'

[그것도 그렇긴 합니다. 흠.]

그렇다고 뭔가 더 진전이 있거나 하진 않았다. 오히려 정보를 캐물으면 물을수록 미궁에 빠져드는 듯한 기분이 들 지경이었다. 신현태 또한 상황이 크게 다르진 못했다.

'인수 감염이 아닌가. 그럼……. 그럼 뭘 생각해 봐야 하지.'

아예 머릿속이 하얘지진 않았다. 워낙에 든 게 많은 인간 아니던가. 자꾸 꽝이 나오는 상황에서도 새로운 가설을 세울 수 있단 뜻이었다.

'오염된 물에서 감염? 흠, 가능성은 있지만…….'

그중에서 그럴싸한 걸 잡아내는 건 또 차원이 다른 얘기이긴 했지만.

"중환자실로 가실 분 누구죠?"

그사이 중환자실에서 파견된 이송 요원 둘이 왔다.

"아, 여기."

내내 무료하단 얼굴로 서 있던 이현종이 손을 들었다. 상대가 원장이라는 얘긴 알고 있던 요원들이었던지라 부리나케 달려들었다.

"네, 원장님. 바로 옮기겠습니다. 혹시 호흡기는……."

"그건 제가 하겠습니다!"

이미 응급실에서도 원장과 내과 과장을 위해 인턴을 붙여 준 참이었던지라, 이동은 무척 수월했다. 심지어 수혁마저도 그저 지팡이만 짚으며 이동할 수 있을 지경이었다. 덕분에 신현태와 수혁은 계속 상사와 대화를 이어 나갈 수 있었다.

"혹시 이 둘이 뭔가 개인 활동을 했을 만한 가능성은 없나요?"

"개인 활동이라……. 음."

상사는 턱 밑을 긁으며 고개를 갸웃거렸다. 훈련병 입장에서 생각해 보면 훈련소에서 뭔가 다른 짓을 할 만한 구석이 없을 거 같겠지만, 벌써 수십 번 신병들을 받아 본 상사의 생각은 조금 달랐다.

'별의별 놈들이 다 있긴 하지.'

심지어 술을 숨겨 와서 밤에 먹던 놈도 있었다. 즉 이 둘도 뭔가 다른 짓을, 그것도 기상천외한 짓을 했을 가능성이 있기는 하단 뜻이었다.

"뭔가 했을 수는 있습니다. 저희가 물어봤을 땐 뭐……. 아무것도 안 했다고 했지만요."

"훈육관이 물으면 그건 당연하겠죠."

"네, 뭐. 아무튼, 통제에서 벗어나서 뭔가 했을 가능성이 아예 없는 건 아닙니다."

"음……. 알겠습니다. 그리고 또…….."

신현태는 계속해서 질문을 이어 나갔다. 중환자실에 도달해서 안에 들어가기 직전까지도 그랬다. 최대한 많은 정보를 알아둔 후에 환자에게 문진하기 위함이었다. 배경지식을 알고 묻는 것과 알지 못하고 묻는 것에는 어마어마한 차이가 있었다.

"감사합니다. 또 연락드리겠습니다."

"네. 저 아니면……. 저기 하태성 중사가 계속 여기 있을 겁니다. 보호자분들께는 저희가 따로 연락드리겠습니다."

"아, 네. 그럼."

신현태는 인사를 나눈 후, 즉시 중환자실 안으로 들어갔다.

▰▰▰▰▰

이미 삽관을 해 둔 환자는 그대로 인공호흡기를 연결해 주어야만 했다. 그 모습을 지켜보던 신현태의 얼굴이 자연스레 어두워졌다. 폐렴 환자에게 있어서 저 벤틸레이터를 연결하는 것이 얼마나 예후에 좋지 못한 사인인지 너무도 잘 알고 있었기 때문이었다.

'필수적인 상황이긴 하지만…….'

저기서 바이러스 폐렴이 더 진행하게 되면 속절없이 죽어 가는 걸 봐야만 하는 경우도 왕왕 있었다.

"아, 신 교수님. 저 왔습니다."

"어어. 김 교수."

다행히 지금 이 환자들은 조금 이상한 루트로 VIP 비슷한 대접을 받게 된 참이었다. 원장에게 다이렉트로 청탁 아닌 청탁이 온 데다가, 원장과 병원 방침이 일단 '군 장병들은 최대한 열심히 치료하자.'이기 때문이었다. 김원규라는 호흡기내과 교수가 외래가 끝나자마자 위로 달려왔다.

"얘기는 들었지? 원장님 통해서."

"네. 경과가 좀 이상하던데요? 혹시 무슨 독성 물질에 노출된 건 아닐까요?"

"어? 독성?"

"네. 사진 보니까…… 너무 경과가 빠르던데. 이거 단순 감염이 아닐 가능성도 있습니다."

"아……. 독성. 독성이라……. 그건 아예 생각지도 못했는데."

신현태는 과연 호흡기의 대가는 좀 다르구나 하는 얼굴이 되어 고개를 끄덕이기 시작했다.

"흠. 독성이라."

이현종 또한 전혀 생각지도 못했던 방향이었기에 자신도 모르게 한 발짝 가까이 왔다. 아는 문제건 모르는 문제건 아무튼, 의학에 관한 거라면 죄 관심을 두는 그의 성정 때문이었다.

'허.'

반면 수혁은 뭔가에 두들겨 맞기라도 한 듯한 얼굴이 되어 있었다. 그래도 바루다라는 어마어마한 불을 얻게 된 참이라 자신만만해하고 있었지 않은가. 심지어 저 미국에서도 실력이 팍팍 통했었기에 조금은 거만해지기도 하던 참이었다. 그러나 독성에 관해서는 아예 생각지도 못하고 있었다.

[독성. 허.]

그리고 그건 바루다 또한 마찬가지였다.

'반성하자. 우리 아직 멀었다.'

[그러……니까요. 독성이라. 허…….]

물론 이 환자에게 폐렴을 일으킨 원인이 독성 물질이 아니라 그냥 바이러스일 수도 있을 터였다. 하지만 독성이라는 걸 아예 생각지도 못했다는 건 좀 문제가 있었다.

'지금 봐서는 제일 가능성 있어.'

[그렇죠.]

가장 그럴싸한 가설이지 않은가. 독성에 노출된 두 명만 문제가 생길 테니, 같은 방을 쓰고 있는 다른 사람들이 증상이 없는 것도 설명이 되고, 기존에 알고 있던 감염 질환들에 비해 유독 진행이 빠른 것도 설명이 되고, 심지어 사진과 증상상의 괴리 또한 설명되었다.

"근데 무슨 독성일지 모르겠네요. 군대에서 그럴 게 있나?"

아무튼, 수혁이 바루다와 함께 반성 모드로 들어가 있는 동안 김원규 교수와 신현태 교수의 대화는 지속되었다.

"그 뭐……. 그거 있잖아. 왜."

아무래도 둘 다 군대 다녀온 지도 오래된 데다가, 솔직히 군의관으로 다녀와서 아주 열심히 군 생활을 한 건 아니어서 대화가 수월하지는 않았다.

"그거요?"

"그거. 그……. 막. 어? 가스, 가스 하는 거."

"아……. 화생방?"

"그래, 그거! CS탄인가? 그거일 가능성 없을까? 엄청 맵잖아."

물론 그 와중에도 머릿속에 틀어박힌 충격적인 경험은 있는 법이었다. 화생방이 그랬다. 신현태는 지금도 눈이 따가운지 연신 눈을 끔뻑거리며 열을 올렸다. 거의 100% 그거라는 확신을 가진 표정이었다. 하지만 김원규는 딱 그 얘기가 나오자마자 고개를 저었다.

"어……. 그건 아니에요."

"응? 아냐?"

"그거…… 되게 잘 만든 거예요. 독성은 없어요."

"허. 그럼 뭐지? 뭘까?"

"이제부터 찾아봐야죠. 일단……. 아까 보니까 한 명은 의식이 있던데."

"아, 그래. 일부러 산소만 줬어. 좀 힘들겠지만……. 어쩌겠어, 이거."

"그렇죠. 가 볼까요? 일단 여기 이 친구는 제가 볼게요."

"어, 그래. 그게 좋겠어."

회심의 일격이라 할 수 있는 CS탄을 부정당한 신현태의 어깨가 어쩐지 좀 움츠러들어 있었다. 이현종은 그 모습이 그렇게 마음에 드는지 껄껄 웃었다.

"이제 감염은 아닌 거 같으니까……. 너 전문도 아니네?"

아까 일침 먹었던 것이 마음에 걸렸던 모양이었다.

"형은 나이가 몇 살인데 그런 거로."

"여든 돼도 이럴 건데?"

"어휴. 일단 환자나 좀 보게 비켜 봐요."

"전문가 아니잖아?"

"그래도 봐야지. 일단 보기 시작한 환자잖아."

"뭐, 그래. 대신 나도 볼 거야. 독성이라고 하니까 관심이 확 끌려, 아주."

정작 제일 중요한 사람인 김원규는 조용한데, 두 어른이 난리인 상황이었다. 그렇다고 김원규가 둘에게 뭐라 할 수는 없는 노릇이었다. 연배도 차이가 날뿐더러, 하늘 같은 대선배인 데다가, 직위도 훨씬 위였기 때문이었다.

"환자분, 제 말 들리죠?"

다행히 시끄럽긴 해도 개념은 있는 사람들이라 문진을 방해

하고 들지는 않았다. 덕분에 김 교수는 수월하게 질문을 이어 나갈 수 있었다. 환자도 확실히 엑스레이 소견보다는 상태가 나아서 어찌어찌 대화는 이어졌다.

"네, 네."

"혹시 다른 환자분이랑 같이 둘이서만 따로 활동했던 적이 있나요?"

"어……. 아뇨. 없습니다."

"아예 없어요? 잘 대답해 주셔야 합니다. 지금 환자분은 그나마 사정이 낫지만, 저기 저분은 그렇지가 않아요. 단서를 주지 못하면 치료가 어려워질 수도 있습니다."

"어……."

김원규가 아주 깊숙이 푹 찔러보았지만 별로 나오는 건 없었다. 김원규는 질문을 좀 바꿔 보기로 했다.

"그럼 처음으로 이상한 냄새를 맡아 보거나 한 적은 없나요?"

"어……. 아뇨. 아, 화생방."

"그거 말고는?"

"전혀 없습니다."

이번에도 별 소득은 없었다. 어쩐다 하는 생각이 들려는 찰나 바루다가 말을 걸어왔다.

[거짓말을 하는 거 같은데요?]

'거짓말?'

수혁은 고개를 갸웃거렸다. 상당히 뜬금없어 보이는 제스처였지만, 양옆에 서 있던 신현태나 이현종 모두 크게 신경 쓰지 않았다. 원래 이럴 때가 있는 녀석 아니던가. 게다가 지금은 눈앞의 환자에게 온통 신경을 집중하고 있었다.

"없어요?"

"네."

"흠……."

김원규 교수와 환자와의 대화는 여전히 답보 상태에 있었다. 계속 특이 사항은 없다고 하고 있으니 당연한 일이었다.

[저거 거짓말이에요.]

'거짓말이라?'

그동안에도 바루다는 계속 환자가 거짓말하고 있다고 말하고 있었다.

'근거는?'

[눈동자가 좌우로 0.5mm 가까이 진동하고 있어요. 어지럼증이 있을 때도 저럴 수 있지만……. 그럴 리가 없잖아요? 그러니 심리적인 불안감을 대변한다고 판단할 수 있죠.]

'음.'

바루다의 인간 표정에 대한 분석은 나날이 발전에 발전을 거듭하고 있었다. 그 참고 자료가 대부분 수혁 자신이라는 것은 좀 마음에 들지 않았지만, 예전보다는 훨씬 그럴싸한 논거를 들고 있었다.

'그렇게 말하니까 믿고 싶어지는데.'

[그리고 지금 시선이 계속 저쪽……. 누워 있는 다른 환자 쪽을 향하고 있습니다.]

'오.'

저 자리에서 다른 환자가 보일 턱은 없었다. 그런데도 계속 시선을 저쪽으로 향하고 있다는 건 무슨 뜻일까.

[어지간히 신경이 쓰인다는 거겠죠?]

'자기가 말해 주지 않은 정보 때문에 잘못될 수도 있다……. 뭐 이런 생각 때문일까?'

[그렇죠.]

'근데…… 왜 거짓말을 해? 사고로 독성 물질에 노출된 거라면……. 거짓말할 이유가 없잖아.'

[그건 그렇죠. 그게 좀 이상합니다.]

'음…….'

수혁은 이제 바루다에게 홀랑 넘어가 버린 상황이었다. 그 말은 곧 의혹 가득한 눈으로 환자를 보기 시작했다는 뜻이었다. 의사가 환자의 말을 의심해야 한다니. 좀 슬픈 일이었지만, 의외로 이렇게 해야 할 때가 종종 있는 법이었다.

"그럼 질문을 바꿀게요. 이전에도 이런 적이 있나요?"

김원규 교수는 환자의 말을 믿은 건지 어떤 건지는 모르겠지만 일단 질문의 방향을 바꾸었다. 환자는 고개를 가로저었다.

"아뇨, 처음입니다."

바루다는 그 대화를 지켜보며 빠짐없이 분석을 해내었다.

[저건 사실이에요. 환자는 이런 증상은 처음 겪었습니다.]

'뭐……. 당연히 그렇지 않을까? 이런 증상을 겪어 봤으면 애초에 군대에 안 갔을 거 같은데.'

[아, 그렇긴 하네요.]

물론 수혁이나 바루다나 딱히 입대에 쓰이는 신체검사 기준에 관해서 알고 있는 건 아니었다. 하지만 상식적으로 중환자실에 와야 했을 정도로 폐렴이 있던 사람이 군대에 가는 건 좀 이상한 일 아니겠는가.

"입대 전에 해외여행 다녀온 적은 없고요?"

"아뇨. 없습니다. 저……. 해외여행을 가 본 적 자체가 없어요."

"그럼 목장이나 동물원같이 살아 있는 동물들이 있는 곳에 가 본 적은 없습니까?"

"어……. 그건 여자친구랑 고양이 카페 정도?"

"흠."

고양이 카페라. 현시점에선 아주 애매한 곳이라고 볼 수 있었다. 고양이도 인수 공통 감염병을 일으킬 수는 있지만, 이런 식의 폐렴을 일으킨다는 보고는 없지 않은가. 게다가 고양이 카페에 있는 고양이들은 기본적으로 애완용. 야생 고양이가 아니란 뜻이었다. 물론 환자를 진료해야 하는 입장에서는 아예 배제할 수는 없는 노릇이라 따로 적어 두기는 했다.

[별 의미 없는 정보……. 제 판단으로는 군 입소 후 뭔가 있었습니다.]

바루다는 그 후로도 죽 이어지고 있는 대화를 보며 이런 결론을 내렸다. 한번 의심의 눈초리로 보기 시작하니 수혁 또한 비슷한 생각이 들었다. 아무리 봐도 환자는 좀 수상했다. 뭔가 가장 중요한 정보는 숨기고 있었다. 그 정보가 다른 환자는 물론이거니와, 자신의 치료에 관한 단서가 될 수 있음에도 불구하고.

'말하면 곤란해지는 그런 정보인가?'

[그럴 가능성이 있습니다. 지금 치료에 도움이 되는 정보를 말하지 않는 건 비합리적인 일이니까요.]

'대체 뭐지? 뭘 숨기는 거야?'

[입소 후에 일어난 일 중…… 말하면 안 되는 일. 아무래도 군에서 금하고 있는 일이겠죠?]

군필자라면 당장 떠오르는 게 있을 텐데, 수혁은 아쉽게도 면제가 확정된 미필이었다. 평소 전혀 군에 관해서 관심이 없었다고 보면 되었다.

"저, 잠시만……. 다른 환자 때문에 컴퓨터 좀 쓰겠습니다."

"어? 어, 그래. 그래. 수혁아 얼마든지."

수혁은 슬며시 뒤로 빠졌다. 신현태나 이현종이나 그의 팬이나 다름없는 위인들이니, 별 무리가 없었다. 오직 김원규만이 진료 중에 소란을 피웠다는 생각에 언짢아졌을 뿐이었는데, 그마저도 입 밖에 내진 못했다. 존경하는 이현종의 아들에게 이현종 눈앞에서 어찌 뭐라 할 수 있겠는가.

'흠……. 군 훈련소에서 금기되는 거……. 뭐가 있나?'

평소라면 바루다에게 물으면 될 일이겠지만, 바루다가 군역 대상자는 아닌지라 이에 관해 아는 것은 전혀 없었다. 하지만 수혁 또한 딱히 군역 대상자는 아닌지라 이에 관해서는 타박하지 않았다. 대신 열과 성을 다해 검색이나 할 따름이었다.

[일단 음주, 흡연이 안 되는군요.]

'아예 못 들고 가니까……. 그렇군.'

사실 음주는 이해가 꽉 갔다. 훈련소에서 음주라니. 이건 좀 미쳤다는 생각까지 들지 않던가. 하지만 금연까지 시키는 건 잘 이해가 가지 않았다.

'흡연자가 담배를 참는 건 꽤 힘들 텐데.'

그 바쁜 인턴 생활을 하면서도 잠자는 시간을 쪼개 담배를 피우는 것이 흡연자 아니던가. 그나마 최근엔 좀 나아졌다지만, 얼마 전까지만 해도 수술실, 탈의실에서도 흡연하는 이들이 꽤 있을 지경이었다. 병원 규정에 따라 모조리 감봉 처분을 받게 된 이후로는 거의 사라졌는데, 그런데도 새벽 시간에는 매캐한 담배 연기가 탈의실에서 뿜어져 나올 때가 있었다.

[그렇죠. 힘들죠. 정말……. 의사들도 담배를 피우는 거 보면…….]

의사만큼이나 담배의 해악에 해박한 사람들이 또 어디 있겠는가. 심지어 머리로만 아는 게 아니라, 실제 눈으로 보기까지 하는 사람들 아닌가. 하루가 멀다고 담배 때문에 각종 암에 걸렸거나, 간질성 폐렴에 걸리는 환자들을 보게 되는 법이었으니까. 하지만 그래도 피우는 사람들은 피웠다.

'담배가 중독성이 대단하지.'

[음.]

'왜?'

[그렇게 중독성이 대단한 담배를……. 과연 20대의 일반인이 오래 참는 게 수월할까요?]

바루다는 수혁의 머릿속에 아까 봤던 환자 영상을 띄웠다. 딱히 특별할 거 없어 보이는 인상이었다. 아니, 머리를 잘라 놔서 그런지 더더욱 똑똑해 보이진 않았다.

'음……. 그러고 보니…….'

[흡연을 어떻게든 했다면 당연히 숨겼을 겁니다.]

'근데 흡연자가 흡연한다고 저렇게 돼? 담배 독성이 있긴 하지만…….'

[담배로 인한 급성 폐 손상에 관한 보고는 있죠.]

'그건 비흡연자였어야 되잖아?'

[한방에 16명이나 같이 있다면서요?]

'아.'

16명 중 어느 용기 있는 하나가 담배를 몰래 꿍쳐 왔을 가능성은 얼마든지 있었다. 아까 상사도 그러지 않았던가. 별의별 일이 다 있다고. 그중 흡연은 아마 별거 아닌 일에 속할 터였다.

[20대 초반이면 성인이라고 하나, 아직 동료 압박에 영향을 받을 시기죠.]

동료 압박이란 '우리 다 하는데 너는 안 해?' 뭐 이런 종류의 압박이라고 보면 되었다. 나이 들고 보면 정말 아무것도 아닌 압박이지만 글쎄, 20대 초반에서도 그럴까? 특히 군대와 같이 동떨어진 환경에 노출된 이후라면 더더욱 강하게 다가왔을 가능성이 있었다.

'군 훈련소에서 처음 흡연을 했다……. 그런데 하필 그중에 두 명이나 담배에 급성 독성 반응을 보였다?'

[희박한 확률이지만, 그나마 지금으로서는 가장 가능성이 있는 가설입니다.]

'으음……. 동시에 둘이나…….'

담배에 급성 독성 반응은 드물지만, 간혹 볼 수 있는 반응이었다. 생각해 보면 당연한 일 아니겠는가. 담배가 얼마나 유독한 물질인데, 설마하니 만성 독성 반응만 보이겠는가. 급성 반응이 있는 게 당연한 일이었다.

[급성 독성 반응이라고 생각하면 경과 과정이 다 이해되지 않나요?]

'그렇긴 한데……. 둘이 동시에 왔다는 게 조금…….'

[오히려 그래서 헷갈렸던 거죠. 혼자만 생겼으면 신현태가 헷갈렸겠어요?]

'그것도 그렇긴 해.'

동시에 둘이 왔기에 감염이라는 편견에 사로잡혔을 터였다. 그 편견이 지금까지 이어지는 바람에 케이스가 오리무중이 된 것이었고.

'근데 아니면……. 아니면 대박인데.'

독성 반응에 관한 치료에는 여러 가지가 있지만, 제일 중요한 건 역시나 스테로이드였다. 문제는 이놈의 스테로이드가 감염 질환자, 특히 바이러스성 감염 환자에게는 아주 치명적인 결과를 초래할 수 있다는 점이었다. 즉, 이게 담배 독성이라는 확신이 필요했다.

'어쩌지?'

[연기 잘하잖아요? 한번 찔러보죠.]

'뭘 찔러…….'

[대강 시나리오 짜 보면…….]

바루다는 괜히 우수한 인공지능이 아니라는 듯 팍팍 무언가를 만들어 내기 시작했다.

'하.'

환장할 노릇인 건 이런 농간에 놀아나고 있다는 점이었다. 들으면 들을수록 그럴싸해 보였고, 심지어 이게 환자를 위한 길이란 생각마저 들었다.

⚏⚏⚏⚏⚏

그렇게 완성된 대본을 가지고 다시 환자에게 다가갔을 때도 김원규 교수는 여전히 무용한 대화를 이어 나가고 있었다.

"그러니까……. 결핵을 앓은 적도 없다 이거죠?"

"네."

다 없다고 하니 뭐 대화가 진전될 일이 있겠는가. 이제는 뒤에 따라붙어 있던 신현태나 이현종도 무료한 얼굴이었다. 독성 물질이라는 신기한 개념을 꺼내 들 때만 해도 뭐가 되겠구나 싶었으나, 그 이후로 아무것도 달라지는 게 없으니 그럴 수밖에 없었다.

"저, 교수님."

다들 지겨워질 때쯤, 수혁이 끼어들었다. 늘 그렇듯 조심스러운 태도인 데다가, 두 팔불출 교수의 지원 사격도 있었다.

"어어, 그래."

"뭔데, 뭐든 말해 봐."

상황이 이런데 김원규가 뭐라 하겠는가. 왜 그러냐고 물어보는 수밖에 없는 일이었다.

"왜 그러지?"

"제가 잠시 물어봐도 될까요? 방금 부대랑 통화했는데, 업데이트된 내용이 있습니다."

"아, 그래?"

그렇지 않아도 김원규도 이 답 없는 상황이 슬슬 지긋지긋해지던 참이었다. 이에 더해 아까 삽관했던 환자 상태도 점차 나빠지고 있지 않은가. 뭐라도 해야 하는 상황이라는 뜻이었다.

"그럼 해 봐."

따라서 김원규는 순순히 뒤로 물러섰다. 이게 부디 이현종에게도 점수 따는 일이길 바라면서였다.

"네, 교수님."

수혁은 김원규를 향해 고개를 숙이고서는, 일부러 무표정한 얼굴로 환자를 바라보았다. 환자는 아까 부대와 통화했다는 말에 이미 긴장하고 있었다. 원래도 숨이 찬 상황이었기 때문에 교감신경의 톤은 더욱더 솟구쳐 오르고 있었다.

[이미 반쯤 낚였습니다.]

바루다는 그 심리 분석을 끝낸 후, 환호성을 질렀다. 수혁은 그런 방해 공작에도 아랑곳하지 않고 아까 미리 짜 둔 대본대로 입을 열었다.

"김기창 씨, 맞죠? 김기창?"

"아, 네……. 선생님."

"같은 방 쓰고 있는 사람이 모두 16명 맞죠?"

"아, 네."

지금까지 말한 것 중 거짓말은 단 하나도 없었다. 오직 진실만을 말하고 있단 뜻인데, 이렇게 얘기하는 것의 장점이 하나 있었다.

"그중 흡연자가 있었고……. 그 담배를 나눠 피웠다는 증언이 있습니다."

다음에 거짓말을 해도 그럴싸하게 들린다는 거.

"어……."

"그 담배 같이 피웠죠?"

걸렸다

"어……. 어……."

환자는 뭐라 할 말을 찾지 못했다. 수혁의 말이 거짓말이라는 걸 전혀 눈치채지 못했기 때문이었다. 게다가 다른 의사들의 반응도 한몫하고 있었다.

"담배? 아, 설마?"

일단 의학에 한정하면 박학다식하다는 말도 부족할 정도로 아는 게 많은 이현종이 손뼉을 치며 좋아했다.

"담배 급성 중독……. 그게 둘에게서 나타났다고 하면 얼추 아귀가 맞는데 이거?"

과연 원조 천재 소리 듣는 사람답지 않은가. 수혁은 정말 순수하게 그를 보며 감탄했다.

'진짜 똑똑하네. 너도 없이 어떻게 저런 게 가능할까?'

[뭐……. 연륜이랄까요?]

예전 같았으면 수혁보다 훨씬 머리가 좋아서일 거라고 말했을 게 뻔한 바루다가 웬일로 수혁의 편을 들어 주었다. 생각해 보니까 어차피 한 몸에 매인 신세 아니던가. 수혁을 까는 게 결국, 자신을 까는 것이나 다름없다는 것을 알게 된 참이었다. 뛰어난 성능을 가진 인공지능치고는 참 오래도 걸린 편이었는데, 나름의 변명할 거리가 있기는 했다.

'오……. 웬일?'

[이제는 알아서 공부하고 노력하니까요.]

지금까지는 안 그랬다는 뜻인데, 수혁으로서도 차마 아니라고는 말하지 못했다. 연기를 잘하는 거지, 양심이 없는 건 아니지 않은가. 게다가 지금은 그럴 시간도 아니었다.

"네, 방금 원장님이 말씀하셨네요. 담배로 인한 급성 독성 반응. 아마 처음 들어 보셨을 겁니다."

수혁의 말에 환자는 홀린 듯 고개를 끄덕였다. 이미 담배를 피웠단 사실을 숨겨야 한다는 생각은 저 멀리 사라진 후였다. 다 확인했다는데 어쩐단 말인가. 덕분에 수혁은 아무 방해도 받지 않고 말을 이어 나갈 수 있었다.

"드물지만, 가끔 경험할 수 있는 케이스지요. 보통은 담배 피운 사실을 숨기지 않기 때문에……. 이렇게까지 진단이 안 되는 경우는 없지만."

게다가 이번 케이스에서는 동시에 둘이 걸린 상황. 그 둘이 하필이면 군인인 데다가 훈련병이라 그 사실을 숨겨야만 했다. 확률로 따져 보면 거의 로또라도 사야 하는 확률인 셈이었다.

"아……."

"자, 이제 말하세요. 담배 피웠죠? 지금 말해 주지 않으면, 동기는 죽을 수도 있습니다."

수혁은 엄지를 이용해 뒤편을 가리켰다. 딱히 환자가 보이진 않았지만, 수혁이 누굴 가리키고 있는지 정도는 누구나 알 수 있었다.

"어……."

그제야 정신을 차린 환자는 다시금 머뭇거리기 시작했다. 훈련병 신분에서 담배를 피웠다고 하는 것이 어떤 파장을 일으킬지 걱정이 되어서였다.

"이것 봐."

그때 옆으로 살짝 물러서 있던 김원규 교수가 얼굴 가득 인자한 표정을 짓고 나섰다.

"어……. 네."

"괜찮아, 여기 병원이야. 여기서 하는 말 절대로 밖으로 안 새어 나가. 어차피……. 동기들이 분 거 같긴 하지만. 우리가 거기 훈육관들한테 말하는 경우는 없다 이거야."

"그럼……."

"그래, 말해 봐."

김원규는 그야말로 더없이 사람 좋은 미소를 짓고 있었다. 평소 레지던트들 사이에서는 더없이 차가운 사람으로 소문나 있었기에, 수혁은 놀라움을 금치 못했다. 바루다 또한 마찬가지였다.

[여기 병원 의사들은 다 연기자여? 왜 다들 연기를 하고 난리야.]

'그러니까……. 연기는 내가 최고인 줄 알았는데.'

[수혁, 여러모로 노력이 필요하겠습니다.]

둘이 때아닌 자아 성찰에 빠진 사이, 환자가 입을 열었다.

"피웠……습니다. 처음이에요."

"알고 있습니다."

담배에 의한 급성 독성 반응은 아주 당연하게도 알레르기 반응의 일종이라고 보면 되었다. 그러니 매번 담배를 피웠던 사람에게는 증상이 나타날 수가 없다는 뜻이었다. 이 친구나 저기 누워 있는 저 친구나, 평소 담배라고는 입에 물어 본 적도 없다는 얘기였다.

"가끔 있어요, 이런 경우가."

김원규는 이제 이현종과 신현태 그리고 수혁을 돌아보고 있었다. 그중 수혁을 향해서는 조금은 놀랐다는 표정을 보이기도 했다. 그도 그럴 것이, 지금 상황은 레지던트가 진단하기엔 꽤 어려운 상황이지 않은가.

'사방에서 워낙 칭찬만 해 대서 어떤 놈인가 했는데…….'

물론 그렇게까지 티를 내지는 않았지만, 이 정도면 그리 호들갑도 아니지 않나 하는 생각까지 들었다.

"원래는 한 명씩…… 그리고 훈육관이 대강 눈치를 채고 데려와서 이렇게까지 문제 되는 경우는 없었는데."

중환자실까지 오게 될 줄이야. 김원규가 볼 때 저기 삽관한 친구는 이미 폐렴이 병발한 상황이었다. 급성 알레르기 반응 때문이건 뭐건 이유와 관계없이 기도가 좁아지게 되면 염증을 일으키는 법이었으니까.

'이 녀석도 항생제는 당연히 같이 써야 하고.'

진단이 늦어지는 바람에 꼬이고 꼬여서 이 지경이 되었다는 뜻이었다.

'그나마 다행이지.'

여기서 또 놓치고 CT에 뭐에 검사만 늘어놓았다면, 어쩌면 환자 중 하나쯤은 놓치게 되었을 수도 있었을 터였다. 꽃다운 스무 살에 오진 때문에 사망이라니. 상상하기도 싫은 그런 그림 아니던가.

"아무튼, 이렇게 생각하니까 증상이나 병력 등이 딱 맞아요. 스테로이드 저용량으로 스타트해서 반응 보도록 하겠습니다."

"오……. 수혁이가 맞힌 거지, 그럼?"

김원규는 그냥 얼버무리고 넘어가고자 했지만, 이수혁 바라기인 이현종과 신현태가 가만히 있지 않았다. 굳이 수혁의 공을 확인했고, 제일 아랫사람인 김원규로서는 동조하는 수밖에 없었다.

"네? 네, 뭐 그렇죠."

"역시 우리 수혁이."

"그…….."

"환자분, 우리 수혁이가 목숨 살린 겁니다. 쩔죠?"

그중에서도 특히 더 팔불출인 이현종이 김원규를 뒤로 밀어내고는 환자에게로 다가갔다. 하도 원장이라는 직함이 크게 적혀 있어서 환자도 곧장 이현종의 직함을 알아차릴 수 있었다.

'원장 맞나?'

보통 드라마에 나오는 원장이라고 하면, 일단 무게감이 장난 아니지 않던가? 게다가 태화의료원이라고 하면 자타 공인 국내 최고였다. 비록 최근 지표만 놓고 보면 후발 주자들인 아선병원이나 칠성병원이 앞서고 있긴 했지만, 여전히 인식은 그랬다.

"쩔죠?"

그런 어마어마한 곳의 원장이 이러고 있다고? 환자는 어쩐지 해명을 원하는 듯한 얼굴로 김원규를 바라보았다. 뭐 어쩌겠는가. 진짜 원장인데.

이럴 땐 조금 부끄럽지만, 실력 하나만큼은 진짜배기였다. 적어도 이현종 나이 또래에 전 세계에 먹히는 국내 의사는 이 사람 하나뿐이었다.

"워, 원장님. 쩔다뇨······."

"쩔잖아. 네가 진단했냐? 얘가 했잖아. 얘 이제 겨우 28살이야. 10년 뒤에는 어떨지 상상이 안 돼."

"그······. 알죠, 알죠. 근데 지금 환자분 앞이잖아요······."

"수혁이가 살린 환자잖아. 이런 자랑도 못 들어 줘? 안 그래요, 환자분?"

환자는 허 하는, 바람 빠지는 소리를 내다가 하릴없이 고개를 끄덕였다. 일단 병명이 뭔지 알았다는 안도감도 들었거니와, 이현종의 광기 어린 눈빛을 마주하다 보니 시키는 대로 하지 않으면 어떻게 될지 모르겠단 생각이 들기도 해서였다.

"거봐. 너는 가서 약이나 좀 써. 스테로이드. 너무 팍 때리지 말고. 어디까지나······ 추론의 결과인 건 알고 있지?"

물론 이현종은 아예 자신의 정신을 놓지는 않았다. 적어도 처방에 대한 지시를 내릴 때는 위엄이 넘쳐흘렀다. 그 때문에 김원규는 '역시 우리 선배야.'라는 표정으로 처방을 내렸다.

"현태야, 혹시 모르니까 좀 봐. 이거 감염이면······ 알지?"

이현종은 그런 김원규를 물끄러미 바라보다가, 이번에는 신현태를 돌아보았다.

'안 그런 척하면서 엄청 챙긴다니까…….'

신현태는 이현종이 이러고 있는 게, 다 저기 수도병원 원장으로 가 있는 박기태 때문이라는 걸 아주 잘 알고 있었다. 세상에 이렇게까지 아랫사람 잘 챙겨 주는 원장이 또 있을까? 보통 교수만 돼도 소시오패스가 득시글거리는 세상인데.

'이렇게 무른데……. 원장까지 온 게 용하지.'

그만큼 실력이 어마어마하다는 뜻이었다.

"네, 뭐. 안 그래도 제 손 탄 환자라 끝까지 경과는 보려고요."

"그래, 그 정신 좋아. 수혁아, 너도 끝까지 봐. 끝까지 봐야 배우는 거야. 중간에 깨작거리면 자기 실력이 안 돼요."

신현태까지는 더없이 위엄 넘치는, 그러니까 원장의 눈으로 바라보던 이현종이 수혁은 꿀 떨어지는 눈으로 바라보기 시작했다.

[솔직히 좀 부담됩니다.]

'뭔가 다른 뜻이 있으신 건 아니지? 결혼도 안 하시고……. 약간 불안해, 저럴 때마다.'

그럴 리가 없다는 걸 알면서도 이런 생각이 들 정도로 기이한 현상이었다. 물론 수혁은 연기의 달인임을 자처하고 있는 사람이니만큼 절대 티를 내지는 않았다.

"네, 원장님. 감사합니다."

"감사는 무슨, 내가 감사해야지. 우리 병원에 와 줘서 고마워."

"아뇨……. 그……. 원장님……."

솔직히 얼굴은 소도둑놈처럼 생겨 가지고서는, 왜 멜로드라마에라도 나와야 할 거 같은 표정으로 저런 말을 하는 걸까. 한창 당황하고 있으니, 이현종이 한마디 덧붙였다.

"다른 병원 갈 생각 하면 죽여 버릴 거야."

"네?"

"어? 농담이야, 농담. 하하하하. 여기 분위기 왜 이래."

이현종은 절대 농담 같지 않은 말을 내뱉고서는 허허 웃으며 밖으로 사라졌다. 그 뒷모습에서 눈을 떼지 못하는 수혁의 손을 신현태가 잡아 주었다.

"손이 왜 그렇게 축축해."

"네? 아니……. 방금 죽인다고……."

"하하. 죽이기야 하겠니."

신현태는 껄껄 웃으며 수혁의 눈동자를 마주 보았다. 어쩐지 좋은 소리 안 나올 거 같은 그런 눈이었다.

"근데 딴 병원 간다고 하면 내가 죽일 거야. 하하."

예상한 대로 처절한 말이 나오고야 말았다.

[다들 미쳤네요.]

'왜들 이래……. 무섭게.'

[생각해 보면……. 그렇게도 생기지 않았습니까? 저번 병원 원보 생각해 보세요. 위기예요, 태화의료원.]

걸렸다

'그건……. 그건 그래.'

 칠성그룹에서 미친 긴지, 어떤 미래를 본 건지 갑자기 천억 넘게 칠성병원에 투자한 것이 컸다. 아예 외래 동 전체가 새로 올라가는 데다가, 이를 위해서 여러 병원에서 스타급 교수들을 초빙해 가더니 바로 병원 경쟁력 1위를 뺏어 가고야 말았다.

 그에 반해 태화는 저번 바루다 사건도 있고 해서 그룹에서 몸을 사리고 있는 상황이라 이래저래 발등에 불이 떨어진 셈이었다. 그런데 차세대 간판이 되어 줄 수혁이 만약 칠성으로 간다? 농담이 아니라 정말로 이현종이나 신현태 아니면 조태진이 죽이러 올 가능성도 있었다.

 "안 갑니다, 안 가요."

 "정말이지? 내가 조건은 최대한 받아 놓을 거니까, 진짜 딴생각 먹지 마라."

 "네네. 물론이죠."

 "아무튼, 이제 슬슬 반응 올 때 됐는데?"

 신현태는 협박을 늘어놓던 주제에 진중한 얼굴이 된 채 환자를 돌아보았다. 급성 독성 반응에 대한 스테로이드의 위력은 타의 추종을 불허하는 법이었다. 그만큼 진단이 틀렸을 경우 감수해야 할 위험도 컸지만, 맞기만 하면 그 위력은 대단했다.

 "호흡기 뗐네요?"

 고개를 돌린 신현태는 좀 어이가 없다는 표정으로 환자를 바라보았다.

"어……. 네. 숨이 안 차요. 아니, 차긴 차는데…….""

아까지만 해도 코에 산소 달고 있던 환자가 제 손으로 그걸 떼고 있었다. 그런데도 산소 포화도는 100이었다. 상태가 바로 호전되었다는 뜻이었다. 옳은 진단의 위력이란 바로 이런 것이었다.

▰▰▰▰

수혁은 신현태 그리고 김원규와 함께 나머지 환자에게 넘어갔다. 분명 같은 양의 스테로이드가 들어갔으나, 이쪽은 아직이었다.

"엑스레이 보면……. 이 환자는 폐렴이 병발되어 있어요."

김원규는 그 원인으로 환자의 양측 폐 하엽을 지목했다. 과연 양측 폐 하엽은 유독 새하얗게 변해 있었다. 심지어 엑스레이상에서 측면이 어딘지 모르게 뭉툭해져 있기까지 했다.

'물이 찼어.'

폐가 하얗게 된 것이지, 폐부종이 생긴 건 아니지 않은가. 저기 물이 찬 건 심각한 염증으로 인한 고름 같은 것이 찬 거라고 보면 되었다. 단순 독성 반응이 아니라, 무언가 더해졌다는 뜻이었다.

"뭐, 그래도……. 스테로이드에 아예 반응이 없지는 않네요."

김원규 교수는 시선을 환자에게로 놀렸다. 정확히 말하면 환자 뒤편에 놓인 모니터였다. 아까까지만 해도 100회를 넘나들던 분당 심장 박동수가 어느 정도 안정을 되찾아 가는 중이었다. 삽관한 것도 한몫하긴 했겠지만, 전반적인 폐 상태가 호전되고 있음을 시사한다고 봐도 좋을 터였다. 신현태는 김원규의 말에 고개를 끄덕이고는 환자의 늑간을 꾹 눌렀다.

"폐 염증에는 흉관을 꽂는 게 어떨까? 원인균도 동정(세균의 분류상 명칭 확인)할 겸."

어차피 항생제는 때려 붓겠지만, 감염 질환에서 감염원을 물리적으로 제거할 수 있다면 무조건 제거하는 것이 최선이었다. 적어도 감염내과 교수로 평생 살아온 신현태의 지론은 그랬다.

"아, 흉관이요. 음."

김원규 교수는 아무래도 심각한 형태의 감염을 본 경험이 신현태보다는 적었다. 하지만 결국, 사람을 죽음에 이르게 하는 건 폐렴이지 않던가. 그게 암 환자가 되었건 다른 환자가 되었건, 최후까지 끌고 가는 건 폐렴이라는 얘기였다. 그만큼 무서운 질환인데, 이 환자는 너무 젊었다. 아니, 어리다는 표현을 써야 할 지경이었다.

"흉부외과 쪽 의뢰할까요?"

"그게 좋겠어. 일단 흉수가 어떤 양상인지도 보고. 이게 그냥 독성 반응 때문일 가능성도 있긴 하잖아?"

"아……. 그건 그렇죠."

가능성은 아주 적지만, 이미 이 환자는 로또 당첨보다도 더 희귀한 케이스 아니던가. 뭐든 가능하다는 생각으로 진료를 볼 필요가 있는 상황이었다.

"그럼 부를게."

"네, 과장님."

신현태는 그 자리에서 흉부외과 쪽으로 전화를 걸었다. 아무래도 한 과의 과장인 데다가, 장가도 기가 막히게 간 사람 아니던가. 흉부외과에서는 오히려 이현종의 전화보다도 더 열심히 받았다.

[뭘 그렇게 보고 있습니까?]

그사이 수혁은 눈앞에 있는 환자가 아니라, 다른 환자들을 응시하고 있었다. 아무래도 중환자실이다 보니 다들 위독한 환자뿐이었다. 그냥 중환자실도 아니고 태화의료원 아닌가. 아무리 다른 병원들이 치고 올라온다 해도, 중증 환자들이 몰리는 병원이라는 뜻이었다.

띠띠. 삑삑.

사방에서 모니터 알람 소리가 울려 퍼질 지경이었다.

'어? 아.'

[왜 우리 환자 말고 다른 환자 봅니까? 뭐…… 신기한 환자라

도 있습니까?]

아마 예전 같았으면 그저 시비만 걸었을 바루다였지만, 이젠 나름대로 수혁의 실력을 존중해 주는 편이었다. 뭔가 신기한 케이스라도 발견한 건 아닐까 하고 좋게 해석해 주었다. 하지만 수혁은 딱히 어떤 환자 하나를 보고 있던 게 아니었다. 그저 중환자실 전경을 응시하고 있었을 따름이었다.

'여기 병상이 모두 몇 개지?'

[네?]

바루다는 '이건 또 뭔 참신한 개소리인가.' 하는 얼굴이 되었다. 그도 그럴 것이 너무 뜻밖의 질문 아닌가. 지금 과장이랑 호흡기 교수는 환자 치료해 보겠다고 이리저리 전화하고 어레인지하고 난리가 난 마당에.

'병상이 모두 몇 개냐고. 지금 이렇게 봐서는……. 한 50개는 되어 보이는데.'

하지만 무시하고 넘어가기엔 수혁의 표정이 너무 진지했다. 이럴 때 몇 번인가 홈런 친 적이 있는 인간 아니던가.

따라서 바루다는 천천히 병원 구조를 머릿속에 구현하기 시작했다. 워낙 방대하긴 했지만, 중환자실 하나에 한정한 데이터는 그리 많지 않았다.

'음.'

덕분에 수혁은 아주 잠시간의 어지럼증 끝에 중환자실 도면을 볼 수 있었다.

[총 60병실로 구성되어 있군요. 그중 격리 병실이 12병실이고……. 나머지는 저렇게 열려 있습니다.]

바루다는 두리번거리는 수혁의 속도에 맞춰서 말을 이었다. 마침 지금 격리 병실 안에 들어와 있었기에, 보이는 부분이 아주 많지는 않았다. 가뜩이나 중환자실은 침대 간 거리가 꽤 있었기에 더더욱 그러했다. 수혁은 잠시 그 사이를 이리 뛰고 저리 뛰고 있는 간호사들을 보며 고개를 갸웃거렸다.

'저분들……. 한 명당 맡은 환자가 모두 몇이지?'

[셋에서 넷이겠죠? 중증도에 따라 다를 겁니다.]

일반 병실에서는 간호사 혼자 호실 두어 개를 맡는 게 보통이었다. 거의 두 자릿수가 넘는 환자를 본다는 뜻인데, 그래도 간호 실수 때문에 사고가 나는 경우는 극히 드물었다. 이는 일반 병실의 환자들이 그만큼 손이 덜 가는 환자들이란 뜻이라고 보면 되었다.

그에 반해 중환자실은 간호사 한 명에게 배정된 환자 수가 극단적으로 적어도 사고가 날 수 있었다. 중증도가 워낙에 심하기 때문이었다.

'흠…….'

[왜요?]

바루다는 난데없이 턱 밑을 긁고 있는 수혁을 향해 물었다.

하지만 수혁은 답하는 대신, 격리실 문을 향해 걸어간 후 문을 열어 주었다.

"아, 감사합니다."

그러자 흉부외과 의사 하나가 인턴 한 명과 함께 안으로 들어섰다.

"어, 어서 와요. 여기, 이분 흉관 좀."

신현태는 그런 흉부외과 의사에게 자리를 비켜 주었고, 김원규는 인턴에게 자리를 내어 주었다. 흉관 삽입이라는 게 수술이라는 거창한 이름을 붙여 줄 정도로 어려운 건 아니었지만, 그래도 가슴을 열고 관을 삽입해야 하는 술기 아니던가. 일순 방 안에 긴장감이 감돌았다.

'아까 왜냐고 물었지?'

오직 한 명. 수혁만이 바깥을 바라보고 있었다. 바루다는 '이 사람이 여름이라도 타는 건가.' 하는 얼굴로 고개를 끄덕였다. 어차피 머릿속에 형상화된 존재일 뿐이긴 했지만, 둘은 이제 제스처만으로도 어느 정도 대화가 가능했다.

'저기……. 저거 완전 쓸데없는 알람 아니야?'

수혁은 손가락을 들어 바깥에 누운 환자 중 한 명을 가리켰다. 아까부터 알람이 시끄럽게 울리고 있는 환자였다. 침대 밑에 적힌 진단명은 'Sepsis'. 즉 패혈증이었다.

[패혈증 환자에게서 열이라……. 떨어졌다가 오르면 모를까,

입원하고 하루도 안 지난 상태에서는 쓸데없죠.]

바루다는 일단 맞는 말이긴 하니까 맞장구를 쳐 주었다. 하지만 여전히 이놈이 왜 이러나 싶기는 했다.

'저런 거……. 걸러 주면 좋지 않을까?'

[네? 뭐가 걸러요?]

'저거 저 알람들 있잖아. 모니터에서 나오는 거.'

[네.]

'그거 중앙 스테이션에서 하나로 취합해서 볼 수 있을 거 같지 않아? 어려운 일 아니잖아.'

[어……. 그건……. 그건 그렇겠죠.]

이제 4G 시대를 넘어 5G 시대라고 하지 않던가. 물론 아직도 수혁은 LTE 시대에 머물러 있긴 하지만, 바루다가 보기에 저 모든 정보를 한데 취합하는 거 정도는 전혀 어려운 일이 아닌 거 같았다.

'그럼 그거 그 자리에서 분석하는 것만 해 주면……. 품이 확 줄어들 것 같은데.'

[어……. 분석……. 품…….]

언젠가 한번 들어 본 말이지 않은가. 바루다는 저도 모르게 신현태를 떠올렸다. 그래, 천생 학자 타입이라 할 수 있는 신현태가 싹 조사해 왔던 자료. 거기서 본 기억이 있었다.

'어떤 거 같아? 요새 대세가 보조형 인공지능이라며. 저 알람

들 싹 모아다가……. 각 환자 상황이나 이전 수치에 따라 분석해 주는 거야.'

[어……. 음.]

바루다는 현대 과학의 정수라 할 수 있는 결과물이었지만, 정작 과학에 관한 지식은 전혀 없었다. 그래서 지금 수혁이 말하는 게 기술적으로 가능한 건지 어떤 건지는 전혀 알지 못했다. 하지만 있으면 좋을 것 같았다. 적어도 저기 멀리 미국에서 보았던 왓슨보다는 더 낫지 않겠는가. 그건 무겁기만 무겁고 딱히 도움이 되는 거 같지는 않았으니까.

'될 거 같지?'

[어……. 되면 좋겠다 싶긴 한데.]

'모르겠어? 너 인공지능이잖아.'

[아니……. 제가 뭘 만드는 건 아니니까요.]

'뭘 이런 놈이 다 있어. 아는 게 없네?'

[아니……. 아는 게 없다는 발언은 좀.]

바루다는 예상치 못한 공격에 쩔쩔맸다. 수혁은 그런 바루다를 보며 혀를 쯧쯧 찼다.

'거 되게 간단할 것 같은데도 모르네.'

[저는 진단 목적 인공지능…….]

'이것도 진단에 도움이 되는 거잖아?'

[그……그러니까 이건 좀 영역이 다른…… 문제 아닐까요?]

'아무튼, 됐어. 조용히 해 봐. 쓸모없는 놈.'

[하…….]

바루다가 충격에 빠져 있는 사이, 수혁은 대화를 멈추고 눈을 떴다. 아무래도 바루다와 대화를 할 때 눈을 뜨고 있으면 자꾸 허공을 응시하게 되고, 그러다 보면 미친놈이란 오해가 쌓이기 마련 아니겠는가. 이런저런 고민을 하다가 결국, 눈을 감는 것으로 해결을 보았다.

"어, 수혁아."

그래 봐야 뜬금없이 눈을 감고 있어서 이상해 보이기는 매한가지이긴 했지만, 신현태는 술기가 펼쳐지는 내내 눈을 감고 있다가 뜬 수혁을 불렀다.

'흉관 삽입하는 게 겁나나?'

그럴 리는 없을 거 같았다. 이 녀석은 혼자서도 나름 어느 정도는 술기를 하는 편이었으니까. 심지어 간단한 절개 배농은 외과나 다른 외과계 과에 의뢰도 하지 않고 혼자 척척 해내지 않던가.

'확실히 좀 이상한 구석이 있긴 있어.'

그게 딱히 뭐 마음에 걸리거나 하진 않았다. 그저 이상해서 이상하다고 생각하는 것일 뿐. 아무튼, 수혁은 신현태의 부름에 응답했다.

"네, 교수님. 그……. 아, 흉수는 고름이네요. 저거 동정해서 바로 항생제 들어가면 될 거 같습니다."

원래는 방금 자신이 떠올린 아이디어를 언급하려 했으나, 모두의 신경이 흉관 쪽으로 쏠려 있어 지금은 그쪽에 관한 얘기를 하는 것이 자연스러워 보였다. 신현태라고 다르진 않았다.

"어. 그리고 흉관 통해서 배액이 좀 되면⋯⋯. 상태도 훨씬 나아질 거야."

"다행이네요."

"이 환자도 네가 살린 거지 뭐. 야, 이 환자는 진짜 며칠만 더 끌었으면⋯⋯. 위험했을걸."

진단에 있어서 갈팡질팡하는 것이 별 위험을 일으키지 않는 건 감기 정도에서나 통하는 이야기였다. 지금 이 환자처럼 가슴에 농이 찰 정도로 상태가 안 좋은 환자에서 정확한 진단은 그 자체가 구원이었다. 수혁은 잠시 신현태가 자신이 한 일로 인해 뿌듯해하는 것을 지켜보고 있다가 입을 열었다.

"아, 근데 교수님."

신현태는 본능적으로 이놈이 뭔가 아주 중요한 얘기를 꺼낼 것이란 걸 직감했다. 수혁은 여태 그래 왔으니까.

"어, 잠깐만. 여기서 말고. 연구실 가서 얘기하자."

그러자 김원규가 조금은 배신감이 느껴진다는 듯한 얼굴로 입을 열었다.

"왜, 왜요? 여기서 하시지 그냥."

"아냐, 아냐. 연구 얘기라."

"연구……? 설마, 화이자?"

"아, 뭐. 뭘 그렇게 알려고 해."

"에이, 형님 저도 좀 알려 주세요."

"형님은 무슨. 과장님이라고 해."

그러곤 질척대기 시작했다. 아까까지만 해도 근엄하기 짝이 없더니.

[김원규는 끼워 주죠? 호흡기라 중환자실 제집처럼 들락거릴 텐데.]

그때 바루다가 조언을 해 주었고, 수혁은 고개를 끄덕였다.

"과장님, 김 교수님도 같이 얘기 나누면 어떨까요? 관련이 있어서요."

"너, 너! 정말 좋은 놈이구나!"

첫 연구

 김원규는 앞장서서 걷고 있는 수혁과 신현태의 뒤를 쫄래쫄래 쫓아왔다. 정교수는 아니더라도 이제 부교수는 단, 그러니까 어느 정도는 나이 지긋한 사람에게 쓰기에는 철딱서니 없어 보이는 묘사였지만, 정말로 김원규는 쫄래쫄래 쫓아오고 있었다.
 [화이자가 크긴 크네요.]
 바루다는 그런 김원규를 떠올리며 혀를 쯧쯧 찼다. 수혁은 화이자 학회라는 게 얼마나 큰 모임인지 대강 알고 있었기에 그렇게까지 비판적인 반응을 보이진 않았다. 수많은 펀드가 조성되고, 또 기라성 같은 연구실끼리의 협력이 이루어지는 곳 아니던가.
 처음 비아그라로 돈 긁어모을 때는 그야말로 '개같이 버는구나.'라는 말이 어울렸지만, 그 돈을 정승처럼 쓰고 있는 지금에 이르러서는 그 누구도 화이자에 대해 이러쿵저러쿵 말하지 못했다. 현시점, 의학 발전에 매우 큰 공헌을 하는 집단 중 하나였으니까.

"여기야, 김 교수."

신현태는 수혁의 발걸음 속도에 맞춰 걷다가, 병실과 병실 사이에 난 문을 가리켰다. 원래 과장이라고 해도 다른 교수들과 같은 연구실을 쓰는 경우가 많았는데, 내과는 예외였다. 워낙에 과의 덩치가 크지 않은가. 그렇다 보니 과에 딸린 일도 많아서 비서까지 하나 두고 있었다. 일종의 예우라고 보면 되었다.

"아, 알죠. 과장님 방인데."

"아깐 형이라고 했다가, 이젠 또 과장이라고 했다가. 왔다 갔다 하네?"

"과장님 편하신 대로 부르겠습니다."

김원규는 환자 볼 때와는 전혀 다른 능글맞은 태도로 굽신거렸다. 신현태는 고개를 절레절레 저어 대다가, 그의 등을 두드렸다.

"그럼 사석에서는 형이라고 해. 원장님한테 나도 형이라고……."

그러곤 문을 열다가, 멈칫하고는 뒤로 물러섰다. 그러자 안에 미리 와 있던 조태진이 그를 붙잡았다.

"형. 어디 가요."

"아, 자꾸 형이라고 하지 마. 여기 병원이야."

"아까 현종이 형한테 얘기 다 들었어요. 수혁이 눈 이상하다고."

"뭐? 그게 무슨 소리야."

환자가 왔다거나, 뭔가 재미난 일이 있다면 모르겠는데, 애 눈이 이상하다니. 신현태는 자신도 모르게 수혁을 돌아보았다. 그냥 평소의 이수혁일 따름이었다.

'원래 좀 이상하다고 하면 할 말이 없긴 하지…….'

신현태가 그런 생각을 하며 고개를 갸웃거리고 있자, 조태진이 그 곰 같은 손으로 신현태를 붙잡아 안쪽으로 끌어 들였다. 신현태도 그렇게 덩치가 작은 편은 아니었으나, 조태진에 비할 바는 아니었다.

"자, 너도 들어와. 나 빼고 비밀 얘기할 생각 말고."

그는 다른 한 손으로는 수혁 또한 잡아당겼다. 가뜩이나 한쪽 다리가 불편한 수혁 아니던가. 씨름이 계속 유행했으면 아마 씨름 선수가 되었을 거란 소문이 무성한 조태진의 힘을 이겨 낼 수는 없었다.

"어어."

"야, 인마. 애 넘어져!"

"에이……. 제가 다 알아서 하죠."

조태진은 걱정 어린 시선을 보내는 신현태에게 눈웃음을 치

곧 수혁을 완전히 연구실 안쪽으로 끌어 들였다.

"어, 잠깐."

그리고 김원규가 미처 따라오기 전에 문을 닫았다.

"너 뭐 하……냐?"

신현태는 놀란 표정으로 문을 두드리고 있는 김원규를 간유리 너머로 바라보면서 물었다. 시야가 흐릿한지라 표정을 제대로 볼 수는 없었지만, 예상은 가능했다. 아마도 황당하다는 얼굴일 터였다.

"섭섭합니다, 형."

조태진은 그런 신현태를 향해 적반하장 격으로 나왔다. 그뿐만이 아니었다.

"너도 인마, 이수혁."

조태진은 심지어 늘 우리 수혁이라고 부르던 수혁에게 성까지 붙여 불렀다. 이게 어느 정도로 이상한 일인고 하니.

[뭔가 크게 잘못한 모양인데요?]

바루다가 긴장을 다 할 지경이었다.

'그러게, 뭐지?'

수혁으로서는 도저히 영문을 알 수 없었다. 신현태 또한 마찬가지였기에, 눈을 동그랗게 뜬 채 서로를 바라볼 따름이었다.

쾅쾅. 그사이, 밖에서는 김원규가 문을 두드리기까지 해서 상당히 정신이 없었다. 조태진은 혹여 문이 부서지기라도 할까

첫 연구

봐서인지 문 쪽에 육중한 몸을 기댄 채 말을 이었다.

"원장님 촉 좋은 거 아시죠?"

"그……거야 알지?"

촉 좋다는 말은 당연히 비과학적으로 들리겠지만, 실제로는 그 어떤 의사들보다도 과학적이라 할 수 있는 내과 의사들이 제일 많이 쓰는 말이었다. 심지어 칭찬으로 쓰였다.

"그래서 그러신가……. 우리 수혁이에 관해서도 그렇단 말이에요?"

"수혁이……?"

신현태는 자신도 모르게 수혁을 돌아보았다. 수혁은 정작 자신은 모르는 얘기였기에 어깨를 으쓱해 보일 따름이었다.

[뭔 개소리일까요?]

심지어 바루다도 마찬가지였다. 녀석은 다른 사람들이 바루다를 못 본다는 사실이 다행이란 생각이 들 정도로 노골적인 표정을 짓고 있었다.

"형도 대강 알죠? 얘…… 가끔 허공 보거나 눈 감고 이상한 곳으로 고개 돌리는 거."

"알지. 가끔 그러지."

신현태는 조금 격하게 느껴질 정도로 고개를 끄덕였다. 반면 자신이 눈 감을 때 고개가 이상한 쪽으로 돌아간다는 걸 처음 알게 된 수혁은 고개를 갸웃거렸다.

[아휴……. 눈만 감으라니까…….]

바루다의 핀잔을 들어 가면서였다.

"보통은 환자 볼 때 그러는데……. 얘가 다른…… 연구 주제나 발표 전에도 그런단 말이에요?"

"어……. 그걸 현종이 형이 봤어?"

"아까 회의 들어가려다가 아무리 생각해 봐도 너무 귀찮아서 중환자실 중앙쯤에서 밍기적대고 있었나 봐요."

명색이 원장인데 회의가 싫어서 밍기적대고 있었다니. 이거야말로 아무리 생각해 봐도 이해할 수 없는 일이었다. 하지만 상대가 이현종이다 보니 신현태도 수혁도 모두 그럴 수 있다고 생각했다. 워낙에 기인 아니던가. 환자 안 보는 것만 빼고는 뭔 짓을 해도 납득할 수 있는 사람이었다.

"아…… 밍기적……."

"근데 그때 딱 수혁이가 눈 감고 이상한 데 보기 시작하는 거죠. 어? 그 무슨……. 거 뭐야. 그래, 신기. 신기 있는 사람처럼."

"수혁이 그런 식으로 모독하지 마……."

"아무튼, 알죠? 그거."

"알긴 알아."

신현태는 아까보다 복잡해진 얼굴로 수혁을 돌아보았다. 그의 눈에 조금씩 안타까움이 깃들 때마다 바루다의 핀잔은 더해져만 갔다.

[이럴 거면 차라리 눈을 뜨지. 하다 하다 신기 소리를 듣네.]

아무래도 그럴 수밖에 없었다. 현대 과학의 결정체인 바루다가 고대 미신으로 오인되고 있었으니까. 물론 수혁도 할 말이 아주 없지는 않았다.

'네가 좀 더 세련된 방식으로 대화를 할 수 있었으면 이렇진 않았지.'

[세련? 세에려언? 지금 그런 말을 입에 올립니까?]

'그 왜 있잖아. 두뇌 오버클로킹이라도 하란 말이야. 시간을 멈추게 하고 대화를 나누든지.'

[미친…….]

바루다는 지금 수혁이 어떤 걸 참고 자료 삼아서 얘기하고 있는지 아주 잘 알았다. 근 1년간 수혁이 잠들 때마다 수혁의 머릿속에 저장된 모든 것을 헤집고 다녀서였다.

[만화 같은 소리 하지 마요.]

'안 돼? 그런 거?'

[두뇌 오버클로킹이라니, 뭔……. 터보 엔진이라도 답니까?]

'안 되면 그냥 이대로 살아, 불평하지 말고. 네가 못 하는 거니까.'

[와……. 이걸 내 잘못으로 몰고 가네. 하라는 의학 공부는 안 하고 이런 것만 느네, 아주.]

'무슨 소리야. 이번 연구 아이디어 누가 냈어?'

[허.]

기가 막히는 말이긴 한데, 동시에 맞는 말이긴 했다. 바루다라고 해서 철면피는 아니었기 때문에 더 할 말을 찾지 못했다.

덕분에 수혁은 다시 신현태와 조태진 둘의 대화에 집중할 수 있었다. 간혹 밖에 덜렁 남겨진 김원규의 문 두드리는 소리가 방해하긴 했지만 적어도 지금, 이 순간 거기에 신경 쓰는 사람은 아무도 없었다.

"현종이 형이 그러던데, 그때 이미 환자 진단 다 하고 치료 들어갔을 때라면서요."

"현종이 형이 회의 들어가야 했을 시간이니까……. 음……. 그랬지."

"수혁이 성격에 거기서 또 환자 진단에 관해 생각했을 건 아니라던데……. 그 후에 바로 연구실로 간다고 한 거 보면 역시 연구거리라고 판단하신 거죠."

"아, 현종이 형……."

사람이 머리가 좋아도 좀 정도껏 좋아야지. 기껏해야 회의 안 들어가려고 밍기적거린 주제에 이런 것까지 다 예측하면 어쩐단 말인가. 신현태는 어처구니없다는 얼굴을 하면서 말을 이었다.

"근데 넌 여기 왜 왔어."

"전화해 줘서 왔죠. 자기는 회의 가야 되니까, 무슨 얘기 하는

지 들어 보라고 해서. 마침 제가 오늘 외래가 없었거든요."

"프락치야?"

"프, 프락치라뇨. 저도 엄연히 수혁이 보호잔데. 수혁이 연구면 들을 자격이 있죠."

"보호자……?"

"그럼요. 저, 얘 미국 다녀올 때 용돈도 줬어요."

조태진은 자신의 말이 맞지 않냐는 듯한 얼굴로 수혁을 바라보았다. 약간 턱 끝을 세우고 있어서 뭔가 으스대는 듯한 느낌마저 들었다.

[이 양반도 참 주책이에요.]

'주긴 줬잖아.'

[많이 줬죠. 그 정도면. 그래도 그걸…….]

수혁은 조태진이 출국 전날 따로 불러다 건네준 천 달러를 기억했다. 말이 천 달러지, 한화로 따지면 100만 원이 넘는 거금이었다. 비록 조태진이 꽤 유복한 사람이라지만, 생판 남이라고 생각하는 사람에게 턱턱 줄 수 있는 금액은 아니란 뜻이었다. 그 말은 곧 조태진이 수혁의 보호자라고 말하는 것이 영 얼토당토않은 얘기도 아니란 뜻이기도 했다.

"네, 엄청 많이 주셨죠."

"과에서 주는 거 말고 또 줬어?"

"네. 한 천 달러."

"천 달러? 야, 그거 뇌물 아냐?"

신현태는 '이제 교수들이 하다 하다 수혁이 꼬시려고 돈까지 쓰는구나.' 하는 생각에 얼굴을 붉혔다. 하지만 정작 그 당사자인 조태진은 당당하기만 했다.

"현종이 형은 더 줬다는데요, 뭐."

"그 인간은 더 줬어?"

"에이……. 그래도 원장님한테 그 인간은 좀 심했다, 형."

"하."

이놈이나 저놈이나 다 형, 형 하고. 원장이라는 놈은 레지던트가 자신의 숨겨 둔 자식이라고 하질 않나, 돈을 주질 않나.

'내 대에서 태화의료원 내과가 끝장나는 거 아냐?'

머리가 어찔해진 신현태는 이런 생각까지 들 지경이었다.

"과장님. 근데……. 연구 얘기는 안 하는 건가요?"

"아. 수혁아."

하지만 이 수라장이 있게 한 수혁의 목소리를 듣자마자 아이러니하게도 마음이 착 가라앉았다.

'그래, 얘가 있지. 얘만 있으면…….'

다른 놈들이 아무리 병신 짓을 해도 절대 태화의료원이 망할 일은 없을 터였다. 압도적인 실력이 있으면 조금 부족한 모습을 보여도 다 용납이 되는 법이니까. 마치 이현종이 그 나사 빠진 성격을 하고 있어도 태화의료원 순환기내과가 여전히 세계 최고인 것과 같은 이치였다.

"얘기……해야지. 그래, 음. 저기 앉자."

"네, 하하."

"조태진……. 너는 왜 앉아?"

"저도 들어야죠. 하하."

신현태는 잠깐 부들대다가 수혁을 돌아보았다. 어차피 수혁의 아이디어이니, 수혁의 의사가 중요하다는 생각에서였다.

"조태진 교수님도 도와주시면 더 빨리 되긴 할 겁니다."

"음, 그래. 그럼. 앉아."

"역시 수혁이. 네가 최고다!"

그렇게 수혁까지 자리에 앉고 나자, 비로소 연구에 관한 이야기가 진행될 수 있었다.

"야! 문 열어! 조태진! 문 열어!"

두런두런 진행되는 이야기의 배경음처럼 김원규의 발광이 울려 퍼졌다.

////

"후."

김원규는 여전히 씨근덕거리고 있었다. 기껏 중환자실에서부터 따라왔다가 꼬리 자르기를 당할 뻔했으니 그럴 만도 했다. 조태진은 그런 김원규를 보며 허허 웃었다.

"미안."

"미안? 미안하다면 다냐?"

"동기끼리 왜 그러냐. 우리 수혁이도 있는 자리에서."

"너 아까 저 친구 있는 자리에서 나 밀쳐 냈거든?"

"그랬나?"

"그랬나? 그랬나라고 했냐? 지금?"

전혀 미안해하지 않는 조태진에게 김원규가 달려들었다. 하지만 별 소용이 있거나 하진 않았다. 김원규는 키만 컸지 떡대는 전혀 없는 사람이었고, 조태진은 키도 큰데 떡대도 좋은 사람이었기 때문이었다. 거의 장난치듯 사람 하나를 강제로 도로 앉혀 놓을 수 있었다.

"으."

"병원이 개판이네. 개판이야."

신현태는 그렇게 제압당한 김원규를 보며 고개를 절레절레 흔들었다. 그러곤 탁자 위에 놓인 향긋한 차를 집어 들었다.

'일단 마음을 좀 안정시키자…….'

원래 인격 수양을 해야 할 정도로 성질이 더러운 사람은 아니었던 것 같은데, 요즘 의국 돌아가는 꼴을 보면 수양이 필요하다고 느껴질 때가 한두 번이 아니었다.

"형, 솔직히 개판은 아니죠."

"하아."

특히 조태진 같은 놈들이 형, 형 하고 다닐 때마다 더더욱 그러했다. 수혁은 아까보다 눈에 띄게 얼굴이 어두워진 신현태의 팔뚝을 조심스럽게 두드려 주었다.

"교수님. 일단……. 연구 얘기를 좀 드릴까요?"

"어? 어, 그래. 그래……. 수혁아……."

그래, 이놈이 있지 않은가. 암만 형, 형 하는 버릇없는 교수들이 판치고 있다 해도, 수혁이 같은 레지던트가 있으니 태화의료원이 망할 일은 없을 터였다. 차향도 좋겠다, 수혁이 생각도 났겠다. 이래저래 마음이 푸근해진 그는 수혁을 마주 보며 고개를 끄덕였다.

"저, 그러면 시작하겠습니다."

"응, 그래."

"좋아."

조태진도 김원규도 시끄럽게 떠들어 대던 입을 다물고 수혁을 바라보았다. 수혁은 아까 바루다와 나누었던 짤막한 대화를 떠올리며 말을 이었다.

"과장님은 이미 저에게 말씀을 주셨으니 잘 알고 계시겠지만, 조 교수님과 김 교수님은 잘 모르실 내용이라 다시 한번 언급하겠습니다."

조 교수와 김 교수. 둘이 언급되자 푸근해졌던 마음이 파도 치듯 헝클어지는 기분이 들었다. 특히 남의 속도 모르고 허허 웃고 있는 조태진을 보자, 왜인지 모를 심술이 뻗쳤다.

"아, 잠깐. 미안한데, 수혁아. 필요 없으면 얘네 둘은 빼도 돼. 괜찮아. 내가 책임질게."

그 때문에 빼라고 했는데.

"아뇨, 과장님. 두 분의 데이터도 필요합니다."

수혁이 이렇게 대꾸했다.

"아, 그래. 그렇구나."

어쩌겠는가. 아이디어 내는 사람이 필요하다고 하는데. 게다가 그 사람이 다른 사람도 아닌 수혁인데. 신현태는 하릴없이 고개를 끄덕여야만 했고, 나머지 두 교수는 그런 신현태를 아주 얄미운 얼굴로 흘겨보았다.

"아무튼……. 아까 드리려던 말은……. 요새 A.I.가 아주 핫하지 않습니까?"

"그야 그렇지."

A.I.가 핫한 것이 비단 IT업계에서만 그런 게 아니었다. 의료업계에서도 그랬는데, 특히 헬스케어 사업에서 A.I.는 이제 떼려야 뗄 수 없는 존재가 된 지 오래였다.

여기 있는 조태진이나 김원규나 아까 좀 모자란 모습을 보여주어서 그렇지, 실력으로 당당히 태화의료원 교수 자리를 차지한 사람들 아니던가. 당연히 국책 과제 하나쯤은 진행하고 있었고, 또 같이하자는 사람들과 미팅 또한 한 달에 몇 건 정도는 진행하고 있었다. A.I.가 화두인 것 정도는 잘 알다 못해 체감하고 있다는 뜻이었다.

"화이자에서도 재작년 포럼부터는 A.I. 관련 세션을 따로 두고 있습니다. 조사해 보니 내년엔 아예 절반가량이 A.I. 연구 관련한 세션이라더군요."

"오…… 절반."

"네. 그래서 신현태 과장님께서 신약 관련 연구보다는 A.I. 관련 연구를 진행해 보자고 말씀해 주셨습니다."

"음."

"하긴."

조태진도 김원규도 사실 진짜 하고 싶은 건 신약 관련한 연구였다. A.I.가 핫하다는 건 알고 있지만, 당장 필드에서 급한 건 약이지 않은가. 특히 혈액종양내과 교수로서 삶과 죽음의 경계에 선 환자들을 맡고 있는 조태진은 그 누구보다 신약이 급했다.

'신약이…… 쉽지 않지.'

하지만 현실적으로 녹록지가 않았다. 대한민국의 바이오산업은 이제 막 태동하고 있는 상황 아니던가. 아직 제대로 된 신약을 개발해 본 경험이 거의 없다시피 했다. 부끄럽지만 조태진도 임상 연구에나 참여해 봤고, 그 약도 다 외국에서 개발된 약들뿐이었다.

그러니 신현태의 판단은 아주 현실적이면서도 영리한 판단이라고 할 수 있었다. 태화의료원 내과 과장이라는 자리에 괜히 오른 건 아니란 뜻이었다.

"원래 의료 관련 A.I.라고 하면 몇 년 전까지만 해도 왓슨이 대표 주자였습니다. 우리 태화의료원에서도 왓슨을 벤치마킹하여 바루다를 개발하기도 했고요."

"음."

바루다. 수혁의 다리를 절게 한 문제의 인공지능이었다. 적어도 여기 있는 세 명은 그렇게만 알고 있었고, 수혁이 잠시 인상을 쓴 게 그때 그 사건 때문이라고 생각했다.

[벤치마킹이요? 그게 아니라 내가 왓슨보다 뛰어나거든요?]

'내가 처음 봤을 때는 안 그랬을걸.'

[와……. 이만큼 키워 줬더니 은혜를 모르고…….]

'너 내 머릿속에 살고 있는 거거든? 월세 모르냐?'

[와…….]

'아무튼, 조용히 해 봐. 프레젠테이션 중인 거 안 보여?'

[와……. 내가 진짜……. 와…….]

실은 바루다가 발광하기 시작해서 그런 것이었지만, 모두들 수혁이 제정신으로 돌아올 때까지 참을성 있게 기다려 주었다. 다들 그래도 교수라 그 정도의 인내심은 있었다.

"하지만 이제 더는 그런 종류의 A.I.를 개발하려고 드는 곳은 없습니다. 왓슨이 공식적으로 개발을 중단하면서 더더욱 그렇게 됐지요."

"음. 그렇지."

"아직은 현실화 가능성이 떨어지니까."

교수들은 어찌 되었건 학문적으로 제일 앞서가는 사람들이지 않은가. 직접 왓슨과 연관되어 있지는 않았다 하더라도 주위들은 건 꽤 있었다. 특히 태화의료원 내과 교수들은 바루다 때문에라도 왓슨과 그와 관련한 연구의 행방에 대해 빠삭한 편이었다.

"이 때문에 지금은 진료 보조형 A.I.에 관한 개발이 활발하게 이루어지고 있습니다. 그중에서도 영상의학과, 그리고 병리과 쪽으로는 실제 상용화되거나 되기 직전의 모델들이 있죠."

이게 소문이 좀 와전되는 바람에 작년인가, 재작년인가 영상의학과 지원자가 조금이나마 줄어든 적도 있었다. 인공지능이 영상의학과를 대체한다 어쩐다 하는 소문이 돌았던 것.

하지만 아직은 전체적인 영상을 판독하는 능력을 갖춘 인공지능은 없었다. 다만 지엽적인 진단에 도움이 되는 인공지능은 쏟아져 나오고 있었다.

"아, 들어 봤는데."

"특히 폐 결절은 그 유용함이 여러 연구에서 입증되었죠. 유방암 병리 슬라이드 검사에서도 그랬고요."

"음."

"흐음."

수혁의 프레젠테이션은 늘 그러하듯 완벽했다. 연기자를 자처하는 사람답게 발음도 좋았을뿐더러 속도도 적당했다. 무엇보다 내용이 군더더기가 하나 없었다.

당연하게도 이 내용을 처음 듣는 조태진과 김원규는 술술 빨려 들어갔다. 심지어 이 비슷한 얘기를 직접 해 주었던 신현태마저도 완전히 몸을 수혁을 향해 틀고 있었다.

"그렇다면 내과에서는 이걸 어떻게 적용해야 할까. 이게 제 의문이었습니다. 신현태 과장님이 제게 주신 숙제이기도 했고요."

"내과에 적용이라······."

"음······."

당장 떠오르는 게 있거나 하진 않았다. 그럴 수밖에 없는 일이었다. 평소 이거에 관해 한 번도 생각해 본 적이 없었으니까. 심지어 수혁과 얘기를 나눈 날 이후 맨날 이것만 생각하고 있는 신현태조차도 아직 별다른 아이디어가 없지 않은가.

수혁은 잠시 교수들이 웅성거릴 수 있도록 기다려 주었다. 어차피 그런다고 답이 나오는 것도 아니고, 시간이 길어질수록 수혁이 내놓는 아이디어가 얼마나 값진 것인지 알 수 있게 될 테니까.

"야······. 이거 어렵다."

"그러게. 보조용 인공지능이라고 하면 뭐가 딱 하고 떠오를 줄 알았는데."

보통 교수들은 아니, 의사들은 이렇게 생각하기 일쑤였다. 나는 현장에 있는 사람이니까 당연히 필요를 제일 잘 알고 있다, 뭐 이런 식으로. 하지만 실제로는 그렇지가 않았다. 지금껏 있어 본 적 없는 서비스에 관한 필요를 어떻게 아무 고민 없이 느낄 수 있겠는가.

"저도 그랬습니다. 하지만 중환자실의 알람을 듣다 보니, 조금 생각이 바뀌었습니다."

"중환자실?"

"네."

"어떤…… 아이디어지?"

마지막 질문은 신현태가 던진 것이었다. 아주 진중한 얼굴을 하고 있었다. 그럴 만도 했다. 자신이 메인이 될 연구였으니까. 이 자리에 있는 조태진이나 김원규는 기껏해야 제2저자 정도나 되지 않겠는가.

"네, 과장님."

수혁 또한 그렇게 생각하고 있었기에 답변은 오로지 신현태만을 바라보면서 해 주었다.

"내과에서 가장 필요한 것은 환자의 위험을 예측하고 예방하는 겁니다. 특히 환자가 중하면 중할수록 그 중요도는 더더욱 올라가죠."

"그래."

"그러니까……. 예측과 예방을 도와줄 수 있는 인공지능이 있으면 어떨까요?"

"예측과 예방을 돕는다……?"

"네. 우선 중환자실부터 시작해 보면 좋을 거 같습니다. 지금은 각각의 자리에서 모니터링하고 있는데, 그 자료를 스테이션으로 취합하는 겁니다. 1번 환자 활력 징후, 2번 환자 활력 징후, 이런 식으로."

"어려운 일은 아니지."

지금도 일부 심장 환자에 대해서는 시행하고 있는 상황이었다. 심장 환자의 경우엔 꼭 담당하는 간호사나 의사가 아니라, 누구라도 이상 소견을 발견하면 즉시 처치해야 하기 때문이었다.

'그거…… 예산이 얼마더라. 얼마 안 했던 거 같은데.'

게다가 태화는 어느 정도 돈이 있는 병원이었다. 예전처럼 태화그룹 차원의 후원이 빵빵한 건 아니었지만, 어찌 되었건 흑자를 보고 있는 병원이었기 때문이었다. 내과는 그중에서도 제일 큰 과라 배정된 예산도 많았다.

"그럼 그 취합된 데이터를 가지고, 이 환자가 위험해질지 아닐지 결과를 도출하는 A.I.를 만드는 겁니다. 단순히 현재 활력 징후에 대한 알람이 아니라……."

"패혈증 예측 시스템 같은 걸 말하는 건가?"

이게 아예 없던 얘기는 당연히 아니었다. 의사들은 늘 환자들에게 어떻게 하면 최선의 예후를 제공할 수 있을까에 관해서 고민하고 또 고민해야 하는 사람들 아니던가. 그렇다 보니, 패혈증과 같은 주요 질환을 예방하기 위한 노력도 엄청나게 해 온 참이었다. 여러 지표를 모아 패혈증이 생길 확률을 계산하는 공식도 있었다. 아주 정확하게 퍼센트로 떨어지지는 않지만, 진단에 도움이 되긴 했다.

"네. MEDS score(Mortality in Emergency Department Sepsis score, 응급실에서의 패혈증 사망률)를 이용하는 겁니다."

"흠……. 그거 논문이……. 2003년에 나왔던가? 꽤 유의미했던 거 같은데."

"네, 맞습니다."

"음. 음……."

신현태는 몇 번인가 턱 밑을 긁적이더니, 이내 고개를 끄덕였다.

"해 볼 만할 거 같아. 융합의학센터랑 미팅 잡아 보자."

융합의학센터

 융합의학센터. 태화그룹에서 다른 분야 사람들과의 연구를 더 용이하게 만들기 위해 설립한 센터였다. 더 정확히 말하면 태화그룹 내 다른 계열사들과의 연결을 도맡아 하고 있었는데, 프로젝트 바루다도 융합의학센터를 통해 발전한 프로젝트였다.
 "이렇게 그냥 바로 하실 생각이세요?"
 얘기가 나오자마자 바로 핸드폰을 뒤적거리기 시작한 신현태에게 조태진이 물었다. 융합의학센터는 병원 내에 조성되어 있는 조직이기는 했지만, 위치만 병원 안에 있을 뿐 실은 태화생명 소속이었다. 당연히 아이디어 하나만 덜렁 가지고 가서는 얘기가 되질 않았다.
 "어? 어……. 좀 그런가?"

신현태 또한 몇 번 융합의학센터 갔다가 별 성과 없이 돌아온 경험이 있었기에 바로 조태진의 말을 알아먹었다.

"요새 걔들 눈이 높아져서요. 어지간한 거로는 그룹 내 매칭을 꿈도 못 꿔요."

김원규 또한 조태진의 의견에 한마디 거들었다. 실제로 최근 융합의학센터에서 태화전자나 바이오로 매칭해 준 사례는 거의 전무하다 싶을 지경이었다. 같은 그룹끼리 너무하는 거 아니냔 말이 나올 정도로 까다로워졌다.

'눈이 높아진 게 아니라……'

신현태는 고개를 절레절레 저으며 잠시 수혁을 돌아보았다.

'바루다의 실패 때문에 그렇지…….'

프로젝트 바루다. 세계 최고의 진단 목적 인공지능 개발 프로젝트. 당시만 해도 태화의료원은 압도적인 차로 국내 제일을 달리고 있었고, 태화전자도 의욕적이었다. 그 때문에 투입된 자산이 거의 천억 가까이 되었는데, 여기에는 국내외 홍보 비용도 포함되어 있었다. 막판에 이르러서는 폭발 사고 무마하는 데 들어간 돈이 태반이 되고 말았지만.

아무튼, 바루다는 융합의학센터의 존폐를 위협할 정도의 흑역사가 되고야 말았고, 이제 융합의학센터는 최대한 보수적인 접근만을 하고 있었다.

"일단 제가 자료를 만들어 보겠습니다."

모두가 회의적인 반응을 보이고 있을 때, 따지고 보면 이 사태의 원흉이라 할 수 있는 수혁이 입을 열었다.

[새끼들이. 나 만들었으면 성공 아닙니까?]

바루다의 투덜거림을 들으면서였다.

"오, 그래? 네가 만들어 볼래?"

그 말에 신현태가 눈에 띄게 밝아진 얼굴로 대꾸했다. 여태 수혁의 발표 중 거의 모든 자리에 함께했던 사람이 신현태 자신 아니던가. 당연히 수혁이 발표 자료를 얼마나 잘 만드는지, 또 그 자료를 활용한 발표를 얼마나 잘하는지 아주 잘 알고 있었다.

"네. 제가 만들겠습니다."

"일주일 정도 주면 될까?"

하지만 아직 이현종처럼 그 자리에서 뚝딱 만드는 걸 본 적은 없었다. 만약 지금 NEJM에 실린 논문이 앉은자리에서 나온 거라는 걸 두 눈으로 봤다면 일주일 운운하지는 않았을 것이다.

아무튼, 수혁은 신현태의 말에 딱히 기분 나빠하거나 하진 않았다. 자신이 이상한 거지 이 사람이 이상한 건 아니지 않은가. 게다가 원래대로라면 일주일도 상당히 촉박한 것이었다. 대학병원 생활이라는 게 그리 만만한 것은 아니었으니까.

"아뇨. 한 시간 정도면 됩니다."

"어, 그래. 일…… 응?"

"한 시간이면 됩니다."

"한 시간? 수혁아, 융합의학센터가 만만한 곳이 아닌데……."

"만들어 보겠습니다. 그거 보시고 결정해 주시면 안 될까요?"

신현태는 자신만만해 보이는 수혁의 눈을 마주 보았다. 수혁을 잘 모르는, 그러니까 다른 레지던트들은 그가 거만할 거라고 지레짐작하는 편이었지만, 실제 그와 부대껴 본 사람들은 오히려 수혁이 그렇게 자신을 드러내는 편이 아니라고 생각했다. 워낙에 실력이 뛰어나서 도드라져 보이는 것일 뿐이었다. 적어도 수혁을 좋아하다 못해 거의 사랑하고 있는 신현태가 보기에는 그러했다.

'얘가 이렇게 나온다는 건…….'

단순히 자신감의 발로도 아닐 터였다. 그냥 객관적으로 판단할 때 할 수 있을 거로 생각했을 따름이리라.

"그래. 그럼 해 봐. 다들 한 시간 괜찮아?"

신현태는 그렇게 판단한 후, 고개를 끄덕이며 다시 자리에 앉았다. 어차피 과장으로서 처리해야 할 서류들이 있어 지금 해 버릴 요량이었다.

"네, 뭐. 회진만 다녀오죠."

조태진 또한 수혁의 실력에 대해서, 그리고 성격에 대해서 일말의 의심도 하지 않았다. 다만 한 가지 걱정이 있다면, 한 시간 후라면 아마도 이현종이 들어갔던 회의가 끝날 거라는 점이었다.

'현종이 형까지 오면 아수라장인데, 진짜.'

어떻게든 회의 끝나기 전에만 자료를 만들어 주길 바랄 따름이었다. 아무튼, 조태진은 그렇게 말하고 밖으로 후루룩 사라졌다. 그에 반해 김원규는 좀 황당한 기분이 들었다.

'뭐……. 발표 자료를 한 시간 만에 만들어?'

아마 자기 혼자 있는데 이런 얘기 하는 레지던트를 봤다면 뒤집어엎었을 터였다. 학회 발표가 몸에 배었다고 할 수 있는 자신도 발표가 있으면 대개 일주일은 잡고 준비를 하거늘, 감히 융합의학센터같이 거대한 조직에서의 발표 자료를 한 시간 만에 만든다고 해? 이건 좀 문제가 있어 보였다.

'근데 그걸 믿어 줘?'

그를 더 황당하게 만드는 건 신현태와 조태진의 태도였다. 신현태야 워낙에 인격자로 소문난 사람이긴 했지만, 그래도 잘못된 걸 그냥 넘어가는 사람은 아니었다. 그렇지 않았다면 지금까지 서효석 교수와 싸우지도 않았을 터였다.

'게다가 저 조태진이……?'

지금이야 나이도 들고, 또 미국도 다녀오고 하면서 매우 부드러워졌다곤 해도, 레지던트 때는 실로 악마라는 별명이 아깝지 않았던 인간이었다. 또 그때만 해도 어느 정도의 체벌이 용인되던 시절 아니었던가. 티 안 나게 잘 때리는 레지던트가 일 잘하는 레지던트란 평도 들었던 시절이었고, 그런 측면에서 조태진은 거의 최고의 레지던트였다. 근데 그 조태진이 이런 말을 듣고 대수롭지 않게 여긴다고?

'믿는 건가……?'

김원규는 자신도 모르게 이제 막 노트북을 켜고 열중하고 있는 수혁을 향해 시선을 돌렸다. 고개를 갸웃거리면서였는데, 그걸 신현태에게 딱 걸리고 말았다.

"야, 미심쩍으면 넌 빠져. 어차피 적으면 점수도 더 높고 좋아."

"네? 아, 아뇨. 아닙니다. 아니에요."

"그럼 그냥 믿어. 수혁이 믿어도 돼."

"어……. 네."

당황한 나머지 네라고 하면서 고개도 끄덕이긴 했지만, 여전히 미심쩍기는 했다. 일단 여기서 좀 지켜보기로 마음먹었다. 그도 교수가 된 사람이니만큼 잔머리는 있었으니 핑계 대는 건 전혀 어려운 일이 아니었다.

"저…… 여기서 우리 환자 차트 좀 봐도 되죠? 1시간이면 다녀오기가 좀 그래서."

"응? 얼굴 안 보고?"

"아까 다 보고 간 거예요. 검사 낸 사람들이 있어서 그것만 확인하면 됩니다."

"그래? 그래, 뭐."

김원규면 그래도 고객의 소리의 단골손님은 아니지 않은가.

사실 태화의료원 내과는 이상하게 꽤 성격 좋은 교수들이 많아서, 서효석 말고는 대개 다 괜찮은 편이었다. 환자들이 좋아했으면 좋아했지, 욕먹는 교수는 없었다.

'서효석 빼고 말이지.'

생각하니까 또 열이 뻗친 신현태는 고개를 절레절레 저었다. 그러다 서류를 내려다보았는데, 또 서효석의 이름이 보였다.

'내가 미쳤나?'

처음에는 그놈이 미워서 생긴 착각인가 싶었는데, 알고 보니 실제 서효석이 올린 결재 서류였다. 무려 뭘 사 달라는 요청 서류였는데, 당연하게도 좀 이상하다는 생각이 들었다. 연구나 진료를 활발히 하는 사람이라면야 뭐가 자꾸 필요하겠지만, 이놈은 아니지 않은가.

'뭐야……. 뭘 사 달라고……. 음.'

물품 자체는 아주 특별할 건 없었다. 현미경과 그에 들어갈 시약, 그리고 슬라이드 비용. 현미경이 진료할 때 필수적인 건 아니라 해도 연구할 때는 필수적이지 않은가. 하지만 이걸 올린 놈이 서효석이라는 게 좀 이상했다.

"어, 서 교수."

신현태는 전화를 걸었다. 정말 여기 쓰여 있는 대로 연구에 쓰려는지 확인하기 위해서였다. 서효석은 신현태가 알기로 제 힘으로 논문 쓴 지가 벌써 10년은 된 사람이었다. 아니, 그 전에 나온 논문들도 정말 제힘으로 쓴 건지 아니면 권력의 힘으로 쓴 건지 알 수 없었다.

"어? 네, 과장님."

"이거 결재 올린 거 말이야. 현미경."

"아, 네. 그거 필요해서요."

"어…… 그게 진짜 그냥 필요하다고만 쓰여 있네?"

"원래 연구용 자재는 그렇게 사는 거 아닌가요?"

서효석은 꽤 당당했다. 신현태는 이게 아마도 그의 무식함에서 발로했을 거로 생각했다.

"그……. 그건 본인한테 할당된 연구비가 있을 때 얘기지. 서 교수는 없잖아, 연구비."

실제로 연구비를 받은 사람은 연구비를 활용해 무언가를 살 때, 아주 세세한 내역까지 쓸 필요는 없었다. 어차피 그에게 할당된 연구비지 않은가. 그나마 결재를 받게 만든 것은, 정말로 너무 엉뚱한 곳에는 쓰지 않게 만들기 위함이었다. 하지만 과에 할당된 공동 연구비를 쓰려고 할 때는 그보다 훨씬 까다로운 절차가 필요했다.

"저 지금 연구비 없다고 무시하는 겁니까?"

"무시하는 게 아니라, 없는 걸 없다고 하는 거야. 서 교수."

"하."

서효석은 나지막이 한숨을 내쉬었다. 기실 그 나이 또래에서, 그것도 태화의료원처럼 큰 병원 교수로 있으면서 연구비 한 푼 없는 사람은 아마 거의 없을 터였다. 당연하게도 열등감의 요인이었는데 그걸 건드렸으니 기분이 좋을 리가 없었다. 물론 제대로 된 사람이었다면 기분 나빠하기 전에 반성부터 했겠지만.

"그래서. 그거 못 사 준다고요?"

"아니, 그런 말은 한 적이 없는데."

"지금 그렇게 말씀하신 거 아니에요?"

"아니, 아냐. 제대로 된 이유가 있으면 사 주지. 어차피 현미경은 한 번 사 두면 다른 교수들도 쓸 수 있으니까."

"그럼 그냥 사 주면 안 됩니까?"

"그게……. 그러기엔 이게 좀 고가야."

적어도 신현태가 쓰는 현미경보다는 훨씬 비싸 보였다. 모델명에 대해 빠삭하지 않다 보니 무슨 기능이 더 들어갔는지는 알 수 없었지만, 500이 넘어갔다. 아무리 태화의료원이라고 해도 공동 연구비 명목으로 주는 돈은 그렇게 많지 않아서 이런 돈을 팡팡 쓰는 건 좀 문제가 있었다.

'이걸로 어? 과 발전 모임도 해야 하고……. 엠티도 가야 하고……. 그렇단 말이지.'

그 소중한 돈을 다른 놈도 아니고 서효석한테 써? 수혁이라면야 까까 사 먹는다고 해도 쌈짓돈까지 얹어서 주겠지만, 이놈은 안 됐다.

"아……. 그래서 안 돼요?"

"아니, 이유를 말해."

"연구요."

"무슨 연구."

"그……. 뭐 당뇨."

"당뇨? 당뇨 무슨 연구 하고 있는데? 자네 아직 연구 계획서 낸 것도 없잖아?"

원래 이쁜 놈은 대강 넘어가도, 미운 놈은 까다롭게 굴게 되는 법이지 않은가. 가뜩이나 형, 형 하는 놈들 때문에 오늘 심기가 좀 불편하기도 했고, 이래저래 서효석은 잘못 걸린 셈이었다.

"아……. 그……. 좀 그냥."

"안 돼. 이거 다시 내."

"하……. 나 원."

서효석은 그런 말을 끝으로 그냥 전화를 끊어 버렸다.

"이놈 봐라, 이거. 과장 전화 탕탕 끊고. 하……. 나……. 이 새끼 이거."

신현태는 자신의 핸드폰을 노려볼 정도로 화가 뻗쳤다. 심지어 욕까지 해 댈 지경이었는데, 인격자로 소문난 그로서는 너무하다 할 정도로 특별한 일이었다. 하지만 김원규는 딱히 거기에 집중하지 못하고 있었다. 그는 그저 수혁의 노트북 화면만 보고 있을 뿐이었다.

'이거⋯⋯. 한 시간도 안 걸릴 수도⋯⋯ 있겠는데⋯⋯?'

*////

'미쳤나?'

김원규는 수혁의 뒤쪽에 자리한 이래로 단 한 번도 눈을 떼지 못하고 있었다. 그도 그럴 것이 이런 식으로 PPT를 만드는 건 처음 보았기 때문이었다. 마치 이미 정해진 스크립트가 있는 것처럼 너무 빨랐다.

'에⋯⋯. 어디까지 했지?'

['진료 보조 형식의 인공지능이 필요하다'까지.]

'아, 오케이. 좋아. 자료는⋯⋯.'

[이쪽 자료는 여기 저장되어 있어요. 그래, 거기. 4번 폴더.]

'좋아, 좋아.'

사실 스크립트가 이미 있는 거나 마찬가지였다. 바루다가 줄 줄 읊어 대고 있었으니까. 수혁의 머릿속에 자리한 이래 계속해서 성장해 온 바루다는 이제 거의 종합 인공지능으로서의 능력을 거의 다 갖추고 있었다. 비단 진단뿐 아니라, 거의 사람이 할 수 있는 모든 일을 대체할 수 있다는 뜻이었다.

'사진을⋯⋯ 다 가지고 다니는 건가⋯⋯?'

김원규는 툭툭 완성되어 가는 피피티를 보며 혀를 내둘렀다. 솔직히 말해서 세련되었다거나, 화면이 화려하시는 않았다. 아니, 오히려 투박하기 이를 데 없었다. 하지만 그 화면만 봐도 내용이 그려지는 피피티였다. 심지어 김원규는 사실 진단 보조용 인공지능에 관해서는 오늘 처음 듣는 것인데도 그러했다. 이 말은 곧 수혁이 오늘 발표할 내용에 관해 꿰뚫고 있다는 뜻이기도 했다.

"아, 다 했다."

김원규의 벌어진 입술이 슬슬 말라 가기 시작할 때쯤, 수혁이 툭툭 노트북을 두드렸다. 그러자 서효석과의 통화를 끝으로 쭉쭉 서류를 결재하던 신현태가 그에게로 고개를 돌렸다.

"어, 그래? 그럼 이제 전화해서…… 약속 잡을까?"

"네."

"이게 생각해 보니까 오늘 안 될 수도 있는데……. 아까 전화할걸 그랬나."

융합의학센터란 곳이, 예전에는 정말이지 열린 공간이었지만, 지금은 닫힌 공간이라고 해도 좋을 정도로 문턱이 높아져 있었다. 바루다의 실패 탓이라고 하니, 내과로서는 별로 할 말도 없는 상황이었다.

하지만 당장 C언어가 뭔지도 모르는 사람들만 있는데 의사들이 또 어디 가서 인공지능 관련 연구를 할 수 있겠는가. 어떻게든 도움을 받긴 받아야 한다는 뜻이었다. 아무튼, 신현태는 전화를 걸었고, 곧 상대가 응답했다.

"네, 태화융합의학센터입니다."

"아, 안녕하세요. 내과 과장 신현태입니다."

"아……. 네, 과장님. 오랜만이에요."

전화를 받은 사람은 공교롭게도 신현태와 함께 바루다 연구에 관여했던 연구원이었다.

'그러고 보니까 그거 어그러지고 한 번도 전화 안 했네.'

신현태는 조금은 민망한 얼굴로 말을 이었다. 심정 같아서야 그냥 끊고 싶었지만 어찌 되었건 간에 전화를 걸었으니 용건은 전달해야 하지 않는가 수혁이 보고 있었다.

'수혁아…….'

아들 같은 녀석을 실망시킬 수야 없는 노릇이었다. 더군다나 수혁은 자신을 실망시킨 적이 아예 단 한 번도 없었다.

"어, 다름이 아니고요. 이번에 새로 제안할 게 있어서요."

"아, 새로요?"

연구원의 말이 마치 '바루다는 버렸나요?'처럼 들렸다. 신현태는 워낙에 인격자인 데다가, 남들에게 싫은 소리도 잘 못하는 사람인지라 상당히 곤욕스러웠다. 하지만 수혁이 보고 있었다.

'수혁아…….'

신현태의 수혁에 대한 애정은 본성을 거스를 정도였다.

"네, 새로. 인공지능 관련한 건데."

"아……. 인공지능이요?"

공교롭게도 바루다와 같은 인공지능인지라, 연구원의 가시 돋친 말투는 계속되었다. 그 연구원 또한 바루다 건이 무너지면서 한직 비슷하게 떨려 난 입장이라 더더욱 그러했다. 하지만 이미 작정한 이상 멈출 수는 없었다.

"네. 진단 보조 목적이요."

"음……."

"돼요, 안 돼요? 지금? 그것만 알려 줘요."

"어……."

연구원은 신현태와 꽤 오래 일을 해 본 경험이 있는 사람이었다. 지금 신현태가 저 혼자 알아서 수혁의 시험대 위에 올랐다는 건 전혀 몰랐기에, 그저 이 사람이 진짜 급하고 어쩌면 화가 났을지도 모르겠다는 생각만 들었다.

"되……됩니다. 저 말고요. 다른 연구원이 있어요."

"좋아요. 그럼 지금 바로 갈게요."

"PPT 미리 안 보내시고요?"

"저 내과 과장입니다. 제 선에서 오케이 떨어진 연구 계획서예요. 계획서까지 미리 점검받을 필요는 없다고 생각하는데요?"

맞는 말이긴 했다. 융합의학센터장이라고 해 봐야 신현태보다 기 수도 아래였고, 연구원은 아예 직급으로는 비교할 필요도 없을 정도로 차이가 났다. 그저 신현태가 지금까지 지나치게 인간적으로 굴었을 뿐, 힘의 논리로 밀어붙인다면, 이러한 요구를 거절할 도리가 없었다.

"아, 네. 알겠습니다. 그럼 바로 준비시키겠습니다. 죄송합니다."

"아니, 죄송할 것까지는 없고. 아무튼, 가겠습니다."

신현태는 반강제적으로 미팅을 성사시킨 후 전화를 끊었다. '나 잘했지?'라는 얼굴로 수혁을 돌아보면서였다.

[누구는 아이디어 내고 발표 자료까지 만드는데, 이것도 못 하면 죽어야죠.]

바루다는 시큰둥한 반응을 보였지만, 수혁은 그러지 않았다.

'넌 사람도 아니야, 정말.'

[저 사람 아니죠.]

'하.'

일단 바루다에게 핀잔을 한 번 날려 준 후, 신현태를 향해 고개를 끄덕였다.

"감사합니다, 교수님. 정말 대단하세요, 과장님."

"아, 아니야. 이 정도는 해야지. 아무튼, 이제 가자. 아, 조 교수는……."

신현태는 몸을 일으키며 고개를 들고 주변을 두리번거렸다. 회진 잠깐 돌고 온다던 조태진은 여전히 모습을 드러내지 않고 있었다. 워낙에 덩치가 큰 탓에 있으면 보여야 하는 사람이지 않은가. 시야에 안 보인다는 건 여기 없다는 뜻이었다.

"버리고 가죠."

조태진의 동기이자, 꽤 친하게 지내는 교수 중 하나인 김원규가 매몰차게 말했다. 신현태는 그런 김원규를 보고 있자니 가슴 한구석이 먹먹해졌다.

'교수가 교수한테 버리고 가자니…….'

통탄을 금할 길이 없었다. 대체 언제 태화의료원 내과가 이렇게까지 개판이 되었단 말인가.

'이게 다 현종이 형 때문이야…….'

그 인간이 체통 못 지키고 팔불출처럼 돌아다니니까 이렇게 된 거 아닐까? 뭐 이런 생각이 들었다.

"근데 진짜 이제 가야 할 것 같은데요? 가면서 전화드릴까요?"
"어? 어. 수혁아, 그럴까?"

하지만 수혁의 말을 듣고 보니 통탄이고 나발이고 다 잊었다. 그저 자신이 욕했던 이현종보다 더한 팔불출이 될 뿐이었다. 수혁은 두 교수와 함께 연구실을 빠져나왔다. 조태진에게 전화를 걸면서였는데, 웬일인지 받지를 않았다.

쿵쿵쿵쿵. 대신 얼마 지나지 않아, 융합의학센터로 향하는 복도 전체를 울리는 발소리가 들려왔다.

"어떤 미친놈이 병원에서 이렇게 뛰……."

역정이 난 신현태가 뒤를 돌아보았는데, 달려오는 이가 조태진이었다.

"이 치사한 놈들아! 조금 늦었다고 바로 버려?"

쩌렁쩌렁 소리치며 달려오는 꼴이 꼭 멧돼지 같았다. 하지만 신현태나 수혁이나 딱히 그렇게 경계하지는 않았다. 신현태는 조태진보다 한참 윗사람이었고, 수혁은 조태진이 애정하는 사람이었으니까.

"억."

그러니 분노를 받은 사람은 역시나 김원규 하나뿐이었다.

"이 새꺄. 네가 그랬지?"

"억."

억울하진 않았다. 버리고 가자고 한 장본인이었으니까.

"어어, 그러다 사람 죽어, 조 교수."

"이런 놈은 죽어도 돼요."

"병원에서……. 교수가 그런 소리 하면 안 되지."

"아, 그런가?"

"그런가는 무슨 놈의 그런가야. 그만해, 이제. 어어, 진짜 CPR 쳐야 할 거……. 휴."

조태진은 그 우람한 팔뚝으로 김원규의 목을 걸어 잠그고 있다가, 김원규의 숨이 꼴각거리기 시작할 때쯤에서야 놓아주었다. 그 여파로 김원규는 비틀거리며 뒤처졌지만, 신현태나 수혁이나 딱히 보폭을 맞춰 주진 않았다. 정이 없어서가 아니라, 조태진이 쉬지 않고 입을 놀려 댔기 때문이었다.

"왜 늦었는지도 안 물어봐요?"

"어? 회진 돌다가 늦은 거 아니야?"

"아뇨, 아뇨. 지금 환자분들 다 좋아요. 요새 이상하게 좋아, 진짜."

조태진은 고개를 세차게 저어 댔다. 진정성 있어 보이기도 했고, 그 목이 지나치게 두꺼워 보이기도 해서 신현태는 일단 고개를 끄덕여 주었다. 설마하니 형을 치진 않겠지만, 혹시 모르는 일 아닌가.

"그래, 그래. 그럼 왜 늦었는데?"

"그……. 재수가 없으려니까."

"왜, 왜. 왜 그렇게 인상을 써."

"서효석 교수 만났어요. 뭐가 잘못된 건지 화를 엄청 내더라고요."

"아."

서효석의 악한 인성에는 딱히 신현태가 책임이 없었지만, 지금 서효석이 화가 단단히 난 데에는 신현태의 책임이 지대했다. 당연하게도 관심이 갈 수밖에 없었다.

"뭐래?"

"뭐, 잘은 모르겠어요. 개새끼 어쩌고 하면서 누굴 욕하는데."

"개새끼? 이 새끼가."

"아니, 제가 형한테 하는 말이 아니라."

"알아, 그건. 아무튼, 욕만 해?"

"아뇨. 한참 그렇게 욕하다가……."

"욕하다가?"

신현태의 말에 조태진이 고개를 갸웃거렸다. 걸음을 조금 늦추면서였는데, 그제야 김원규는 일행을 따라잡을 수 있었다.

"어후."

조태진은 김원규가 몇 번인가 캑캑거릴 때까지도 말을 하지 않다가, 신현태가 한 번 더 캐묻고 나서야 입을 열었다.

"어디 가냐고 하더라고요?"

"어디 가냐고? 아, 조 교수?"

"네. 그래서 융합의학센터 간다고 했죠."

조태진은 그랬을 터였다. 생긴 거만큼이나 성격도 우직했으니까. 거짓말이라고는 전혀 할 줄 모르는 위인이었다.

"음."

"그랬더니, 왜 가냐고 하더라고요?"

"그래서 말했어? 우리 지금 가고 있다고?"

"네. 말했죠."

"하."

신현태는 뭔가 좋지 못한 예감이 들었다. 아무리 자신의 장인이 끗발 날리는 사람이라고는 하지만, 사람이 점잖아도 너무 점잖았다. 신현태가 이렇게 생각할 정도이니, 그 장인이라는 사람이 얼마나 점잖을지는 쉬이 예상이 갈 터였다.

'하지만 서효석 그쪽은······.'

서효석 인성이 어디 괜히 튀어나왔겠는가. 콩 심은 데 콩 난다는 말을 그보다 더 부정적으로 잘 보여 주는 사례도 없을 거란 이야기가 공공연히 돌 지경이었다. 둘 다 자신이 얼마만큼의 힘을 가지고 있는지 너무 잘 알았고, 그 힘을 너무 잘 휘둘렀다.

"그랬더니, 뭐래?"

"뭐라고는 안 하고······. 바쁘니까 가라면서 웃더라고요. 바쁘긴 젠장. 바쁜 사람 잡아 놓고 욕해 댄 게 누군데."

부끄러운 말이지만, 서효석이란 인간이 병원에서 바쁠 일은 없다고 보면 되었다. 어지간하면 환자를 그 사람에게 보내질 않으니 당연한 일이었다. 진료를 못하면 연구라도 잘해야 되는데 그것도 아니지 않은가. 그러니 이놈이 바쁘다는 건 뭔가 꿍꿍이가 있다는 뜻밖에 안 되었다.

"이런."

"왜요?"

"아냐, 일단 가자."

"네, 형."

"과장이라고 해 줄래?"

"사석이잖아요."

"병원이야."

"아……."

"아는 개뿔이……."

신현태는 그리 중얼거리면서 고개를 저어 댔다. 그러곤 시선 구석에 걸친 수혁을 힐끔거리며 생각했다.

'이 자식이 깽판을 쳐 놨으면……. 이거 어쩐다?'

발걸음은 여전히 경쾌했지만 머릿속은 복잡하기 그지없었다.

/////

"신현태 과장님이시죠? 안쪽으로 들어오시죠."

융합의학센터 안으로 들어서자, 데스크에 있던 직원이 인사를 건네 왔다. 한때 여기도 바글바글했던 적이 있었던 거 같은데, 지금은 수혁 일행과 직원뿐이었다.

"아, 네."

수혁은 앞장서서 걷는 신현태의 뒤를 바짝 따라붙었다. 딸각거리는 지팡이 소리가 다소 을씨년스럽게 들릴 만큼이나 조용

했다. 융합의학센터라더니. 센터 붙은 곳치고 이렇게까지 조용한 곳은 정말이지 처음이었다.

[망한 곳 아닐까요? 도저히 돈 나올 구석이 없어 보이는데.]

'그……. 재수 없는 소리 하지 말고.'

[저도 포기한 곳 아닙니까. 근성이 없어요.]

'너는…….'

너는 터졌다고 말하려던 수혁은 입을 다물었다. 워낙 오가는 사람이 없다 보니, 회의실도 아주 가까운 곳에 잡혀 버렸기 때문이었다. 이제 걷기 시작하나 싶을 때쯤 이미 도착해 있었다.

"안쪽으로 들어오시죠."

회의실 안에는 연구원 하나가 자리하고 있었다. 오랫동안 할 일이 없었는지, 머리카락 뒤가 조금 눌려 있었다. 아마 조금 전까지 자다 나온 모양이었다.

'이러니까……. 센터를 축소하네 마네 하는 말이 나오지.'

사실 본사 차원에서 서자 취급당하게 된 마당에 안 닫는 게 더 용하긴 했다. 병원에서 죽자 살자 매달리지 않았다면 아마 지금쯤 공중분해되었을 수도 있었다.

'그때 현종이 형이 회의에서 날렸지.'

평소엔 그렇게 회의라고 하면 질색팔색하는 양반이, 병원의 미래가 걸린 일이란 생각이 들자마자 아예 좌중을 휘어잡았다고 한다. 심지어 태화그룹 가장 어른인 이태화 회장이 박수까지 쳐 주었을 정도였다. 그게 정말 연설 내용에 감화를 받은 건지, 아니면 나이도 적지 않은 사람이 난리 치는 게 신기해서였는지는 모르겠지만, 그렇게 융합의학센터는 살아남을 수 있었다.

"이쪽으로 앉으시죠. 커피나 차 한잔하실래요?"

구사일생으로 목이 달아나지 않았다 해도 과언이 아닌 연구원은 다소 형식적인 미소를 지으며 자리를 권했다. 회의실은 꽤 크기가 있었기에 자리도 충분해서 따라온 교수 수가 적은 게 아님에도 불구하고 널찍하게 앉을 수 있었다.

"피차 바쁘니까, 바로 본론으로 들어가겠습니다."

연구원은 일행이 모두 앉기를 잠시 기다려 주고는 노트북 하나를 쓱 밀어 주며 입을 열었다. 처음에 그걸 받은 건 신현태였다.

"아, 발표는 이 친구가 할 거예요."

신현태는 그걸 고대로 수혁에게 전해 주었다. 수혁은 가지고 온 USB를 꽂으며 물었다.

"이거 연결이 되어 있는 건가요?"

"네. 바로 이 앞 화면에……. 아, 네. 지금 뜨네요."

연구원은 화면에 뜬 '진단 보조 목적의 A.I. 개발 건'이라는 문구를 보며 고개를 끄덕였다.

'확실히 요새 이게 화두긴 하지.'

한때 인공지능이 처음 세상에 모습을 드러냈을 때, 정말로 세상이 곧 뒤집히는 줄로만 알았다. 특히 알파고가 천재 바둑 기사 이세돌을 이겼을 땐 그 시점이 당장 앞으로 다가온 것만 같았다. 하지만 A.I.의 발전은 생각보다 느렸다. 아니, 인간의 능력이 생각보다 대단하다고 해야 할까.

'간편화된 인공지능이 대세지. 음.'

연구원은 얼마 전에 들여다보았던 논문을 떠올렸다. 이미 상용화된 것들도 있었고, 상용화를 앞둔 것들도 있었다. 그중에서는 개인적으로 관심이 가는 주제들도 있었지만, 문제는 돈이었다. 지금은 바루다 건 때문에 자금줄이 싹 말라 버린 상황이었다. 연구원의 후회 속에서 수혁의 발표가 시작되었다.

"중환자실에서 각 환자의 활력 징후를 한 CPU에 취합하고, 인공지능 프로그램이 해당 활력 징후를 개개인별로 분석하여 패혈증 가능성을 산출해 내는 시스템을 만들고자 합니다."

들어 보니까 상당히 그럴싸했다.

'그럴싸한 발표는 사실 아주 많지.'

특히 이쪽 바이오 분야는 더더욱 그러했다. 아무리 연구원끼리라 해도 같은 전공이 아니면 정보의 비대칭이 너무 심해서 그랬다. 게다가 정부에서나 회사에서나 미래 먹거리로 바이오를 빼놓은 적이 없지 않은가. 어떻게 하면 돈이나 좀 빼먹을 수 있을까 궁리하는 사기꾼들까지 득실거렸다.

'근데 이건 그럴싸한 수준이 아니라…….'

그냥 어떻게 하면 되겠다 싶을 정도로 구체적인 청사진이 그려지는 발표였다. 보통 이런 연구 계획서에는 그 목표가 논문 게재에 있지 않은 이상 필수적으로 포함되어야 할 것들이 있었다. 일단 '이게 정말 필요한가.'였다. 생각보다 세상에 이루어지고 있는 연구 중엔 하나 마나 한 것들이 굉장히 많았다. 기껏해야 어디 논문에 한 번 실리면 그걸로 끝인 연구들이 엄청나게 많다는 뜻.

그런 면에서 볼 때, 이 연구는 아주 좋았다. 패혈증 예측 확률을 인공지능이 산출해 준다면 그건 반드시 진료에 도움이 될 테니까.

'그리고 실현 가능해. 이건…… 만들면 돼.'

이미 스코어 산출법이 논문으로 다 나와 있지 않은가. 이걸 기계적으로 산출하는 인공지능 정도를 만드는 건 어려운 일도 아니었다. 사실 인공지능이라는 말이 대중화되었으니까 나오는 말이지, 그냥 프로그램 수준일 것 같았다.

'문제가 하나 있네, 문제가.'

다 좋은데 문제가 있었다. 연구원은 자신도 모르게, 발표 중임에도 불구하고 아래쪽을 슬쩍 내려다보았다. 자신의 핸드폰이 있는 자리였는데, 통화 창이 열려 있었다. 그 창에는 서효석 교수라는 이름이 큼지막하게 쓰여 있었다.

―무슨 수를 써서라도 막아. 핑계 잘 대지?

연구원은 자신의 소속을 떠올렸다. 비록 몸은 태화의료원에

나와 있지만, 실은 태화생명 소속이었다. 서효석의 아버지는 태화생명의 주요 이사 중 하나였다. 즉 서효석의 아버지 손에 자신의 목숨줄이 달렸다는 얘기였다.

'하……. 이건 되는 건데…….'

이미 눈앞에 제품이 그려지는 발표 아니던가. 연구원으로 살아오면서 이거보다 그럴싸하고, 이거보다 큰 그림 그리는 발표야 얼마든지 많이 들어 봤다. 하지만 이거보다 만들기 쉬울 거 같은 발표는 없었다.

"네, 이상으로 제 발표를 마치겠습니다."

연구원이 내면의 갈등에 몸부림치는 사이, 수혁의 발표가 끝이 났다. 연구원은 속이 부대끼는 와중에도 귀는 열어 두었기 때문에 타이밍을 맞춰서 박수를 칠 수 있었다.

'시바……. 어쩌지?'

여전히 갈등 중이긴 했지만.

"어떻습니까?"

고개를 돌려 보니 입을 연 이는 신현태였다. 아주, 정말 아주 흡족한 미소를 띠고 있었다. 그가 보기에도 수혁의 발표는 완벽했기 때문이었다. 아마 자신이 프로그램만 좀 다룰 줄 안다면 바로 달려들었을 터였다. 비록 자신은 워낙 수혁을 좋아해서 어느 정도 에러가 있을 수는 있겠지만 조태진도 김원규도 모두 같은 얼굴 아니겠는가. 신현태는 확신을 하고 있었다.

'어떻긴. 완벽하지.'

그리고 그 확신은 연구원도 가지고 있었다. 이건 저 자료 거의 그대로 따다가 기획서 만들면, 솔직히 꼭 태화전자가 아니라 해도 어떤 회사에서든 만들 수 있을 것 같았다. 문제는, 그랬다간 자신의 목이 간당간당할 거란 것이었다.

"왜 말이 없어요?"

고민에 빠진 연구원이 우물쭈물하고 있자, 신현태가 다시 물었다. 뭔가 이상하다는 낌새를 느꼈는지 아까보다 얼굴이 안 좋아져 있었다.

"그······. 음."

연구원은 신현태를 보며 또다시 머리를 굴렸다.

'이 사람 장인이······. 전자에 있지?'

전자 전무 이사였나, 아마 그랬을 터였다. 전자랑 의료원이랑 크게 상관이 있는 건 아니긴 했지만 그룹 전체 지주 회사이지 않은가. 사실 서효석 아버지랑 비교당하면 아마 기분이 많이 상할 정도로 그룹 내 서열 차이가 있었다.

'아냐······. 너무 위야······.'

오히려 그래서 더더욱 안 될 것 같았다. 이런저런 생각에 입을 열지 못하고 있자, 신현태가 답답해진 마음에 몸을 일으켰다.

"뭐 하는 거예요? 가타부타 의견을 내야지."

"그게······."

"아까부터 보는 건 또 뭐고."

신현태는 키가 작은 편이 아니었기에 일어서면 꽤 멀리 볼 수 있었다. 눈도 그 나이치고는 썩 괜찮아서, 이런 회의실 안에 있는 거라면 얼마든지 해독 가능했다.

"서효석? 설마 서 교수한테 전화받은 거 때문에 이래요?"

"네? 아, 아뇨. 아뇨. 그런 거……."

"그런 거 아니긴! 맞잖아. 그 사람이 뭐래요?"

"그……."

연구원은 거의 울상이 되어서 사방을 둘러보았다. 그래 봐야 별 소용이 있거나 하진 않았다. 융합의학센터가 워낙 축소되는 바람에, 회의실에는 병원 사람들뿐이었으니까. 그나마 있는 직원은 아마 다시 데스크 앞에 가서 졸고 있을 터였다.

"그……."

"뭐래. 내가 과장이에요. 서 교수보다 위라고."

"그……."

"그래요. 말씀하세요! 우리 현태 형……. 아니, 과장님이 말씀하시는데."

"그……."

"말하세요!"

세 교수가 번갈아 가며 호통을 쳐 대는 통에 정신을 차리기가 어려웠다. 분명 조태진이랑 김원규는 짬밥이 그렇게 높지도 않은 거 같은데, 과장이랑 함께 와서 그런 건지 아니면 수혁한테 잘 보이려고 그런 건지, 기세가 아주 흉흉했다.

"그래요……. 서 교수님이 이거 통과시키면 자른다고 했어요……."

압박에 못 이긴 연구원은 그만 실토하고 말았다. 말을 내뱉는 즉시 입을 틀어막기는 했지만, 아마 틀어막으면서도 알았을 것이었다. 이래 봐야 이미 떠나간 말을 주워 담을 수 없다는 걸.

"허. 이 새끼 이거……. 선 넘네?"

그 말을 들은 신현태는 당연하게도 성깔을 냈다. 제가 뭔데 감히 다른 직원을 자르네 마네 한단 말인가. 원장도 함부로 하지 못하는 말을.

"어, 그……. 저……. 이건 비밀로……."

당황한 연구원이 신현태의 팔을 붙잡았다. 인격자인 신현태는 그의 별명이 실로 아깝지 않은 반응을 보였다.

"연구원님은 걱정 마세요. 절대 말 안 새어 나가게 할 테니까. 그냥, 솔직하게 말해요. 이거 됩니까, 안 됩니까."

"됩니다. 이건 됩니다."

"그래요? 그럼 합시다."

"근데……."

"그 협박 건은 내가 알아서 막을게요. 수혁아, 너도 들었지?"

신현태는 연구원의 어깨를 두드려 주고는 수혁을 돌아보았다. 수혁은 이게 무슨 소리인가 하는 얼굴로 그를 마주 보았다. 듣기는 들었는데, 그게 뭔 상관이 있나 싶었다.

'내가 못 읽어 낸 행간이 있나?'

[아뇨. 딱히 깊게 생각하고 한 말은 아닌 것 같은데요?]

'너…….'

[왜요?]

'아니야.'

수혁은 자신의 속마음을 닮아서 그런지 점점 더 싸가지가 없어지는 바루다를 보며 잠시 자기 성찰의 시간을 가졌다.

"너……. 김다현 환자 번호 있지 않아?"

"아. 있습니다."

"그래. 그 얘기야."

"아…… 아! 그렇군요."

알고 보니 여기서 빽이 제일 센 인간이 수혁이었다. 서효석이고 나발이고 다 끝이었다. 태화그룹 가문 사람이 아니라면 김다현을 이기긴 어려울 테니까.

"김다현…… 이사님이요?"

연구원도 알 정도로 그룹 내에서는 꽤 유명한 사람이었다. 병원이야 워낙 바쁜 데다가, 그룹에서 조금 소외된 곳이라 알지 못했지만 다른 계열사에선 아니란 뜻이었다.

"네. 쟤가 그분 생명의 은인이에요."

"네?"

"저도 뭐 알죠?"

"알긴…… 압니다."

"근데 뭘 겁내. 된다고 생각했으면 하면 되죠. 안 그래요?"

이제 많이 했다

"약속……. 약속하신 겁니다?"

연구원은, 그러니까 후에야 자기 이름이 구성민이라고 밝힌 연구원은 연신 신현태의 팔을 잡고 늘어졌다. 인격자인 신현태도 짜증이 날 정도로 끈질겼지만 이해는 갔다. 밥줄이 달린 문제였으니까.

"그렇다니까 그러네. 애초에 요새 이사라고 남 함부로 막 자르고 그럴 수도 없어요. 알잖아요. 병원만 봐도 딱 느껴질 텐데?"

그 옛날 한 과의 과장이라는 사람이 가지는 권력이란 건 정말 상상하기 어려운 것이었다. 그 사람 말 한마디에 온 의국이 벌벌 떨었다 해도 과언이 아니었다. 레지던트를 자르는 건 물론이거니와 그 이후의 앞길까지 가로막을 수 있었다. 하지만 이제 어디 가서 그런 소리를 했다간 비웃음거리가 될 뿐이었다.

"일 안 하고 개판 치는 레지던트도 못 자르는 마당에……. 허물 없는 정직원을 어떻게 잘라요."

"그……그래도 미운털 박히면……."

"그 털은 걱정 말고. 여기 뽑아 줄 사람 많아요. 여기 수혁이가 원장 아들에 김다현 이사랑 누나 동생 하는 사이라니까?"

사실 누나 동생 한 적은 단 한 번도 없다. 하지만 김다현 전무 이사가 퇴원하면서 남긴 편지에는, 도움을 청하면 친누나처럼 도와주겠다는 말이 적혀 있기는 했다. 이현종 원장 아들로 알려졌지만, 실은 고아원 출신이라는 걸 그녀의 비서가 알아낸 탓이었다. 그러니 거짓말하는 건 아니라고, 신현태는 자기 최면을 걸고 있었다.

"오……. 그렇군요."

설마하니 태화의료원 내과 과장씩이나 되는 사람이 거짓말할 거라고는 생각지도 못한 구성민 연구원은 그저 좋아할 따름이었다. 아까 서효석 교수한테 전화가 왔을 때만 해도 참 곤란하기 짝이 없었는데, 일이 이렇게 돌아가게 될 줄이야. 역시 인생사 새옹지마란 생각마저 들었다.

그런 구성민 연구원의 어깨를 이번엔 조태진이 두드렸다. 솥뚜껑만 한 손이 쾅쾅 두드려 대는 통에 심장이 저릿한 느낌이 들었다.

"그럼 진행하는 겁니다?"

"아, 네. 그럼요."

"근데 어떻게 진행이 되는 거예요? 대강 프로세스가 어떻게 돼요?"

신현태야 이 병원에 오래 있었고, 바루다의 태동부터 함께했지만, 조태진은 그렇지가 못한 상황이었다. 교수가 되고 정신 차려서 바깥세상에 고개를 돌릴 만한 여유가 생겼을 땐, 이미 바루다가 터져 버린 후였다.

"아……. 우선적으로 제가 검토한 사항을 이 연구 발표와 함께 다듬어서 계획서 형태로 센터장에게 올립니다. 센터장님이야 연구 못 도와줘서 안달 난 분이라, 단 한 번도 거기서 리젝트(거절)당한 적은 없고요. 그럼 관련 그룹 계열사 연구 센터로 전달이 되는데, 이 경우에는 이제 전자죠."

만약 신약과 관련된 연구 계획서였다면 태화바이오로 연결될 터였다. 바루다로 큰 실패를 겪은 태화전자와는 달리, 바이오는 이렇다 할 이벤트가 없어서 제법 잘 받아 준다는 소문이 돌았다. 다만 큰 금액을 할당해 주지는 않아서 앞으로도 의미 있는 결과를 내긴 어려울 거 같다는 것이 중론이었다.

"전자라……. 만약 거기서 안 받아 주면 어떻게 돼요?"

"안 받아 줄 것 같진 않은데……."

구성민 연구원도 사실 전자 쪽 전공은 아니었다. 엄밀히 말하면 연구 설계 관련한 박사라고 보면 되었다. 직접 연구에 참여한 건 박사 과정 이후론 거의 없을 지경이었다. 하지만 그런 그가 보기에도 이건 딱 될 물건이었다. 완벽한 계획에 전자만 끼얹으면 될, 그런 물건.

"만약에 말이죠. 만약에."

"만약 안 받아 준다면, 본교 R&D 센터랑 협력할 만한 회사를 물색하게 됩니다. 만에 하나 전자 심사에서 떨어지더라도…… 이만한 계획서면 달려들 회사는 많아요."

"그렇군요. 다행이네. 우리 수혁이 헛고생시키면 안 됩니다, 연구원님."

"어……. 네네."

구 연구원은 '대체 수혁이 이들에게 뭘까.'란 생각을 하며 고개를 끄덕였다. 원장 아들이라서 잘해 준다기엔 그 정도가 너무 지나쳤다. 그가 아는 대학 병원 교수들은 자존감 하나로 똘똘 뭉친 사람들 아니었던가. 회장 아들 아니고서야 그 앞에서 마음에도 없는 소리를 할 일은 절대 없을 터였다.

'똑똑하긴 하던데…….'

발표하는 것만 봐도 얼마나 우수한 사람인지는 알 수 있었다. 그래도 '교수들이 다들 발 벗고 나설 정도인가? 혼자 한 것도 아닐 텐데.' 같은 생각이 이어졌다. 그사이 신현태와 수혁은 다른 일행들과 함께 센터를 빠져나왔다.

"근데 말이에요, 현태 형."

조태진은 그 센터가 충분히 멀어졌다고 판단될 때쯤 입을 열었다. 평소와는 달리 퍽 심각한 얼굴이었다.

"왜. 그리고 과장님이라고 좀 해 줄래?"

"사석인데요, 뭐."

"아니……. 여기 병원이고……. 옆에 병원 사람들이……."

신현태는 말을 하면서도 어처구니가 없었다. 조태진도 나이가 몇 살인데 사석과 공석의 차이를 알려 줘야 한단 말인가. 하지만 조태진은 당당하기만 했다.

"우리 다 가족 같은 사이 아닙니까? 김원규 교수님 빼고요. 야, 넌 귀 막아."

그는 김원규의 귀를 강제로 막고는 계속 말을 이었다. 물론 호칭은 변하지 않았다.

"아무튼, 형."

아무리 봐도 쉬이 바뀔 것 같은 상황은 아니었다. 더 실랑이하기도 귀찮아서, 신현태는 그만 고개를 끄덕이고 말았다.

"그래……. 네 마음대로 해라. 뭔데."

"서효석 교수님 말이에요. 그 사람 그거, 이대로 둬도 되겠습니까?"

"아……. 그 자식. 하……. 진짜 어이가 없긴 해, 그치?"

어물전 망신은 꼴뚜기가 다 시킨다더니. 지금도 태화의료원

내과 망신은 다 시키고 다니는 주제에 이런 갑질까지 해? 뭐 좀 잘난 구석이라도 하나 있으면 또 모르겠는데, 그것도 아니지 않은가.

"그러니까요. 뭐 좀……. 알아볼까요?"

"뭘 알아봐?"

"자를 만한 건수 있는지 없는지요."

"네가 무슨 수로 알아볼 건데. 친해?"

"그 인간이랑 친한 사람은 병원에 없죠."

"거봐."

신현태라고 해서 그 생각 안 해 봤겠는가. 할 수만 있었다면 벌써 열 번은 더 잘랐을 터였다. 하지만 건수가 있어야 했다. 아까 말했듯 레지던트 하나 자르는 데도 그 근거가 어마무시하게 필요해진 세상 아니던가. 하물며 교수는 오죽할까.

"그냥 똥이라고 생각해. 구 연구원한테 피해는……."

신현태는 잠시 융합의학센터를 돌아보았다. 설마 저기를 건들까 싶은 생각이 들기는 했다. 아마 정상인이라면 그러지 않을 것이었다. 막말로, 이 회사가 자기 것도 아니지 않은가.

'아냐……. 그 자식은 가능해.'

하지만 서효석이란 인간은 아니, 그 집안사람들은 죄다 좀 이상했다.

"내가 단속할게. 장인어른이랑 오랜만에 술 한잔해야겠네."

"아, 네. 뭐……. 알겠습니다."

"행여 쓸데없는 짓은 하지 말고. 괜히 어? 뒤 캔다고 소문이라도 나 봐. 그 자식 절대 가만히 안 있을걸."

그래 봐야 신현태에게는 흠집 하나 내지 못하겠지만, 조태진에게는 아마 꽤 타격을 줄 수 있을 터였다. 아무튼, 이 태화의료원 자체가 태화생명의 자회사 격이었으니까.

"그리고 인제 그만 놔줘. 김 교수 그러다 죽겠다."

"아……. 네."

신현태의 말에 조태진이 팔에 주었던 힘을 풀었다. 그러자 귀가 막힌 채 버둥거리던 김원규 교수가 마치 버드나무라도 되는 듯 휘청거리며 비틀거렸다. 하도 세게 막힌 까닭에 귀의 압력이 변한 탓이었다.

"이, 이 무식한 놈아! 아파!"

"아팠어? 그러라고 한 건 아닌데, 미안."

"이……. 이…….."

"미안. 이따 밥 쏠게. 그리고 이거 끼워 줬잖아. 아무리 봐도 큰 건인데."

"그…….."

김원규는 저도 모르게 수혁의 눈치를 보았다. 수혁이 끼워 준 거지, 이게 어딜 봐서 조태진이 끼워 준 거란 말인가.

[자, 지금입니다. 준비했던 멘트 쏘세요.]

바루다는 그런 김원규를 보면서 입을 열었다. 수혁의 병원 내 이미지 메이킹을 위해서였는데, 수혁도 동의한 바 있었다.

"김 교수님. 조 교수님. 연구 통과돼서 진행하게 되면 환자 정보 얻는 것도 도와주세요. 감사드립니다."

[캬 좋다. 이렇게 겸손하고 인성이 너그러울 수가 있는 건가!]

바루다마저 몸서리칠 정도로 훌륭한 인사였다. 당사자인 조태진과 김원규가 감동 먹은 얼굴이 된 것은 결코 과장도 아니었고, 우연도 아니었다.

"오……. 그래. 그럼. 성심성의껏 도울게."

"물론이지. 나도 도울게. 우리 호흡기내과 중환자실 데이터 다 줄게. 동의서는 내가 알아서 해결할게."

"어, 어! 나도 동의서 알아서 해결할게. 절대 우리 수혁이 귀찮게 안 할게."

"나도. 우…… 아니, 이수혁 선생 귀찮은 일 없을 거야."

김원규가 얼떨결에 우리 수혁이라는 실로 이상한 호칭을 따라 할 뻔할 지경이었다. 신현태는 그런 둘을 보며 어이가 없다는 듯 쓰게 웃었지만, 다행히 이 이상한 시간이 무한정 길어지지는 않았다. 다들 바쁜 사람들인 덕이었다.

삐삐삐.

잠깐 자리를 비웠다고 여기저기서 전화가 울려 댔다. 제일 먼저 달려 나간 것은 김원규였다.

"이런 망할. 어제 입원한 환자네. 나 가 볼게요!"

ARDS. Adult Respiratory Distress Syndrome(성인 호흡 곤란 증후군) 또는 Acute Respiratory Distress Syndrome(급성 호흡 곤란 증후군)으로 불리는 병으로 진행한 환자였다. 처음부터 태화의료원에서 봤으면 좀 달라졌을 수도 있을 테지만, 지금은 그렇지가 못했다.

"아, 나도. 아……. 이 환자분 오셨네……."

다음은 조태진이었다. 아무래도 혈액종양내과 중에서도 주로 혈액암을 보는 사람이다 보니 환자들의 상태가 급변하는 경우가 많았다.

오늘 온 환자도 ALL(Acute Lymphatic Leukemia, 급성 림프성 백혈병) 환자로 잘 관리되던 환자였는데, 재발했는지 출혈 경향을 보이며 왔다고 했다. 워낙에 외래 볼 때도 신경 쓰던 환자라 그런지, 조태진 또한 날아가듯이 순식간에 사라졌다.

"음. 나도 오늘 좀 신경 쓰이는 패혈증 환자가 있어서 가 볼게. 수혁이 너도 오후 회진 돌아야지?"

"아, 네. 과장님. 오후 회진……."

수혁은 말끝을 흐렸다. 지금 수혁은 다름 아닌 서효석 교수 밑에서 내분비내과를 돌고 있지 않은가. 어차피 환자 관리야 수혁이 완벽하게 하고 있으니 상관없긴 했지만, 그래도 환자들은 불만이 있었다. 대체 날 입원시킨, 아니면 입원시키라고 한 서효석은 어디 있느냐는 것이었다.

[일관성 있게 환자를 안 봤으면 잘렸을 텐데 말입니다.]

'그러게나 말이야…….'

이 나쁜 놈이 눈치 하나는 또 기가 막히게 빨랐다. 환자 중에 VIP가 있거나 하면 그 사람만큼은 극진히 보살폈다. 그 때문에 윗선에서는 서효석에 대한 안 좋은 소문이 그저 일부에서나 도는 거라고 일축하고 있을 지경이었다.

"아, 맞아. 서효석이지. 그래……. 힘내라."

신현태는 그런 수혁의 어깨를 툭툭 두드려 주고는 자리를 떴다.

▰▰▰▰▰

수혁은 그길로 내분비내과 병동으로 돌아와 회진 돌 준비를 했다. 교수 회진이 사실상 없었기에 회진은 수혁, 안대훈, 우하윤 이 셋으로 이루어진다고 보면 되었다. 한데 이상한 일이 벌어졌다.

"어……. 수혁이 형."

"왜?"

"서 교수님 오셨는데요?"

"응?"

고개를 들어 보니 정말로 서효석이, 그것도 잔뜩 똥 씹은 얼굴로 서 있었다. 그는 쿵쿵 발소리를 내며 스테이션으로 다가와 입을 열었다.

"야, 이수혁. 너네 아직 내분비 돌면서 회식 안 했지?"

"아, 네. 교수님."

"오늘 하자. 30분 안에 준비해서 1층으로 와. 오늘 술 좀 마셔야겠다."

"회식 말입니까?"

수혁은 아직 회진도 돌기 전인데 회식 얘기부터 꺼내는 서효석이 당연히 마음에 들지 않았다. 하지만 그걸 티 낼 수는 없는 노릇이라, 슬며시 뒤를 돌아봄으로써 '여기 네가 봐야 할 환자가 꽤 있다.'라는 걸 어필하면서 최대한 공손히 대꾸했다. 어지간한 의사였다면 이게 먹혔을 텐데, 서효석은 거의 의사가 아닌 수준인 인간이었다.

"그래, 회식. 빨리 나와."

"아……."

이번에 입을 연 것은 안대훈이었다. 모든 환자를 수혁이 보고 있는 건 아니었다. 안대훈도 당당한 내과 1년 차로서 혼자 맡은 환자가 있었다. 원래대로라면 그 환자에 대해 알려 줄 사람이 서효석이었으나, 실제로 알려 주고 있던 건 수혁이었다. 그런데 수혁과 함께하는 회진이 어그러지면 어찌 될까.

'안 돼……. 그건…….'

도저히 자신이 없었다. 그래서 안타까운 마음에 마치 비명과도 같은 망설임이 터져 나오고 말았던 것이다.

"뭐가 아야. 넌 교수가 말하는데, 대답 똑바로 안 해?"

물론 서효석은 그저 화만 낼 줄 알았지, 그런 세세한 지점까지 신경 쓰는 사람이 아니었다.

[여기선 일단 사과하죠, 대신.]

바루다는 그러한 사실을 이미 예전부터 분석하고 있었기에 합당한 결론을 낼 수 있었다. 수혁의 생각 또한 그리 다르진 않아서 바루다의 말을 그대로 이행했다.

"죄송합니다. 애가 아직 1년 차라. 제가 준비시켜서 내려가겠습니다."

"그래, 이래야지. 2년 차라고 좀 낫네. 30분이야. 30분 안에 내려와."

"네, 교수님."

서효석은 그 말만 하고선 다시 병동에서 빠져나가갔다. 명색이 교수인데, 병동 냄새마저 싫은 모양이었다.

"아……. 어쩌죠? 저 내일 처방도 못 넣었는데."

안대훈은 그런 서효석의 뒷모습과 하릴없이 돌아가고 있는 시계를 번갈아 보며 탄식했다. 그 말에 수혁이 안대훈의 어깨를 툭툭 두드려 주면서 피식 웃었다.

"걱정 마. 자……. 너 환자 다 띄워 봐."

"네? 아, 네."

"어디…… 8명이네. 하나 늘었네?"

"네. 제 앞으로 오늘 입원했습니다."

"자, 보자."

수혁은 위에서부터 차례로 클릭해 들어갔다. 이미 환자 개개인에 관한 정보는 모두 바루다가 정리해 놓은 후였기에, 따로 환자를 파악할 필요도 없었다. 그저 아주 빠른 속도로 처방을 내기만 하면 되었다.

"어……."

"미안, 오늘은 티칭 없이 그냥 내가 다 낼게."

"어……. 이게……. 이게 되네요?"

"너도 2년 차 되면……."

수혁은 2년 차 되면 다 할 수 있을 거라고 말하려다 말을 흐렸다. 이걸 할 수 있으려면 2년 차가 되는 동시에 한 가지 조건이 필요했기 때문이었다.

[바로 이 몸이 있어야 하지.]

바루다가 으스대면서 수혁의 사고 회로에 끼어들었다. 수혁은 가볍게 그런 바루다를 무시한 채, 안대훈의 칭송을 들으며 계속 처방을 때려 박았다.

"아닙니다. 제가 어찌……. 이건 이수혁 선생님만 가능하신 경지입니다."

어조도 어딘지 모르게 비장해서, 어쩐지 여기보다 한참 북쪽에서나 들을 수 있는 말처럼 들리기도 했다.

"정말 대단하세요. 오늘 응급실에서 바로 중환자실로 환자 받고, 회의까지 다녀오셨다고 들었는데……. 어떻게 환자 파악도 딱딱 되어 있으세요?"

옆에 있던 하윤이라고 해서 반응이 크게 다르지 않았다. 아니, 오히려 다양한 루트를 통해 수혁의 행적에 관해 듣다 보니 칭송이 더 구체적이었다.

"그만하고. 이제 대강 내일 처방 다 내 놨으니까, 옷 입고 엘리베이터 앞에서 모이자."

수혁은 책상을 톡톡 두드리면서, 듣기엔 좋지만 맨날 듣다 보니 지겨워진 칭송에 고개를 가로저으며 입을 열었다.

안대훈은 수혁의 말에 거의 기계적으로 고개를 끄덕였다. 아마 옛날 옛적 간신이라 칭해지던 이들이 딱 이러지 않았을까 싶을 정도로 빠릿빠릿했다.

"아, 네."

"하윤이는……. 숙소가 지하에 있지?"

"네. 전 바로 로비로 갈게요."

"그래. 그러는 게 좋겠다. 그럼 서두르자."

수혁은 하윤을 엘리베이터 쪽으로 먼저 보낸 후, 집처럼 쓰고 있는 당직실을 향해 부리나케 걸었다.

이제 많이 했다

'가운 벗어 놓고……. 옷 갈아입을 필요는 없겠지?'

[아까 낮에도 이러고 나갔으니까요. 저녁이라 쌀쌀할 수도 있을 테니 카디건이라도 챙기죠.]

'없는데.'

[그…….]

바루다는 미국에서 옷이나 좀 더 사 올걸 하다가 이내 체념한 얼굴로 중얼거렸다.

[그냥 갑시다……. 어차피 택시 타고 움직일 텐데.]

'그래, 그게 좋겠어.'

[좋은 게 아니라 그럴 수밖에 없는 겁니다.]

'뭐…….'

수혁은 뭔가 반박할 거리를 찾고 싶었지만, 맞는 말만 하는데 반박할 수는 없는 노릇이었다. 세상엔 마음만으론 안 되는 일도 꽤 많은 법 아니겠는가.

수혁이 막 당직실 안으로 들어설 때쯤, 바루다는 상당히 유의미한 말을 꺼냈다.

[근데 서효석 저 인간이 왜 갑자기 회식을 가자고 할까요? 수혁의 좁디좁은 인간관계를 토대로 짠 데이터상 서효석이 회식 가자고 하는 건 1년에 겨우 서너 번밖에 되지 않는데요.]

'그……. 좁디좁은이라는 말은 좀 빼면 안 되냐?'

[사실 적시인데, 기분 나쁘셨다면 빼죠.]

'쓥…….'

수혁은 가운을 벗어 두곤 방 안을 두리번거렸다. 단출하기 짝이 없는 방에는 그야말로 별거 없었다. 옷이라곤 방금 벗은 가운과 몇 개 되지 않는 반팔 티가 다였다. 사실 요새 받는 월급이 절대적으로 적은 건 아닌데, 아직 쓰는 게 어색해서 차곡차곡 모아 두기만 했던 결과라 할 수 있었다. 오죽하면 이수혁 선생은 병원에서 있을 때 제일 멋있다는 소리가 공공연히 나돌까.

[아무튼, 이유가 있긴 할 겁니다.]

바루다는 수혁이 하릴없이 허공에, 그야말로 아무것도 없는 옷장에 손을 넣었다 빼는 동안에도 말을 이었다. 수혁은 몇 번인가 더 그 짓을 반복하다가 이내 방을 빠져나왔다.

'이유라……. 뭘까?'

[정보가 없어서 알기는 어렵지만, 아까 신현태와 나누었던 통화가 연관되어 있을 가능성이 있습니다.]

'통화? 아, 아까 발표 준비할 때?'

[네. 이상하지 않습니까?]

신현태는 어지간해서는 소리 같은 걸 지르는 사람이 아니었다. 물론 최근 들어 자꾸 애먼 놈들이 형, 형 하고 엉겨 붙는 바람에 몇 번 성깔을 내긴 했지만, 신현태가 유선상으로 화내는 경우가 1년에 몇 번이나 될까.

'이상하긴 해.'

[그리고 아까 연구원 얘기도 들었죠?]

'한심한 새끼지 진짜.'

[두 사건하고 연관이 있을 거 같아요. 확실하진 않지만.]

'일단 서두르자.'

[네.]

한 가지 확실한 게 있다면, 늦으면 서효석이 지랄할 거란 사실이었다.

"아, 선생님."

병동 엘리베이터 쪽으로 가자, 멀끔해진 안대훈이 인사를 건네 왔다. 비록 머리가 텅텅 비어서 상당히 안쓰러워 보이긴 했지만, 그래도 가운보다는 이게 나았다.

"어, 그래. 내려가자."

그렇게 도착한 로비엔 아까 모습 그대로의 서효석과 그 앞에서 굽신거리는 영업 사원, 그리고 반짝거린다는 느낌을 주는 하윤이 있었다.

"아, 선생님!"

하윤은 슬쩍 서효석의 눈치를 보고는 수혁을 향해 미소와 함께 인사를 건넸다.

[햇살처럼 빛나고 있었지~ 나를 보는 네 눈빛은~]

바루다의 말마따나 노래 가사가 절로 지나갈 만큼이나 생글거리는 미소였다.

[이제 그만 정신 차려요. 벌써 딴 데 보고 있으니까.]

'어? 어. 어어. 어어어.'

[어휴……. 아니……. 그래도 이제 의학적으로는 썩 괜찮은데 이쪽으로는 왜 이러지?]

수혁의 머릿속에 형상화된 그의 표정에서 다 드러나서 말짱꽝이긴 했지만 바루다는 용케 병신이라는 욕설을 참아 냈다.

"왔어? 가자. 아……. 짜증 나. 야, 제대로 마실 수 있는 데 맞아?"

물론 수혁은 바루다에게 성질낼 시간 따위는 주어지지 않았다. 서효석의 심기가 생각보다 불편한 데다가, 그의 인성이 알려진 것보다도 별로였기 때문이었다.

"아, 네네. 차 준비시켜 놨습니다."

"여자애 하나 가니까…… 나 평소 가던 데는 안 돼. 알았어?"

"암요. 그럼요. 거긴 레지던트분들하곤……."

"쓸데없는 소리는 하지 말고. 요새 가만 보면 선 넘어, 너?"

"아, 죄송합니다. 교수님."

일단 영업 사원 대하는 걸 보면 알 수 있었다. 거의 때리지만 않았지, 이만하면 폭력을 행사한 수준이었다. 하지만 이 자리에서 제일 높은 게 서효석이었기에 다들 불편한 티도 내지 못했다.

"타자, 애들아."

그저 그나마 넘버 투인 수혁이 대훈과 하윤을 추슬러서 차에 올라탔을 뿐이었다. 차는 허름하다는 평을 간신히 면한 수준의 승합차였는데, 뭔가 꿉꿉한 냄새가 올라왔다.

[소고깃집에 가는 모양인데요?]

오직 바루다만이 그 오래된 냄새에서 소기름 냄새를 떠올릴 수 있었다. 수혁은 심히 미심쩍긴 했지만, 최근 감각에 관한 분석도 곧잘 하게 된 바루다였기에 대강은 믿기로 했다.

'넌 어째 신나 보인다?'

[소고기잖아요. 다른 이유가 필요합니까?]

'음.'

[좋게 생각하십시오. 점심에도 잘 먹었는데, 저녁엔 소고기. 이런 하루가 또 어디 있겠습니까?]

'그, 그런가.'

하도 태평한 녀석을 보고 있으니, 수혁도 조금은 마음이 놓였다. 밖을 내다보았는데 흘러가는 풍경이 좀 낯설었다. 강남 근처에 이런 시골길이 있었나 하는 생각이 들게 하는 길이었다.

"방금 하남 들어왔습니다, 선생님."

수혁과는 달리 내내 심란한 표정으로 밖을 내다보고 있던 안대훈이 입을 열었다. 그 말을 수혁 옆에서 들은 하윤의 안색이 파리해졌다.

"왜 그래?"

이렇게 물으니, 앞좌석에 앉은 서효석과 운전대를 잡고 있는 직원을 슬쩍 바라보며 하윤이 아주 조심스럽게 속삭였다.

"저희 아버지도 내분비내과잖아요."

"어, 알지."

아선병원 우창윤 교수를 모를 리가 있겠는가. 닥터프렌즈에도 나오는 꽤 유명한 사람인데.

"그래서 서 교수님하고도……. 진짜 가끔 식사하고 그러세요."

"아……."

"근데 서 교수님이 자기 스트레스 쌓이면 레지던트 술 먹이러 가는 곳이 있나 봐요. 그게 하남에 있다고 들었어요."

"허."

이런 개새끼를 봤나. 환자를 안 보는 것도 모자라서, 술까지 먹여? 그것도 이런 외진 곳까지 끌고 와서? 그런 줄도 모르고 소고기 먹는다고 들떠 있던 바루다가 제일 화를 냈다.

[이 새끼……. 이거 안 되겠네?]

'안 되지. 근데 방법 있냐? 먹고 죽어야지…….'

[왜 죽어요? 내가 안 죽게 해 줄게요.]

'무슨 수로?'

[나 바루다예요. 다 방법이 있어요.]

바루다는 수혁의 머릿속에서 자신의 가슴을 탕탕 두드렸다. 요새 제법 감정 표현하는 법이 느는가 싶었는데, 이젠 나름 제

스쳐도 적절했다.

'음.'

하도 자신 있어 하니까, 무슨 체내의 효소라도 강제로 만들어 낼 수 있나 뭐 이런 생각까지 들었다. 하지만 결국, 바루다가 생각해 낸 것은 그런 세련되고 멋진 방법과는 동떨어진 것이었다.

'뻥끼를 쳐라……. 이거지?'

[기술적으로 뻥끼를 치면 예술이 되죠.]

'지랄…….'

[아무튼, 제가 신호하면 버려요. 할 수 있습니다.]

'하아……. 괜히 걸려서 피똥 싸는 거 아니야?'

[아닙니다. 믿으세요. 손은 눈보다 빠릅니다.]

*****

가게 이름은 외딴섬이었다.

'외딴섬이라니…….'

이름 한번 참 을씨년스럽지 않은가. 심지어 가게는 그 이름이 딱 어울리게끔, 밭 안쪽 깊숙한 곳에 있었다. 이런 곳이 강남에서 불과 30분 거리에 있을 줄이야. 등잔 밑이 어둡다는 말이 바로 이럴 때 쓰라고 있는 건가 하는 생각이 들 지경이었다.

[가게 생긴 것 좀 보세요.]

아까까지만 해도 소고기를 먹으러 가느니 어쩌니 하던 바루다가 고개를 절레절레 저었다. 가게는 붉은 벽돌집이었는데, 2층 창문에 붙은 '외딴섬'이라는 이름까지 붉어서 식당이라기보다는 범죄 현장처럼 보였다.

"선생님들 가시죠. 자, 이거."

그래도 뭐 어쩌겠는가. 교수가 벌써 들어가 버렸는데. 셋이 옹기종기 모여서 들어가려는데, 주차하고 온 영업 사원이 후다닥 달려와 무언가를 건네주었다.

"숙취 해소……."

"죄송합니다. 이런 자리에 오게 해서요."

"아니에요. 뭐……. 교수님이 오라는데 와야죠."

"이해해 주셔서 감사합니다. 제가 최대한 막아 보기는 할 텐데……."

하도 술을 먹어 대서 그런지 턱이 두 개를 넘어 세 개가 된 영업 사원이 아까보다도 더 미안하다는 표정을 지어 가며 하윤을 바라보았다. 그러고 보니 들어 본 적도 있는 거 같았다. 서효석이 손버릇까지 안 좋다는 걸.

'어쩌지?'

[잘된 거 아닙니까?]

'뭐?'

수혁은 실로 오랜만에 바루다에게 쌍욕을 던졌다. 지금 자신을 따르는 후배가 곤경에 처하게 생겼는데 잘됐다니. 이게 대체 무슨 미친 소리란 말인가. 하지만 바루다는 기계였고, 수혁처럼 말랑한 사고를 하지 않았다.

[혹시 만지거나 이상한 발언 같은 거 하면 녹화해서 터뜨리세요. 그럼 바로 끝이잖아요.]

'아……'

솔직히 말하면 정말 아주 살짝 혹하긴 했다. 하지만 수혁은 비록 조금 싸가지 없는 편이긴 해도, 인성 터진 인간은 아니지 않은가. 결국에는 고개를 저어 댔다.

'아냐, 안 돼.'

[어차피 서효석하고 온 이상 수혁에게 무슨 힘이 있나요?]

물론 바루다는 계속 깐죽거렸다. 일견 맞는 말이긴 했으나, 바루다나 수혁이 한 가지 간과한 일이 있었다.

"전 괜찮아요."

"네?"

"서효석 교수님보다 우리 아버지가 더 위예요."

"어……?"

"아선병원 우창윤 교수님 아시죠? 제 아버님이에요."

"아…… 아!"

바로 우하윤의 아버지가 우창윤이라는 사실이었다. 우창윤은 그냥 교수도 아니고, 내분비내과학회의 학술 이사였다. 차기 또는 차차기 학회장이 아닐까 하는 얘기까지 돌았다. 서효석 따위는 감히 학회에서 눈도 못 마주칠 정도로 차이가 났다.

'오.'

[세네요.]

평소 하윤은 자신이 로열이라는 걸 절대 티 내지 않는 편이었다. 실제로 자기는 그런 거로 이득 보고 싶은 생각이 전혀 없다는 말도 했었다. 하지만 굳이 부당한 일을 당할 게 뻔한데 입 다물고 있을 생각은 없었던 모양이었다.

[그럼 역시 우리는 뻥기나 칩시다. 안대훈은 안됐지만……. 살 사람은 살아야죠.]

수혁은 약간 수정된 계획을 가지고 가게 안으로 들어섰다. 가게는 밖에서 본 것처럼 그냥 가정집이었다. 한 가지 차이가 있다면 부엌이 어마어마하게 크다는 거? 서효석은 그 부엌이 내다보이는 거실 한가운데에 떡하니 앉아 있었다.

"어, 인턴. 여기 앉지."

서효석은 자기 바로 옆자리에 방석을 쓱 하고 꺼낸 후 툭툭 두드려 댔다. 자연히 모두의 시선이 하윤을 향했다. 아깐 호기롭게 말했지만, 당사자 앞에선 어떨까. 수혁은 혹 시원찮으면 어떻게든 얘기를 꺼내 보리라 마음먹었다. 하나 다 쓸데없는 걱정이었다. 우하윤은 생각보다 훨씬 똑똑하고 또 강한 사람이었다.

"안녕하세요, 서 교수님. 오랜만이에요."

일단 오랜만이라는 인사로 포문을 열었다. 그때까지도 정신 못 차리고 방석만 두드려 대던 서효석의 얼굴에 의문이 떠올랐다.

"오랜만?"

정해진 과 행사도 어지간하면 안 나가는 사람인데, 자기가 언제 인턴이랑 말 섞을 일이 있었을까? 그래도 서효석은 자기 자신을 잘 아는 사람이라, 이러한 의문을 품을 수는 있었다.

"네. 전에 저희 집에 오셨었잖아요. 몇 번 오셨었는데, 기억 안 나세요?"

"어……."

서효석의 얼굴은 이제 이건 또 무슨 개소리인가 싶게 변했다. 우하윤은 그런 서효석을 내려다보며, 눈 하나 깜빡하지 않고 말을 이었다. 처음 그랬던 것처럼 생글생글 웃으면서였는데, 이게 바로 웃으면서 먹이는 거구나 싶었다.

"저 우하윤이에요. 우창윤 첫째 딸."

"우창윤……. 우창윤……. 아, 아! 우창윤 교수님!"

서효석은 저도 모르게 몸을 일으켰다. 약자 앞에서야 한없이 강한 인간이지만, 그만큼 또 강한 사람 앞에서는 한없이 약한 사람이었기 때문이었다.

우창윤이 자기 딸 앞에서나 허허거리지, 다른 자리에서는 전혀 그런 모습을 보이지 않는 인간이었다. 오히려 더럽게 무서운 사람이었다. 특히 능력 없고 노력도 안 하는 사람에게는 더더욱 그러했는데, 그게 서효석이었다.

"네, 맞아요. 서 교수님. 옆자리 앉을까요?"

하윤은 엉거주춤한 자세로 일어선 서효석을 보며 말을 이었다. 마치 이래도 앉으라고 할 거냐 하는 얼굴이었다.

"어……."

서효석은 지극히 당황했다는 얼굴로 사방을 두리번거리더니, 곧 그 속도보다 훨씬 빠른 속도로 고개를 절레절레 저었다.

"아냐, 아냐! 아냐! 너……. 아니, 우 인턴 쌤은. 음. 어디 보자."

귓불까지 빨갛게 달아올랐는데 정말 놀란 모양이었다. 감히 자신이 우창윤 교수의 따님에게 수작을 걸려고 했다니. 혹 말 한마디라도 잘못 꺼냈으면 어떻게 됐을까. 생각만 해도 지옥 같았다.

'우창윤…….'

실력도 실력이지만 인맥도 좋았다. 아랫사람은 쥐 잡듯 잡는 주제에 윗사람한테는 어찌나 잘하던지. 학회 어른들이 오면 우리 우 교수, 우리 우 교수, 아주 귀에 딱지가 앉을 지경이었다. 그런 사람을 건드리는 건 미친 짓이었다.

"그래, 그래! 저기. 옆 테이블에 앉아. 그……. 어, 어! 야, 김! 네가 고기 좀 구워. 알았어?"

그래서 서효석은 우하윤을 아예 옆 테이블로 밀어 두었다.

이 자리에서 가장 약자인 영업 사원과 함께였다. 그의 언행이 마음에 들진 않았지만, 우하윤도 여기서 더 뭘 어떻게 할 수 있는 건 아니었다. 잘나고 높은 건 그의 아버지이지 아직 그는 아니었으니까.

"야, 니들."

그렇게 자리를 정리한 서효석은 이제 표정을 싹 바꾼 채로, 수혁과 안대훈을 바라보았다. 기분 풀러 왔다가 똥 밟은 순간 아니겠는가. 오히려 아까보다 더 기분이 나빠져 있었다.

"네, 교수님."

"니네 다 내 앞으로 와."

오늘은 정말 술 먹여서 죽이는 거로 풀기로 작정했다. 그 와중에 원장 아들이 있다는 게 좀 걸리긴 했지만, 뭐 어쩌겠는가. 설마하니 교수가 회식하다가 술 먹인 거로 뭐라 할까? 물론 이현종은 회식에 잘 오지도 않고, 와도 점잖게 있다가 가는 편이었지만 솔직히 개같이 구는 교수가 딱 서효석만 있는 건 아니었다. 서효석은 그렇게 자기 합리화를 하면서 고개를 주억거렸다.

"네, 교수님."

수혁과 안대훈은 서로를 애처로운 눈으로 바라보며 앉았다. 물론 안대훈은 진심이었고, 수혁은 연기였다.

[지금부터 잔뜩 걱정스럽다는 얼굴 하고 있어요. 그래야 속죠.]

'오케이.'

바루다의 조언을 들어 가며 그런 표정을 지었다.

"일단 마시자."

서효석은 아직 고기도 안 나온 마당에 일단 술부터 들이댔다. 그리고 보니 반찬보다 더 많은 양의 술병이 식탁 옆으로 도열해 있었다. 맥주나 다른 종류의 술도 있다는 걸 모르는 사람처럼 죄다 소주였다.

'시발.'

[일단 첫 잔은 시원하게 마셔요.]

'알았어.'

[작전은 고기가 나온 후부터입니다.]

'알았어, 알았어.'

수혁은 바루다의 조언에 따라 술을 원샷했다. 안대훈이야 워낙에 빼는 법을 모르는 데다, 이제 겨우 1년 차라 무조건 원샷이었다. 한 가지 의외인 건, 서효석도 원샷을 했다는 점이었다.

"왜, 난 안 마실 줄 알았냐?"

수혁이야 전혀 그런 티를 내지 않았지만, 안대훈은 아직 여러모로 미숙한 탓에 얼굴에 고스란히 생각이 떠오르고야 말았다. 서효석은 그런 안대훈을 똑바로 응시하며 말을 이었다.

"내가 제일 싫어하는 말이 '후배의 원샷은 선배의 키스.'야. 난 같이 마셔. 그래도 내가 이기거든."

이제 보니 술 잘 마시는 거로 부심 부리는 스타일인 모양이었다. 보통 저런 객기에 가까운 부심은 대학생 때 이후로 다 끝나던데, 한심하기 짝이 없었다.

[이해는 갑니다. 다른 건 다 못하잖아요. 저걸로라도 부심 부리긴 해야죠.]

'인정 욕구를 이걸로 채우나.'

수혁은 존경스럽다는 듯한 얼굴을 한 채, 속으로는 이런 생각을 이어 갔다. 서효석은 원래 사려 깊은 성격이 아니기도 하고, 또 안대훈에게 집중하고 있었던 터라 수혁에게는 신경도 쓰지 않았다. 그저 둘의 술잔만 딱딱 채워 줄 뿐이었다.

"고기 들어가기 전에 각 5잔은 먹자고."

"네, 교수님. 감사합니다."

고기도 없이 5잔이라니. '이런 개새끼.'라는 소리가 절로 나오는 말이었지만, 수혁은 무려 감사하다는 말까지 해 가며 원샷을 때렸다.

[5잔이면 살짝 힘들겠다.]

바루다는 인상을 썼다. 아예 남의 일이라고 하기엔 수혁의 음주가 일으키는 폐해가 상당했기 때문이었다. 일단 정신을 잃어버리면 그사이 바루다의 접속도 끊겨 버리기 때문에 무슨 일이 벌어질지 알 수가 없었다. 그렇지 않아도 폭발로 인해 한 번 세상과 단절되었던 경험이 있는 바루다로서는 두 번 다시 그런 일은 사양하고 싶었다.

'일단 버텨 볼게.'

[네, 부탁합니다. 고기만 나오면 작전 들어갑니다.]

다행히 딱 3잔씩 돌려 먹었을 때쯤, 고기가 올려졌다. 그리고 이게 질 좋은 소고기다 보니 바로 먹을 수 있는 타이밍이 왔다. 서효석은 딱히 고기 나오기 전에 5잔 먹자는 자신의 말에 의미를 두는 건 아닌지, 별로 신경을 쓰진 않았다.

"여기 고기 맛있어. 먹고 한 잔."

"네, 교수님. 감사합니다."

그래서 수혁은 고기를 구워 먹으며 술을 마실 수 있었다. 더 정확히 말하면 버릴 수 있었다.

[지금.]

바루다는 서효석의 행동 패턴을 즉시 분석하고는 사각이 되는 순간을 기가 막히게 포착해서 수혁에게 알려 주었다. 둘은 거의 일심동체라는 말이 어울릴 정도로 서로에게 익숙해졌기에 딱딱 따를 수 있었다.

'오케이.'

누가 감히 세계 최고의 인공지능이 눈앞에서 작정하고 사기를 치는데 속아 넘어가지 않을 수 있겠는가. 서효석은 그렇게 뛰어난 사람도 아니었기에 그냥 속아 넘어가고야 말았다. 그렇게 원래 같았으면 각 2병 정도의 음주량이 넘어갔을 때쯤에는 속이는 게 더 쉬워져 있었다.

[이제 우리 잔은 안 채워도 모를 거 같아요.]

술은 세네 어쩌네 하던 놈이, 오늘 너무 빨리 달린 건지 뭔지 정신이 나가 있었기 때문이었다. 수혁은 자신과 대훈에게는 물만 주고 서효석에게는 술을 주었다. 그렇게 몇 순배가 돌아간 후에는 완전히 꽐라가 되어 버렸다.

"아, 아! 시발! 신현태 개새끼."

서효석은 눈앞에 사람 있는 것도 잊었는지 한참 과장 욕을 하더니, 이내 핸드폰을 집어 들었다. 설마 저대로 과장님한테 전화를 걸려나 했는데 다행히 다른 사람이었다.

"야, 그거 깨졌어. 500. 다른 수 찾아봐. 아 씨……. 모르겠다고 하지 말고. 네가 추천해 준 거 샀다가 이렇게 된 거 아냐! 그거 메우라고! 시발, 이거 아빠 알면 나 X돼……."

'X된다.'라. 과연 뭘 알면 그렇게 된다는 걸까? 옆을 돌아보니, 안대훈도 더는 안 되겠는지 뒤로 벌러덩 누워 있었다. 이 테이블에서 멀쩡한 것은 수혁뿐이란 얘기였다.

[가까이, 가까이 가 보죠. 재밌는 얘기가 나올 거 같은데.]

수혁은 물 뜨러 가는 척하면서 몸을 일으켰다. 어차피 이 테이블 사람들은 다 꽐라가 된 터라 별 어려움이 없었다. 비록 영업 사원이 눈을 시퍼렇게 뜨고 있긴 했지만, 그는 지금 하윤과 함께였다.

"아, 아! 우창윤 교수님 따님이시구나!"

공교롭게도 아선병원과 태화의료원 담당자가 같은 사람이었다. 워낙에 거리가 가까운 데다가, 아선병원 교수 중에 태화 의과대학 출신들이 많아서였다. 보통 태화를 잡으면 아선도 잡는다, 뭐 이런 말이 공공연히 돌 지경이었다. 하지만 우창윤은 얘기가 좀 달랐다. 자존심이 세서 그런가, 태화에서 쓴다고 하면 다른 약을 쓰려고 했기 때문이었다. 그래서 별명이 난공불락이었는데, 그분이 애지중지하는 따님이 앞에 있었다.

"네, 뭐. 만나 보신 적 있으세요?"

"네? 네. 그렇죠. 만나 주기는 하세요. 약은 안 써 주시지만."

"저희 아빠가 좀 고집이 세죠."

"그러…… 아니, 아뇨. 훌륭하신 분이죠."

영업 사원은 다른 데 신경 쓸 여력이 전혀 없었다.

[확실히 영업 사원은 다르네요. 때와 장소를 가리지 않고 영업을 하네요.]

'그러니까.'

[잘된 일이죠.]

'그렇지. 우리한테는 잘됐지.'

수혁은 잠깐 다른 테이블 쪽으로 고개를 돌렸다가 이내 서효석의 뒤로 돌아갔다. 서효석은 만취를 넘어 거의 마취 상태였기 때문에 전혀 눈치채지 못하고 그저 전화만 걸고 있을 뿐이었다.

"이 새꺄……. 그거 어떻게 보전할 거야. 어? 너 사기로 건다?"

오히려 아까보다 더 격양된 얼굴이 되어 있었다. 이젠 거의 핸드폰을 부술 것 같은 분위기였다.

"사기라뇨? 형님이 알아서 투자하신 거잖아요?"

그렇다 보니 상대방의 목소리도 상당히 컸다. 수혁이 딱히 귀를 가까이 댈 필요도 없을 지경이었다. 그냥 뒤에 서 있기만 해도 마치 도청이라도 하는 듯 죄다 들렸다.

"이 새꺄! 네가 100% 오른다고 했잖아!"

"왜 이렇게 화를 내요? 술 먹었어요?"

"안 먹게 생겼냐? 내가 오늘 푼돈 그거……. 그거 해 보겠다고 하다가 시발 욕먹었는데?"

"그러니까 왜 그 돈을 다……. 코인에 넣으셔 가지고……."

코인이라. 수혁은 2, 3년 전 광풍이라는 말이 딱 어울렸던 사태를 떠올렸다. 그때 수혁은 학생이기도 했고 또 워낙 그런 부류의 재테크에는 전혀 관심이 없어 몰랐지만, 동기 중에는 마이너스 통장으로 몇천씩 날린 친구들도 있었다.

[코인에 대체 얼마를 태운 걸까요?]

'모르지, 그야. 일단 들어 보자. 뭔가……. 냄새가 나.'

[그렇죠? 저도 그런 생각이 듭니다.]

수혁과 바루다가 대화를 나누는 동안에도 서효석의 외침은 계속되었다. 특히 방금 상대방의 말에 자극되었는지, 목소리가 더더욱 커져 있었다.

"너, 너! 네가 만든 거잖아! 된다며!"

"형님, 저도 털렸어요. 아니, 제가 제일 많이 털렸어요……. 그리고 그건 형님 책임이죠. 괜찮다고 했잖아요."

"기획재정부 의견은 그랬어! 그걸 법무부가 나설 줄 누가 알았나?"

"아무튼, 털린 건 털린 거죠. 정확히 얼마라고요?"

"10억."

"허이구. 10억."

10억이라는 숫자에 상대방의 입에서 히익 하는 소리가 흘러나왔다.

'미쳤나?'

[코인에 10억을 태워요?]

수혁이나 바루다의 반응도 비슷했다. 세상에 10억이라니. 수혁 생각엔 10억이 있으면 딱히 돈 욕심을 부리지 않아도 될 거 같은데, 거기서 더 벌겠다고 코인에 다 태우다니.

"그거……. 아버지는 아직 몰라요?"

"몰라, 아직은. 근데 이제 시간문제야……. 집 팔고 다른 데 가신다잖아. 담보로 대출받은 거 알게 되면……."

게다가 얘기를 들어 보니 자기 돈도 아니고 은행 돈이었다. 그것도 자기 명의로 빌린 것도 아닌 거 같았다. 진짜 미친놈인가 싶었다.

"그거 말려는 봤고요?"

"말려 봤지. 근데 노인네가 이제 은퇴할 때가 되니까 전원생활이 하고픈지……. 아무튼, 팔긴 팔 거야."

"음……."

"그러니까 좀 수 좀 내 봐. 너……. 너 내가 진짜 어? 많이 도와줬잖아!"

"알죠, 아니까 이렇게 고민하죠. 제가 형님 덕에 수주한 게 얼만데……."

수주라. 뭔가 서효석이 힘을 쓴 적이 있는 모양이었다.

[녹음기 온.]

'오케이.'

이대로 두고 있으면 점점 수상한 얘기가 흘러나올 것 같았다. 오히려 너무 수상해서 수혁이 고대로 말을 전달한다 해도 아무도 믿을 것 같지 않은 그런 얘기들이. 수혁은 바루다의 조언을 듣고는 슬며시 핸드폰 녹음 기능을 켰다. 순간 효과음이 울렸지만, 스피커 쪽을 잘 막아서 주변으로 번지진 않았다. 아마 울렸어도 사실 별 상관은 없을 터였다. 서효석은 정신이 거의 다 나가 있었고, 안대훈의 코골이 소리가 가려 줬을 테니까.

"그래, 그러니까 좀 쥐어짜 봐."

"근데 연구비……. 그거 안 돼요? 여태 잘했잖아요?"

"생명에서 나올 때야 쉬웠지. 그거 어차피 우리 꼰대가 결재하는 거라 감사도 없었고."

서효석이 하는 얘기는 거의 몇 년 전에나 통용되었던 얘기였다. 당시 태화그룹은 태화의료원을 국내 최고로 만들고, 그 브랜드 가치를 무기로 태화생명에서 보험을 들어야 진료를 볼 수 있는 제도를 만들고자 했었다. 이를테면 미국처럼 의료 민영화를 이룩하고자 하는 원대한 꿈이 있었다는 얘기였다. 하지만 지금에 와서는 흐지부지되고 만 옛날 꿈이었다. 1등 자리도 위태로운데 어느 세월에 제도를 바꿀 수 있단 말인가.

"아, 그때 좋았죠. 형님 덕에 현금 많이 만졌지."

"그거 나 좀 꿔 줘."

"제가 5억까지는 해 드린다니까요? 근데 왜 10억이야. 왜 이렇게 많이 태웠어요."

"에이 시발. 내가 제일 속 쓰려. 그런 말 하지 마."

"알았어요. 알았어. 음……. 5억……. 하, 5억. 이건 쉽지 않은데."

말이 쉬워 5억이지, 진짜 많은 돈이었다. 태화의료원이 다른 대학 병원들보다 연봉이 후한 편에 속하는데도 5억이면 이현종 원장 연봉보다도 더 많았다. 세계 최고의 순환기내과 의사 연봉도 넘는 돈이라는 뜻이었다.

"아, 맞아."

상대방은 잠시 한숨만 쉬고 있다가, 입을 열었다. 술에 취한 서효석은 졸다가도 그의 목소리가 들려오자 번쩍 눈을 떴다. 어찌나 황급히 눈을 뜨는지 수혁은 그가 술에서 아예 깨는 줄 알았다.

"왜, 왜."

잠시 후 서효석은 눈을 게슴츠레하게 뜬 채로 상대방에게 절박한 어조로 물었다. 상대방은 몇 번인가 헛기침을 해 대고는 입을 열었다.

"아직……. 아버지가 이사잖아요?"

"그렇지. 우리 꼰대 여전하지. 왜 이사 가려는 건지 모르겠다니까? 아직 몇 년은 너끈할 텐데."

"태화의료원에 그 융합의학센터인가 뭔가. 그럼 아직 거기 승인 위원회 위원이시죠?"

"어? 어, 그렇지?"

"그럼…… 연구비 좀 부풀려서 받는 거 어때요? 다른 데로 갈 거……. 가라로 프로젝트 올려서 이쪽으로 돌리는 거지. 그쪽 연구원들한테 약도 좀 쳐 놨다고 하지 않았나?"

"야, 그게 되겠냐? 가라 같은 소리 하고 있네."

상대방은 꽤 좋은 제안이라고 생각했지만, 서효석이 볼 때는 영 아닌 모양이었다. 아무래도 상대방보다는 서효석이 내부 사정에 대해 더 밝았기 때문이다. 가라 프로젝트라니. 아무리 교수라고 해도 될 일이 있고, 아닌 일이 있는 법이었다.

"안 돼요?"

"안 돼."

"그럼……. 아, 그래. 뭐 최근에 통과됐거나, 통과될 만한 프로젝트 있어요?"

"통과된 프로젝트……?"

서효석은 이제 거의 눈을 감고 있었다. 워낙 술을 급히 많이 먹은 탓에 정말 힘든 모양이었다.

'그……. 오늘……. 뭐더라. 그래 신현태 그 새끼가 낸 거……. 그럴싸하다고 하긴 했었지.'

어찌나 그럴싸했는지, 통과시키면 자르겠다는 말을 들은 연구원이 이건 무조건 될 거 같은데 정말 반려하냐고 따로 전화를 걸어 왔을 지경이었다. 그땐 너무 화가 나서 당연히 반려하라고 했었는데, 워낙에 연구에 관심이 없이 살다 보니 머릿속에 떠오르는 프로젝트는 그거 하나뿐이었다.

"하나 있긴 있어."

"그거 예상 비용이 얼마예요?"

"몰라. 뭐……. 간이 처리로 올린 거라 2, 3억 정도 될걸?"

"그거……. 그거 일단 꿍쳐 두면 안 되나?"

"꿍쳐? 돌았니?"

서효석은 인성이 개차반이긴 했지만, 아주 멍청한 인간은 아니었다. 해도 되는 나쁜 짓과 할 수 없는 나쁜 짓을 구분할 수는 있단 얘기였다.

"아니, 형님 일단 들어 봐요."

"알았어, 얘기나 해 봐."

하지만 상대방의 말을 아주 끊지는 않았다. 모르긴 해도 둘이 작당해서 해 먹은 것이 꽤 많고, 그때마다 상대방의 조언을 따랐던 모양이었다.

"그거 연구원한테 얘기해서 무조건 올리라고 하고. 형님이…… 따로 아버님한테 말하세요. 무조건 되는 거라며?"

"뭐…….”

연구원 의견은 그랬다. 무조건 될 거라고.

"수익성도 있대요?"

"응. 뭐, 아주 큰돈은 안 되겠지만."

"우린 당장 돈이 필요한 거잖아요. 시간 있으면 뭐, 형이나 나나 10억 그거 못 막나?"

"그야……. 그야 그렇지."

사실 서효석이나 상대나 유흥에 내던진 돈만 좀 아꼈어도 10억 그까짓 거 싶었을 터였다. 그만큼 둘이 지금까지 이런저런 루트로 해 먹은 돈이 적지 않았다.

"그니까……. 그거 어필해서 2억짜리면 한 5억으로 얘기해서 받아 봐요. 루트를 형님이랑 아버지 통하게 해서."

"음……. 뒷구멍으로?"

"네. 어차피 교수들 솔직히 다 순진하잖아. 서류만 바꿔도 모를걸요? 그리고 차익금만 빼돌리는 거니까, 일이 안 되지도 않을 거잖아."

"흠……."

"나중에 이거 넘기고 나면 그때 채워 주면 되지. 착오가 있었다고 하면서. 형 그런 거 잘하잖아요."

"칭찬이냐, 욕이냐?"

어떻게 들어도 욕 같았지만 서효석은 워낙에 모럴 해저드(도덕적 해이)가 심한 놈이라 이렇게 물었다.

"칭찬이죠. 우리나라에서 뻔뻔한 건 강점이에요. 제가 어떻게 여기까지 왔는데."

"그건……. 그것도 그렇다."

유유상종이라, 상대방 또한 서효석과 비슷한 느낌이었다.

"될까?"

"제가 서류 작업 도와드릴게요. 아버지만 구워삶아 봐요. 형네 아버지는 그래도 말 좀 통하잖아요."

"음, 뭐. 내 말 잘 듣지."

"그러니까. 한번 해 봐요."

"알았어. 나머지는 네가 좀 해 줘."

"알았어요, 알았어. 대신 은혜 잊으면 안 됩니다?"

"인마. 보채지 마. 어련히 알아서 해 줄까."

서효석은 좀 흡족해졌는지 고개를 끄덕였다. 거의 대화가 끝나 가는 느낌이 들었다. 수혁은 핸드폰을 갈무리한 채 쓱 하고 원래 자리로 돌아가 누웠다. 어차피 얼굴은 한 잔만 마셔도 빨개지는 사람이라 만취한 채 잠에 빠진 것처럼 보였다.

"아무튼. 끊어. 이 새끼들 다 뻗었네."

덕분에 전화를 끊은 서효석 눈에는 젊지만, 술로는 자기를 못 이기는 레지던트 둘만 보이게 되었다. 돈도 해결됐겠다, 애들은 술로 죽였겠다. 여러모로 기분 좋아진 서효석은 껄껄 웃으며 몸을 일으켰다.

"야, 야!"

그러곤 영업 사원을 불러 널브러진 둘을 가리켰다.

"얘네 둘 알아서 챙겨. 난 택시 타고 집에 간다."

"아, 네. 교수님!"

"그……. 우창윤 교수님 따님 먼저 데려다드리고. 알았어?"

"네."

"그래, 난 간다."

우선은 기다려

결론부터 말하자면 서효석의 부탁은 하등 쓸데없는 것이었다. 하윤은 집으로 가는 게 아니라, 병원 당직실로 가야 했기 때문이었다. 승합차 뒤에서는 수혁도 안대훈처럼 완전히 뻗은 척을 했기에 영업 사원은 가면서도 내내 하윤과 대화를 나눌 수 있었다.

"아, 그렇군요. 우창윤 교수님이…… 김밥천국을 좋아하는구나. 의외네요?"

"예전에 제일 친한 친구 결혼식 갔다가 밥 없어서 정장 입고 김밥천국 가서 먹은 적이 있는데……. 거기서 눈을 떴다나 뭐라나. 아직도 가끔 혼자 나가서 거기 쫄면 먹고 오세요."

"오."

아무래도 상대의 취향을 알고 공략하게 되면 훨씬 유리할 테니, 영업 사원 입장에서는 상당히 요긴한 정보들이었다.

끼익. 외딴섬이라는 음식점은 이름과는 달리 병원에서 그렇게 멀지는 않았다. 갈 때는 마음이 무거워서 그런지 한참 걸리는 거 같더니, 올 때는 그야말로 금방이었다. 영업 사원은 운전석에서 거의 뛰어내리다시피 하더니, 뒷좌석 문을 열었다.

"어떻게 옮기죠?"

하윤에게 걱정스럽다는 표정을 지어 가면서였다.

"내릴게요."

"어?"

그때 죽은 듯 누워 있던 수혁이 꽤 멀쩡한 얼굴로 몸을 일으켰다. 여전히 얼굴이 붉기는 했지만, 아까보단 훨씬 나아져 있었다. 주는 대로 먹었다면 절대 이럴 수가 없을 텐데. 영업 사원은 설마하니 다년간의 영업으로 다져진 자신보다 더 뛰어난 뺑끼 실력을 갖춘 건가 하는 얼굴로 수혁을 바라보았다. 물론 수혁은 그의 물음에 답해 줄 생각 따위는 추호도 없었다.

"왜요?"

"아뇨, 아닙니다. 네. 내리시죠. 제 손 잡고······."

"네, 감사합니다."

그렇게 내린 수혁은 목을 이리저리 돌려 대고는 안대훈을 돌아보았다. 원래도 비어 있던 정수리가 오늘따라 더더욱 처량하게만 느껴졌다. 게다가 진짜 정신없이 잠들어 버린 탓에 옷이 위로 말려 올라가 있었다. 드러난 배에는 털이 흉측했는데, 그나마도 불룩 튀어나와 있었다. 처음 들어올 땐 저 지경까지는 아닌 것 같았는데. 역시 내과 의사가 녹록지가 않았다.

'새끼……'

[챙겨 주죠. 그래도 아래 연차 중에서 제일 수혁을 따르는 사람입니다.]

'당연히 그래야지.'

잘 따를 뿐만 아니라, 실력도 썩 괜찮은 녀석이었다. 백날 수혁처럼 되겠다고 공부를 하고 있는 데다가, 환자 문제만 아니면 주말에 수혁이 주최하는 공부 모임에 하윤과 함께 꼭 오고 있기 때문이었다. 그때마다 녀석은 수혁은 역시 대단하다고, 어떻게 이렇게 바쁜 와중에 아래 연차 교육까지 신경 쓰냐고 오만 법석을 피워 댔다.

[그거 사실 교수 될 때 평판 관리하는 거잖아요.]

'시끄러워.'

수혁은 바루다의 참견에 고개를 흔들어 대고는 영업 사원 쪽을 바라보았다. 할 수 있으면 혼자 챙기고 싶었지만, 지팡이 짚는 마당에 누가 누굴 챙기겠는가. 도움이 필요했다.

"재……. 생각보다 무거울 거거든요? 좀 도와주실 수 있나요?"

"아, 네. 물론이죠. 제가 돕겠습니다."

"좀 빼 주시기만 하면……. 대강 깨워서 가면 될 거 같은데."

"아, 아뇨. 못 깨어나시면 제가 당직실까지 모시겠습니다."

"말씀만으로도 감사합니다."

"네, 선생님."

영업 사원은 수혁이 젊어서 그런가 참 싸가지가 있다는 생각을 하며 안대훈을 밖으로 빼내었다. 살집이 있어 그런가 생각보다 무거웠는데, 밖에서 보다 못한 병원 직원이 도와줘서 다행히 가능했던 일이었다.

"어후. 선생님이……."

영업 사원도 제법 덩치가 있음에도 불구하고 숨을 씨근덕거리고 있었다.

"어우……. 죽겠……. 어우……."

안대훈은 바깥 공기를 맡았음에도 불구하고 절대 깨어날 기미가 보이지 않았다. 그저 죽겠다는 말만 반복할 뿐이었는데, 그걸 보고 있기도 참 불안했다. 저러다 갑자기 토한다 해도 전혀 이상할 것이 없어 보였다.

"선생님. 저도 도울게요."

"응?"

수혁은 갑자기 나선 하윤을 토끼 눈을 한 채 바라보았다. 무겁고 힘든 것을 떠나서, 지금의 안대훈은 좀 더러운 느낌이 있었다. 코인지 눈인지 모를 곳에서 흘러내린 액체도 여기저기 있었고, 침도 흘려 댔다. 얼굴이나 머리카락은 원래 정돈되지 않은 편이었다. 말하자면 수혁조차도 손대기가 좀 꺼려지는 상태라는 뜻이었다.

"선배 혼자만 고생하게 둘 수는 없죠. 아까 서 교수님 상대도 두 분이 다 하셨는데요."

하지만 하윤은 마치 눈도 보이지 않고, 냄새도 못 맡는 사람처럼 아무 거리낌 없이 안대훈의 한쪽 겨드랑이 사이로 몸을 끼워 넣었다.

'으.'

땀에 젖은 건지 뭔지, 수혁은 보는 것만으로도 몸서리가 쳐졌다. 하지만 하윤이 그렇게 하니까 그나마 걸음을 옮길 수는 있었다.

"저, 저도 돕겠습니다."

"아, 네."

물론 영업 사원의 도움을 얼마간 받기는 해야 했지만, 셋은 그렇게 별 무리 없이 안대훈을 내과 전체 당직실 중 지하에 있는 곳 안에 집어 던져 둘 수 있었다.

"일단 머리는 이렇게."

그 와중에 혹 토하다 질식사할까 염려된 수혁은 안대훈을 아예 옆으로 눕게 만들어 두었다.

"그럼 저는 이만 가 보겠습니다. 또 뵙겠습니다."

"아, 감사합니다."

영업 사원은 딱 거기까지 도와주고는 바람처럼 사라졌다. 수혁은 그런 영업 사원을 향해 감사의 인사를 날려 대다가, 이내 하윤을 향해 고개를 돌렸다. 그러자 아까와는 달리 눈동자에 호기심을 가득 채운 하윤이 눈에 들어왔다.

"술 엄청 버리시던데요?"

"아, 보였니?"

"앞에선 안 보였겠지만, 옆에서는 보이죠. 전 뭐 술 한 잔도 안 마셨는걸요."

"그, 그랬구나."

하윤은 당황한 수혁의 얼굴이 재밌다는 듯 웃더니, 다시금 아까의 그 호기심 어린 눈으로 돌아왔다.

"아까 근데……. 서효석 교수님 통화 내용 정확히 뭐예요? 녹음하신 거 맞죠?"

"어? 그것까지 봤어?"

수혁의 말에 바루다가 대번에 성깔을 냈다.

[아니, 아니라고 둘러대야지. 거기서 그것까지 봤어? 병신이에요?]

생각해 보니까 맞는 말이긴 해서 수혁은 미안하다는 말밖엔 할 수 없었다. 하지만 뭐 어쩌겠는가. 이미 엎질러진 물인데.

"네, 봤죠. 뭐라고 한 거예요?"

"어……."

하윤은 아까보다 좀 더 적극적으로 물어 왔다. 바루다는 당황한 수혁을 보면서 몇 번인가 한숨짓는 시늉을 하다가 말을 이었다.

[다행히 하윤은 수혁의 팬이에요. 기왕 이렇게 된 거 같이 작당합시다.]

'작당?'

[교수 매장하려는데, 이게 작당이지. 그럼 뭐가 작당이에요.]

'하긴……. 그건 또 그렇긴 해.'

아마 옛날 같았으면 상상도 못 했을 일일 터였다. 예전에는 교수가 때려도 감사하다고 웃고, 욕을 해도 웃어야 했고, 심지어 집에 청소, 빨래를 하라고 부르는 경우도 있었다고 하니까.

하지만 세상이 변하지 않았던가. 심지어 머릿속에 인공지능이 들어올 지경인데. 수혁은 애써 그렇게 생각하면서 찜찜한 마음을 지웠다. 한번 그렇게 마음먹자 말이 청산유수로 흘러나왔다.

"하윤아, 일단 저기로 좀 가자."

우선은 당직실에서 좀 떨어진, 전공의 휴게실이랍시고 만들어진 곳으로 갔다. 말이 휴게실이지 너무 구석진 데 있어서 찾기도 어려웠다. 그나마 놓여 있는 소파는 누가 담배라도 태웠는지 구멍도 나 있었기 때문에 어지간하면 사람들이 오질 않았다. 심지어 고백의 명소라는 소문까지 나 버리는 바람에 정말 이지 발길이 뚝 끊겨 버렸다고 할 수 있었다.

"아, 네."

하지만 하윤 또한 지금부터 나눌 대화가 범상치 않을 거란 사실을 알았기에 별 저항 없이 수혁을 따라나섰다. 게다가 하윤은 수혁이 절대로 고백 같은 걸 할 사람이 아니란 확신을 품고 있었다. 비록 첫 만남에서 손을 덥석 잡는 등 조금 이상한 모습을 보이긴 했지만, 이상한 사람일 뿐 나쁘거나 모자란 사람은 아니지 않은가? 수혁과는 달리 바루다가 없는 하윤으로서는 지금까지 보아 온 수혁을 이렇게만 보고 있었다.

"일단……."

수혁은 그렇게 자신의 맞은편에 앉은, 그러니까 구멍 난 소파 위에 앉은 하윤을 바라보며 운을 뗐다.

"너도 알다시피 서효석 교수님……. 진짜 좀 이상하잖아."

"이상하죠."

하윤은 한 치의 망설임도 없이 고개를 끄덕였다. 수혁의 말이라면 뭐든지 믿을 기세인데, 심지어 맞는 말을 하니 그럴 수밖에 없었다.

"이상한 정도가 아니라……."

"나쁜 사람이죠. 환자도 안 보고. 솔직히 백만 아니었으면 벌써 잘렸을걸요? 그 연차에 테뉴어(정년 보장) 못 받은 사람도 그 교수님뿐일 거고요."

"어…… 맞지. 되게 화났네?"

"여자 전공의들 사이에서는 소문이 더 나빠요. 그 사람 손버릇도 별로라."

"아……."

그럴 수도 있겠다 싶었다. 모르는 사람들은 그런 걸 당했는데 왜 안 나서냐고 할 수도 있겠지만, 병원은 아직 무척 폐쇄적인 곳이었다. 특히 전공의, 그러니까 레지던트들에게는 전문의 자격증이 걸린 문제이기에 쉽사리 나서기가 어려웠다.

"근데, 왜요?"

"아. 그게 말이야."

수혁은 바루다의 조언에 따라 적절히 뺄 내용은 빼 가면서 하윤에게 아까 들었던 바를 전달했다. 약간의 가공도 거친 참이었기에, 하윤이 듣기에는 그냥 이미 서효석이 거액을 횡령한 것처럼 들렸다.

"이거……. 이건 보통 일이 아닌데요?"

"그렇지?"

"이건 터지면 병원에서 못 막을 것 같아요."

조금은 부끄러운 일이지만, 이런 식으로 의료진의 품행과 관련된 문제는 어지간하면 덮이기 마련이었다. 이런 걸 잘하는 홍보팀이 우수한 팀이라는 얘기가 돌기도 했는데, 태화의료원의 홍보팀은 그런 면에서 대단하다고 평가할 수 있었다.

하지만 서효석은 지금껏 쌓아 온 문제도 있거니와, 몇억의 횡령 건까지 더해진 참 아니던가. 이만하면 병원에서도 더 지켜 주기보다는 그냥 꼬리를 잘라 버리는 것이 이득이었다.

[아마 그걸 은근히 원하고 있을지도 몰라요.]

병원 경영진의 생각은 어떨지 몰라도, 이현종을 비롯한 '의사'들 그리고 간호사들을 비롯한 다른 의료인들은 다들 그렇게 생각하고 있을 거라 확신했다.

"근데 이걸 우리가 공론화하는 건 좀 위험하잖아."

"그렇죠. 그건…… 그건 좀 위험하죠."

아무리 수혁이 총애를 받고 있고, 하윤이 로열이라고 해도 아직 일개 전공의일 따름이었다.

"그럼 어쩌면 좋을까?"

"저쪽에서 아버지를 동원했으니까……. 우리도 아버지들을 동원해야죠."

말하자면 눈에는 눈, 이에는 이라는 건데, 수혁은 일견 이해가 잘 가지 않았다. 그는 고아였으니까. 하지만 이어지는 하윤의 말을 더 들었을 땐 명확히 고개를 끄덕일 수 있었다.

"저는 우창윤, 선배는 이현종. 아니지. 선배는 사실 신현태 과장님도 있잖아요. 그……. 누구더라?"

"김다현 이사님."

"그래요. 거기 통해서 얘기 들어가게만 하면 되죠. 감사팀에서 한 번만 털면 바로 확인될 텐데요."

"감사라……. 그럼 좀 이따가 해야겠구나?"

"네. 우선은 그 연구 올리고 좀 기다리세요. 그담에 돈 나오면 그때 감사로 털면 되죠."

"오……. 근데, 넌 이런 거 좀 익숙해 보인다?"

수혁은 물론이오, 각종 데이터를 수집하고 있는 바루다도 어찌해야 할지 감을 잡지 못하고 있던 상황이었거늘, 하윤은 딱 듣자마자 너무도 명쾌한 답을 내놨다. 그래서 놀라 물으니, 그녀는 잠시 씨익 웃고는 이렇게 답해 주었다.

"아빠한테 배웠죠. 어떻게 그 나이에 벌써 학회 이사시겠어요?"

"아……."

어쩐지 설득이 되는 그런 답이었다.

▰▰▰▰▰

수혁은 전일 하윤과 입을 맞춘 대로 일단 신현태와 이현종을 찾아갔다. 둘 다 어마무시하게 바쁜 양반들이었기에, 만난 시각은 모든 일과가 대강 마무리된 오후 8시경이었다. 사실 아직 둘 다, 그리고 수혁도 남은 일이 있었지만 있는 일을 뒤로 미뤄 둔 것이라고 보면 되었다. 원래 대학 병원 일이라는 건 끝나는 게 아니라 뒤로 밀릴 뿐이란 게 과장된 말이 아니었다.
"웬일이냐? 네가 우리 둘을 불러 모으고."
이현종은 원장실 소파에 앉은 채 수혁을 바라보았다. 손에는 중국에서 물 건너왔다는 아주 오래된 찻잔이 들려 있었다. 언젠가 술 먹고 떠드는 걸 들어 봤는데, 중국과 수교가 열리고 얼마 안 되었을 때 산 물건이라고 했다. 당시엔 중국 정부가 문화재 유출에 아예 신경을 못 쓰고 있어서 명나라, 청나라 때 물건은 물론이고 수, 당, 심지어 한나라 물건까지 싼값에 엄청 풀렸다는 얘기도 들었다.
[저건 송나라 백자라고 했나요?]
'잘 기억은 안 나는데 그랬던 거 같아.'
이제는 범죄라 드러내 놓고 마시진 못했지만, 이렇게 다 아는 사람들만 왔을 땐 매일같이 자랑하는 게 일상이었다.
"형, 그거 비싼 거라면서요. 깨지면 어쩌려고 거기다 차를 마셔."
물론 신현태 상식으로는 잘 이해가 가지 않았다. 특히 얼마 전 이현종이 들고 있는 저런 상태의 찻잔이 대체 얼마인가 하고 소더비스(경매 회사)를 뒤져 본 이후에는 더더욱 그러했다. 대체 저게 얼마짜리 물건인데 이렇게 함부로 쓴단 말인가.
"찻잔으로 차 마시는 게 잘못이냐?"
하지만 이현종은 지극히 뻔한 논리로 대꾸했다. 맞는 말이기는 해서 신현태는 그저 고개를 끄덕일 수밖에 없었다. 그리고 지금 중요한 건 찻잔 따위가 아니지 않은가. 수혁이 둘을 불렀다는 게 중요했다. 적어도 이 녀석이 레지던트 들어온 이후 이런 건 처음 있는 일이다 보니 약간 불안한 마음도 들었다.

'하필……. 미국 다녀와서 이러네.'

만사태평한 이현종보다는 신현태가 특히 그랬다.

'설마 미국 가서 레지던트 하겠다고 하는 건 아니겠지?'

얘기를 들어 보니 미국에서도 언어적으로 전혀 막힘이 없었고, 어마어마한 활약을 한 모양이었다. 거기서 부른다 해도 별 이상할 게 없었다.

"아, 네. 과장님. 그……."

게다가 수혁은 어딘지 모르게 뭔가 망설이는 것처럼 보였다. 말하기 아주 껄끄러운 내용을 꺼내기라도 할 것처럼.

'어쩌지?'

[어쩌긴요? 혼자 뭘 할 수 있을 거 같아요? 무조건 말해야죠.]

수혁은 속으로 바루다와 대화 중이었는데, 이게 신현태의 불안감을 가중했다. 그런데 먼저 입을 연 건 의외로 신현태가 아니라 이현종이었다.

"수혁아……. 어디 간다는 얘기는 아니지?"

이제 보니 그 비싼 찻잔 든 손을 부들부들 떨고 있었다. 아무리 이현종이라 해도 수혁을 상대로는 불안한 모양이었다. 이놈이야말로 자신의 뒤를 잇는 천재 내과 의사가 아닌가. 이렇게 생각하는 게 신현태한테 조금 미안하긴 했지만, 아무래도 다른 놈들은 다들 손색이 조금씩은 있었다.

'이놈은 아니야. 달라. 다르다고.'

오히려 자신보다도 훨씬 뛰어난 의사가 될 거라고 100% 확신할 수 있었다. 자신은 이 나이 때 결코 이렇게까지 뛰어난 모습을 보이지 못했으니까.

"네?"

물론 수혁은 조금 어이가 없다는 얼굴이었다. 벌써 3년 중 절반을 했는데 가긴 어딜 간단 말인가. 피 같은 1년 반을 날리는 건 그저 미친 짓일 따름이었다.

"아, 아니야?"

"아니구나. 그럼 뭐든지 좋으니까 얘기해 봐."

아무튼, 수혁이 그런 얘기를 하고 나자마자 둘의 얼굴이 다소 편안해졌다. 어디 딴 데 가는 것만 아니라면야 무슨 얘기든 다 괜찮을 거 같았다.

"서효석 교수님 때문에요."

"아."

하지만 수혁의 입에서 서효석이라는 이름이 나오자 다시금 불안해졌다. 그러고 보니, 지금 수혁이 그 자식하고 돌고 있지 않은가. 또 무슨 짓을 해서 우리 수혁이 심기를 거슬렀나 하는 생각만 들었다.

'술 먹인다고 잘라 달라고 하면 곤란한데.'

'우리도 자를 수 있으면 자르고 싶다, 수혁아.'

둘 다 이 비슷한 생각만 들 뿐이었다. 이현종, 신현태라고 하면 실력이야 말할 것도 없고, 그래도 이 바닥에서 엄청 깨끗한 축에 속하는 의사들 아니던가. 어물전 망신시키는 꼴뚜기 꼴인 서효석 자를 생각이야 수도 없이 해 왔다. 하지만 대학 병원에서 교수를 자르는 건 무척 어려운 일이었다.

'의료 사고라도 있으면 또 몰라…….'

'환자를 봐야 사고를 치지, 그 새끼.'

의외로 하는 일이 없다 보니 잘못하는 것도 없었다. 서효석의 실적이 개판이기는 했지만, 태화의료원은 태화그룹에서 사회 환원 격으로 지은 병원이었기에 실적이 나쁘다고 자르는 건 모양새가 너무 좋지 않았다.

'어쩌나……. 어떻게 우리 수혁이를 달래나.'

'욕이나 시원하게 해 줘야지. 뭐…….'

따라서 이현종과 신현태는 수혁 몰래 눈으로 대화를 나누었다. 텔레파시도 아니고 이런 일이 가능한가 싶겠지만, 둘처럼 가까운 사이가 되어 보면 알 터였다. 대강은 뜻이 통할 수 있다는 걸.

"일단 이거부터 들어 보시죠."

"그래, 수혁아. 그 새끼 화나지. 화…… 응? 뭘 들어?"

"형 가만히 있어 봐요. 이거 녹음 파일인데?"

"네. 녹음 파일이에요. 한번 들어 보시죠."

수혁은 당황하는 둘을 향해 자신의 핸드폰을 툭 하고 밀어 넣었다. 서효석은 당시 완전히 술에 취해 있어 말이 지리멸렬했는데, 수혁은 좀 더 뜻이 명확하게 전달되도록 약간의 편집을 거친 참이었다.

"500 그거 안 됐다니까? 그거 시작으로 이거저거 돌려 치려고 했더니."

그중엔 당연하게도 서효석이 신현태를 속여 가라 연구비를 횡령하려 했던 정황도 담겨 있었다.

"10억 코인에 꼬라박았지."

코인, 그것도 이름도 처음 들어 보는 이상한 코인에 무려 10억을 잃은 내용도 있었다.

"그 신현태 올린 연구비 조작해서 3억만 후려 치자."

마지막엔 연구비 얘기까지 빠짐없이 담겨 있었다.

"이런 개새끼가?"

다혈질에 참을성이라고는 거의 찾아볼 수 없는 이현종은 자기도 모르게 몸을 일으켰다. 그 귀한 송나라 찻잔을 쥔 채였는데, 어찌나 힘을 줬는지 살짝 삐걱거리는 소리마저 들렸다. 다행히 깨뜨리지는 않았다. 제아무리 금전 감각 부족한 이현종이라도 이게 얼마짜리 명품이라는 것 정도는 알고 있었기 때문이었다. 그는 조심스럽게 잔을 내려놓은 후, 다시 몸을 일으켰다.

"이런 개새끼가?"

마치 이번이 처음이라는 듯, 천연덕스럽게 아까와 같은 톤으로 욕을 내지르면서였다.

"이게…… 이거 정말이야?"

반면 신현태는 도저히 믿기 어렵다는 얼굴이었다. 인격자인 그의 상식으로는 인간의 탈을 쓰고 이런 짓을 벌일 수 있다는 게 잘 이해가 가지 않았기 때문이었다. 어떻게 교수가 다른 교수의 연구비를 떼어먹을 생각을 한단 말인가. 그 연구가 다른 연구도 아니고, 사람 생명 살리는 데 쓰일 연구인데.

"네, 정말이에요."

"언제……. 언제……. 언제 이걸……."

"어제 회식 갔었어요. 서 교수님하고."

"아, 회식? 가서 별일은 없었고?"

신현태 또한 과장으로서 서효석의 품행에 관해서는 아주 잘 알고 있었다. 그 망할 놈이 스트레스 쌓이거나 했을 때 정말이지 비열하게도 레지던트와 영업 사원들에게 푼다는 것도 알고 있었다. 그 대상이 수혁이 될 줄은 꿈에도 몰랐는데, 감히 원장 아들에 자신의 최애로 유명한 수혁까지 회식에 끌고 갔을 줄이야.

"아, 네. 별일 없었습니다."

"너 술 잘 못 먹잖아? 그 새끼……. 술은 잘 먹는데."

이현종이 고개를 갸웃거렸다. 그 또한 수혁과 몇 번인가 술을 마셔 본 적이 있지 않던가. 그 결과 수혁하고는 딱히 좋은 술을 먹을 필요가 없다는 결론을 내릴 수 있을 정도였다. 수혁은 어떤 술을 먹어도 금세 얼굴이 빨갛게 달아오를뿐더러, 무슨 술이건 마치 일처럼 마시기 때문이었다. 그에 반해 서효석은 어떠한가.

'아마 그 나이 또래 의사 중에서는 원 톱일걸.'

앉은자리에서 3병 정도는 너끈히 해치우지 않던가. 의사로서 정말 적절치 못한 일이었는데, 녀석은 그걸 자랑처럼 여기는 놈이었다.

"아, 좀 버렸죠."

"버려? 아……. 이야. 어떻게 그러지? 걔 작정하고 먹이려고 간 걸 텐데?"

"다 방법이 있었습니다."

"역시…… 역시 너는 대단한 놈이다."

하나가 이뻐 보이면 다른 것도 다 이뻐 보이는 법일까. 이현종과 신현태는 교수가 주는 술을 버렸다고 하는 수혁의 어깨를 툭툭 두드려 주며 호들갑을 떨어 댔다.

"천재야, 천재."

심지어 이현종은 천재라는 말을 덧붙이면서 엄지까지 내밀었다. 원래 수혁이 천재인 건 맞으니 틀린 말은 아니었지만, 듣는 사람 입장에서는 참 민망하기 짝이 없는 말이라 할 수 있었다.

"아무튼, 그럼 이거 서효석 교수가 한 말이라 이거지? 내 이 자식을 그냥."

이현종이 그렇게 수혁을 두고 어화둥둥 하고 있을 무렵, 신현태 또한 몸을 일으켜 문 쪽으로 발걸음을 옮겼다. 이현종이 그랬던 것처럼 화만 내는 것이 아니라, 이대로 서효석한테 직행할 거 같았다.

[말려요, 말려. 하여간 저 양반도 순진해.]

'어, 알았어.'

그랬다간 말짱 꽝일 터였다. 징계 위원회 정도는 열리겠지만, 대학 병원 교수란 자리는 이런 일로도 자를 수 없었다. 기껏해야 감봉 정도? 그렇게 둘 수는 없는 노릇이었다.

"저, 과장님."

수혁은 필사적으로 신현태를 불렀다. 수혁이 부른다면 똥 마려운 와중에도 뒤를 돌아볼 위인이 바로 신현태 아니겠는가.

"응, 왜."

당연히 쏙 하고 뒤를 돌아보았다. 눈에는 애정이 가득 담겨 있었다. 무슨 말을 해도 들어줄 사람의 눈이라고 보면 되었다.

"그, 서효석 교수님 말이에요. 이거 말한다고 해도……. 별다른 징계는 없겠죠?"

"응? 그야……."

신현태는 교수 회의 분위기를 떠올렸다. 명백한 사법 처리감이 아닌 경우엔 교수가 잘리는 경우는 없다고 보면 되었다. 만장일치가 되어야 자를 수 있는데, 다음번에 자기가 걸릴지도 모르는데 어느 누가 만장일치를 바라겠는가. 게다가 끼리끼리 논다고, 서효석도 병원 내에 같은 편이 아주 없는 건 아니었다.

"안 되지. 감봉 정도?"

"그걸로 충분할까요?"

"응?"

신현태는 고개를 갸웃거리며 수혁의 눈을 바라보았다. 아마 둘이 알고 지낸 지 얼마 안 된 때였다면 수혁의 진심을 알아차리기 쉽지 않았을 터였다. 하지만 신현태는 수혁과 벌써 1년이 넘은 사이인 데다가, 보통 친밀한 사이가 아니지 않은가.

'아, 얘……. 서효석 보내고 싶구나.'

신현태는 수혁의 진심을 알아차릴 수 있었다.

'나도 날리고 싶다, 수혁아. 혹시 뾰족한 수가 있는 거니?'

그러곤 눈빛을 날렸는데, 수혁이 고개를 끄덕였다.

"일단 앉아 보시죠. 좋은 수가 있어요."

"오."

신현태의 눈빛에 이채가 서렸다. 하지만 아직 의구심은 남아 있었다. 아무리 수혁이 천재라지만, 이런 정치질까지 잘할까

하는 의심이 들어서였다. 그때 수혁이 말을 이었다.
"하윤이가 알려 준 건데. 우창윤 교수님한테 배운 거래요."
"그래? 그럼 믿을 만하지."
세상에 우창윤이라니. 국회로 나갔어도 한자리 꿰찼을 거란 얘기가 있는 양반 아닌가. 그 사람에게 배운 방법이라면 들어 봄 직할 터였다.

환자는 봐야지

 우창윤, 그러니까 우하윤의 입에서 나온 계책을 말해 주자 신현태와 이현종 모두 역시라는 표정을 지으며 고개를 끄덕였다. 그렇게 하면 한 방에 보낼 수 있을 거란 생각이 들어서였다. 하지만 시간이 필요한 계책이었기에, 일단은 각자 해야 할 일들을 하기 위해 흩어졌다.
 수혁의 핸드폰이 거세게 울린 것은 그로부터 대략 5일이 더 지나고 나서였다.
 "어, 대훈아. 웬일?"
 수혁은 병동에서 회진 다 돌고 처방을 내리고 있던 참이었다. 슬쩍 고개를 돌려 시계를 보니, 아직 오후 3시였다. 외래가 열려 있는 시간이라는 뜻이었다.

"아……. 그 서효석 교수님 외래에서 입원 처방이 떠서요."

"입원? 그 사람이?"

환자 보기 싫어하는 사람이 입원이라니, 뭔 일인가 싶었다.

"네. 일단 선배랑 같이 보고 적당한 과에 전과하라는데……."

"아."

역시는 역시였다. 유일한 입원 계획이 전과라니. 아마 이런 사람은 세상천지에 서효석 교수밖에 없을 터였다. 아무튼, 서효석이 개판 친다고 해서 수혁도 그럴 수는 없는 노릇 아니던가. 그는 서효석처럼 백이 있는 것도 아니고, 돈이 있는 것도 아니면서 교수를 노리고 있었으니까. 믿을 건 오로지 실력뿐이란 얘기였다.

"일단 볼게. 어디 있어, 환자?"

"아 제가 병실에서 보고 있습니다. 오늘 내분비내과 병실이 없어서 별관에 있습니다."

"별관? 몇 층?"

"7층입니다."

"아, 7층."

7층이라면 이비인후과 병동이었다. 그중에서도 코나 귀에 이상이 있는 환자들이 주로 입원하는, 내과 환자들은 어지간하면 입원시키지 않는 곳이었다. 아마 어지간히 병실이 부족한 모양이었다.

환자는 봐야지

[이러니저러니 해도 환자는 몰리니까요.]

'요새 큰 병원들 다 난리라더라.'

[그렇다더라고요.]

비단 어제오늘 일이 아니었다. 수년 전부터 대형 병원으로의 쏠림 현상은 점점 더 심해져만 가고 있었다. 정말 심각한 질환을 가진 사람들이 늘어서라면야 납득할 수 있겠지만, 가벼운 질환을 가진 사람들마저 대형 병원 진료를 고집하게 된 것이 가장 큰 이유였다. 그 때문에 진짜 위험한 환자들의 진료가 뒤로 밀리고 있을 뿐 아니라, 동네 병원들의 역할이 점점 더 희미해져 가고 있었다.

'일단은 가자.'

[네.]

하지만 그건 아직 수혁이 고민해야 할 문제가 아니었다. 수혁은 아직 레지던트에 불과했으니, 고민한다고 답이 나올 문제도 아니지 않은가. 지금 해야 할 일은 환자를 보는 것이었다.

'아직 별 움직임은 없지?'

물론 가는 길에 서효석에 관한 얘기를 나누었다. 지금 수혁이 있는 곳은 본관이니만큼 별관까지는 어차피 거리가 좀 있었다. 바루다 또한 아직 환자에 대해 이렇다 할 얘기를 들은 게 없기에 수혁의 질문에 집중했다.

[네. 뭐……. 회진 돌 때나 오갈 때 봐도 표정에 별반 변화는

없어요. 아.]

 '아, 뭐.'

 [하윤한테 좀 조심하는 거 정도?]

 '아, 그거. 그거야 뭐……. 그렇겠지.'

 원래 약자에게 한없이 강한 인간일수록 강자에게는 또 숙이는 법 아니겠는가. 서효석은 소인배의 전형이라 할 수 있는 모습을 보여 주고 있었다.

 '아무튼, 모르는 거 같지?'

 [네. 전혀 눈치채지 못한 거 같습니다. 아마 선이 닿지도 않을걸요?]

 '하긴. 전자 쪽 인맥이니까.'

 [운도 좋지. 치료한 사람이 김다현 전무 이사라니.]

 '운이라니, 실력이지.'

 [뭐, 그렇다고 치더라도요.]

 바루다는 얼마 전 신현태의 도움으로 김다현 이사에게 연락했던 것을 떠올렸다. 김다현 이사는 퇴원하자마자 바로 업무에 복귀했었는데, 그래서 그런가 목소리에 힘이 넘쳐흘렀다. 일 잘하는 사람 특유의 자신감도 느껴졌다.

 처음엔 연구비 청탁이라 생각했는지 좀 껄끄러워하긴 했지만, 그게 아니라 연구비 운용이 투명하게 이루어지는지에 대한 감사 의뢰라는 걸 듣고는 쌍수를 들고 환영했다. 더불어 은밀히 처리하겠다는 약속도 해 주었다. 다른 사람도 아니고, 새로운 신화를 써 내려가고 있는 김다현 이사의 말 아니던가.

'알아서 잘해 주실 거야.'

[그럴 겁니다. 커리어 보니까 장난 아니더라고요.]

'아, 저기 엘리베이터.'

수혁은 지팡이를 짚은 채 뒤뚱거리면서도 어느새 별관 엘리베이터 앞에 도달해 있었다. 정확히 말하자면 이제 막 문이 닫히려는 엘리베이터였다.

"자, 잠시만요!"

가운을 입은 데다가 지팡이까지 짚은 그의 외침을 무시할 수 있는 사람은 거의 없다고 보면 되었다.

"휴, 감사합니다."

수혁은 어렵지 않게 다시 문이 열린 엘리베이터에 오를 수 있었다. 열림 버튼을 눌러 준 게 누군가 해서 보니, 다름 아닌 하윤이었다.

"어?"

"아, 선배도 안대훈 선배 환자 보러 가세요?"

"어, 어. 연락 와서. 너는?"

"심전도랑 ABGA(동맥혈 성분 검사) 하러요."

대표적인 인턴 잡을 하러 간다는 뜻이었다. 인턴인 하윤이 그 일을 한다는 게 이상한 일은 아니었지만, 별관 병동 일을 하윤이 하러 가는 건 좀 이상한 일이었다.

"아아……. 어? 근데 병동 인턴 있을 텐데?"

"그냥 안대훈 선배 환자는 제가 해요. 어차피 저 내과 할 거니까."

"너무 무리하지 마, 그러다가 아파, 너. 알지? 전공의들은 아파도 일 못 빠지는 거."

"알죠."

수혁의 말에 하윤은 얼마 전 동기 하나가 수액을 단 채 일하던 장면을 떠올렸다. 보는 관점에 따라서 상당히 비극적일 수도 있는 광경이었지만, 사실 대학 병원에서는 흔한 일이었다. 전공의들이란 딱 한 명만 빠져도 치명적인 일이 생길 정도로 처참하게 갈아 넣어지는 사람들이지 않은가. 어지간히 아프지 않고서는 절대 일을 빼먹을 수가 없었다.

"그니까 조심해."

"괜찮아요, 선배. 저 진짜 건강해요. 운동도 꾸준히 하는걸요."

"운동? 인턴이?"

"네. 하루 한 10분, 20분이라도 하고 자요."

하윤의 말에 수혁은 잠시 자신의 인턴 생활을 돌아보았다. 아니, 인턴 생활까지 돌아볼 이유도 없었다. 그냥 올해를 돌아보면 되었다.

[수혁보다 훨씬 낫네요. 지금까지 10분, 20분은 했나요?]

'지팡이 짚는 거 인정?'

[의사가 그런 소리 하는 겁니까? 유산소에 들어가려면 최소 땀이 밸 정도는 해야죠.]

'그럼 0분인데. 너무 한심해 보이잖아?'

[한심하다는 말까지는 안 하려고 했는데. 수혁은 자신에게 상당히 엄격하군요.]

'아니, 아니.'

그렇지 않아도 식습관이 그렇게 좋은 건 아닌데, 정말이지 운동이라고는 안 하는 삶이었다. 불현듯 오래 살 수 있을까에 대한 불안이 엄습했다. 그리고 그 불안은 곧 바루다에게도 전염되었다.

[안 되겠습니다. 운동도 해야겠어요. 기껏 쓸 만하게 만들었는데 죽으면 어떡해.]

'네가 체크하고 있다며?'

[말이 그렇다는 거지 뭐. 완벽하겠어요?]

'아니, 이 새꺄. 나는 너만 믿고 있었는데. 뭐, 완벽하겠습니까? 그게 말이냐?'

[왜 이렇게 화를 내요? 아무튼, 다 왔어요. 이제 정신 차려요.]

'에이.'

수혁은 좀 더 화를 내고 싶은 마음이 굴뚝같았으나, 고개를 들어 보니 바루다의 말대로 병실 앞이었다. 게다가 안에 있던 안대훈이 쪼르르 달려 나오고 있었다.

"서, 선생니임!"

마치 이산가족 상봉이라도 하는 듯한 반응이었는데, 이놈은 원래 이래서 별 감흥이 없었다.

"어어, 너무 붙지 마. 뭐야."

그냥 좀 귀찮을 뿐이었다.

"일단 빨리 들어와서 봐 주세요."

한데 안대훈은 수혁의 예상과는 달리 더 질척거리지 않았다. 대신 수혁을 안으로 끌어 들일 뿐이었다.

"응? 외래에서 온 환자인데 급해?"

"네, 급해요. 아니……. 이상해요."

"이상해? 교수님은 뭐 의심했는데?"

"차트에는 그냥 이상하다고만 적혀 있었어요."

"어?"

교수가 환자의 향후 의견을 이상하다고 했다고? 아무리 서효석이라고 해도 이건 좀 심하지 않은가. 재차 물어봤지만, 대답은 같았다.

"네. 이상하다고…….”

"허……."

"아무튼, 진짜 이상하긴 해요. 봐 주세요."

"알았어, 알았어."

제일 이상한 건 서효석이었지만, 안대훈이 이제 어지간해서는 호들갑을 떠는 놈은 아니지 않은가. 고개를 갸웃거리면서도 일단 안으로 들어간 수혁은 환자를 딱 보자마자 왜 이놈이고 저놈이고 이상하다는 말을 남발했는지 알 수 있었다.

'나이가⋯⋯. 25세. 근데⋯⋯.'

[피부가 엄청 쭈글쭈글하네요?]

그냥 쭈글쭈글한 게 아니라, 살가죽이 죽죽 늘어나 내려와 있었다. 절대 뚱뚱해서는 아니었다. 그냥 피부 탄력이 비정상적으로 유연하게 변해 있는 모양이었다.

'그러니까⋯⋯. 뭐지? 저게 주증상인가?'

[아니, 아닌 거 같은데.]

바루다의 말에 수혁은 고개를 돌려 안대훈이 들고 있던 차트를 들여다보았다. 거기엔 수년 전부터 지속된 혈변을 주소로 내원했다고 적혀 있었다. 당연히 피부 쪽이 메인인 줄 알았는데 혈변이라니. 벌써부터 뒤통수를 맞은 거 같은 기분이 들었다.

"아, 안녕하세요."

그때 환자가 인사를 건네 왔다. 아차 싶었다. 의사가 돼 가지고선 입원한 환자에게 먼저 인사를 받게 될 줄이야. 수혁은 자책하는 동시에 고개를 숙였다.

"네, 안녕하세요. 이수혁입니다. 여기 안대훈 선생님과 함께 환자분을 보게 되었습니다."

"아, 네."

"홍연수 님 맞으시죠?"

"네."

"25살이시고요."

"아, 네."

수혁은 자연스럽게 인사를 건넨 후, 원래 알고 있던 정보부터 확인해 들어갔다. 여자, 25세, 4년 전부터 발생한 혈변, 그 전에도 있던 쭈글쭈글한 피부 등등.

일단 진료의 기본은 문진으로, 뛰어난 의사일수록 문진에서 얻을 수 있는 정보가 더 많아지는 법이었다.

'복통을 동반하는 혈변이었고.'

[그 외에도 출혈 경향이 있었군요. 어릴 때부터 코피도 잘 났고, 멍도 잘 들고.]

'그럼 혈변 또한 출혈 경향에 의한 거라고 봐야 할까?'

[그건 알 수 없습니다만, 저 피부는……. 지금까지 물어본 거랑은 상당히 동떨어져 있군요.]

아예 다른 독립된 문제 때문일 수도 있겠지만, 의외로 같은 원인에 의한 것일 수도 있었다. 둘 중에 하나인 것은 확실하지만 지금으로서는 확신할 수 있는 것이 아무것도 없었다.

"우선 심전도랑 동맥 검사하고……. 나머지 검사도 좀 진행해 볼게요."

"어……. 근데 선생님."

"네."

"저……. 혹시 진단명이 뭔가요? 아무도 설명을 안 해 줘서……. 너무 무서워요."

피부가 늘어져 있어 나이가 좀 들어 보였지만, 목소리와 말투를 보니 영락없는 25살, 아직 어린 나이의 환자였다. 수혁이나 안대훈 또는 하윤보다도 어린데도 대학 병원에 입원해야만 했던. 수혁은 다시 한번 미안한 마음에 사과를 한 후, 입을 열었다.

"아, 죄송해요. 일단 출혈 경향에 대한 검사랑……."

[대장 내시경. 대장 내시경은 해 봐야지.]

"대장 내시경을 해 봐야 가닥이 잡힐 거 같습니다. 아, 물론 기본적인 피 검사도 해 보고요."

[좋아. 그렇게 말하면 적절하겠다.]

바루다의 조언을 받아 가면서였다. 아주 만족스러운 답변은 아니었을 테지만, 환자는 그래도 고맙다는 인사를 했다. 그나마 입원 과정에서 들은 말 중에서는 제일 그럴싸한 말이었기 때문이었다.

"네, 감사합니다."

"그럼……. 일단 검사하고 조금 이따 뵙겠습니다."

"네."

수혁은 환자와 검사를 해야 하는 하윤을 뒤로하고, 검사 결과가 어떻게 나올지 끊임없이 생각하며 방을 나왔다.

/////

"아, 선생님!"

다음 날 수혁이 병동에 나타나자마자, 안대훈이 수혁을 불렀다. 보아하니 잠을 많이 못 잔 모양이었다. 눈 밑이 시커멨다.

[어제 환자들이 좀 있었나 본데요?]

'근데 연락을 안 했네?'

[안대훈도 이제 나름 1년 차 중반이니까요. 혼자 처리할 수 있는 환자들이 늘었겠죠.]

'아, 하긴. 그럴 때가 되기는 했구나.'

내과 수련 고작 반년 받고 그게 돼? 이런 생각이 들 수도 있겠지만, 아마 실제로 받아 보면 그런 생각일랑 쑥 들어갈 터였다. 수련이라는 게 그리 만만치 않으니까.

"어, 어제 뭐 있었어?"

"아…… 네. 뭐. 근데 해결했습니다."

"오. 어디 봐 봐."

"어……. 네, 선생님."

안대훈은 잠시 고민했지만 이내 환자 등록 번호를 쳤다. 윗사람에게 자신의 처치 과정을 보여 주는 건 언제나 쉬운 일이 아니었다. 숙제 검사라도 받는 듯한 기분이 들었기 때문이었다. 게다가 그 대상이 본인이 존경해 마지않는 수혁이라면 더더욱 그러할 수밖에 없었다. 하지만 수혁은 천재라는 말로도 표현이 불가할 정도로 뛰어난 사람이 아니던가. 이런 사람이 확인해 준다면 그건 또 영광이라 할 수 있었다.

"어디⋯⋯. 음. 오, 이런 증상으로 와서. 흠."

수혁은 혼잣말처럼 차트를 읽어 내려갔다.

[좋은데요? 여기서 이걸 생각했다는 건, 어찌 되었건 이걸 공부했다는 건데.]

'그러니까. 성실하긴 하잖아, 얘가.'

[성실하죠. 그래서 머리가 더 빠지는 거 같아, 어째.]

'눈물 나는 소리는 하지 말자, 우리.'

[왜요? 수혁은 풍성하잖아요.]

'그래서 더 미안해져. 쟤가 나보다 어리다는 게 말이 되니⋯⋯.'

수혁은 대훈을 힐끔힐끔 쳐다봤다. 정확하게 표현하자면 대훈의 정수리 쪽이었는데, 대훈에게는 그렇게 느껴지지 않았다.

'뭐가 틀렸나?'

그저 자신이 틀렸는지 아닌지에만 관심이 쏠려 있었기 때문이었다.

"좋은데?"

그래서 수혁의 입에서 좋다는 말이 나왔을 때 대훈의 얼굴은 더없이 밝아졌다.

"정말요?"

"어. 초기 대응부터 의심했던 질환들……. 그리고 처치까지 좋아. 나라도 이렇게 했을 거 같은데?"

"오."

"아무래도 네가 1년 차 중에서는 제일 똑똑한 거 같다."

"어우. 감사합니다."

이게 다른 사람의 칭찬이었다면 이렇게까지 감동적일 것 같진 않은데 무려 수혁의 입에서 나온 거라 더없이 감동적이었다.

"어, 선배 울어요?"

심지어 눈물이 핑 돌 지경이었다.

"아, 아니야."

27살에 벌써 머리가 홀라당 까지고 있는 안대훈은 하윤의 말에 급히 눈물을 닦았고, 수혁은 그런 대훈을 보며 남몰래 눈물을 훔쳤다.

"아무튼, 어제 입원한 환자분 좀 보자."

생각 같아서는 좀 더 시간을 들여서 위로해 주고 싶었지만, 지금은 환자를 봐야 했기에 그게 좀 어려운 상황이었다. 아예 첫 만남에서 감도 안 잡히는 환자는 오랜만이지 않는가. 수혁도 그렇지만 바루다도 궁금증에 미칠 지경이었다.

"아. 네. 일단 검사한 거……. 결과 많이 떴습니다."

"띄워 봐."

"네."

대훈이야 딱히 자신이 대머리란 것을 떠올리고 있던 참은 아니었던지라, 곧장 환자의 차트를 띄울 수 있었다. 방금 대훈이 말했던 것처럼 상당히 많은 검사가 진행되어 있었다.

"일단 보자……. 음."

수혁은 그중 먼저 혈액 검사부터 훑었다. 워낙에 환자를 많이 보아 온 데다가, 바루다의 보조까지 있었기에 속도가 무척 빨랐다.

[백혈구, 혈소판은 정상이에요. 헤모글로빈은 11(정상 범위 12~18). 약간 빈혈이 있네요.]

'생각했던 거보다는 별로 비정상인 게 많지 않……. 음?'

[CRP가 떴네요. 8.5면 상당히 높은 건데 이거.]

'ESR도 높아. 음.'

CRP, ESR. 염증 수준을 알아보는 데 있어서 기본적으로 확인해야 하는 지표 중 하나였다. 이게 떴다는 건 환자의 몸 어딘가에 염증이 있다는 것을 의미했다.

'PT가 늘어나 있어. aPTT도.'

이 두 수치는 출혈 경향과 관계가 있었다. 환자가 그렇지 않아도 어제 예전부터 멍이 잘 드는 등의 출혈 경향이 있다고 했으니, 늘어나 있는 게 그리 뜻밖의 일은 아니었다.

[그 외에 엑스레이나 심전도는 정상입니다. 아, 엑스레이상에 살이 좀 늘어나 있는 건 보이지만, 뭐. 이건 육안으로도 확인 가능하니까요.]

'정리하면 지금 문제가 되는 게……. 일단 4년 전 발생한 복통과 혈변. 출혈 경향, 피부의 늘어짐, 그리고 빈혈 정도인가?'

[혈중 알부민(간에서 만들어지는 단백질) 농도도 좀 떨어져 있습니다.]

'뭐 떠오르는 거 있어?'

[솔직히 없습니다.]

'나도 그래, 아직은.'

상당히 많은 결과가 떴지만, 그런데도 딱 이거다 싶은 것이 있지는 않았다. 그렇다고 수혁이나 바루다 실망하진 않았다. 어차피 내과적 진단 과정은 일견 지루할 수도 있는 것이니까.

"다른 검사는 뭐 잡혀 있지?"

"오전에 대장 내시경……. 아, 지금 내려가시네요."

"빨리 잡혔네?"

"요새 선생님 오더로 들어가면 빨라요."

"허."

수혁은 바람 빠지는 소리를 내며 웃었다. 왜 그런지 너무 잘 알 거 같은데, 그 이유가 실은 거짓이었기 때문이었다.

[역시 굳이 안 밝히길 잘했군요.]

'밝힐 수도 없어, 이제. 어차피 원장님이 학회에서 소리 지른 거라.'

[하긴 그것도 그렇습니다. 그 양반이 참 즉흥적인 데가 있어요.]

'아무튼, 어차피……. 별 환자 없지?'

수혁의 말에 바루다는 잠시 웅 하고 데이터를 가동시켰다. 말이 '웅'이지, 실은 수혁의 뇌를 사용하는 것이었기에 들리는 소음은 이명에 가까웠다.

[전에 호흡기 환자로 입원했던 환자 둘은 이미 퇴원했습니다. 어제 기록을 보니 그렇네요. 그 둘 외에는 뭐……. 없죠.]

'그럼 내려가 보자. 가서 직접 좀 보자고, 대장 내시경 소견을.'

[아, 그럴까요?]

사실 조금만 기다리면 실제 내시경을 수행한 의사의 의견과 함께 사진이 올라오긴 할 터였다. 하지만 역시 라이브로 보는 것에 비할 바는 아니었다. 가능하다면 주치의가 직접 확인하는 것이 제일 좋았다.

"대훈아, 너 환자 다 정리했어?"

"아……. 조금 남았습니다."

"급해?"

"아뇨. 오전에 스케줄 없어서……. 어차피 병동에 있을 생각이었습니다. 왜요?"

"같이 내시경실 가자. 저 환자 보게."

"아, 네!"

안대훈은 즉시 고개를 끄덕였다. 수혁이 가자고 하면 내시경실이 아니라, 어디든 갈 수 있는 놈이기 때문이었다. 그가 그렇게 따라나설 채비를 하자, 하윤도 따라나섰다.

"저도 가도 되나요?"

내과 인턴임을 증명이라도 하겠다는 듯, 아직 감지 못한 머리를 질끈 묶고 있었다. 과 특성상 새벽에 나가야 하는 검사가 많아서였다. 수혁도 내과 인턴을 돌 때면 새벽 4시 반쯤 일어나 나와서 나온 처방들을 해결했던 기억이 있었다.

"너 안 쉬어도 돼? 오후 지나면 또 처방 쏟아질 텐데?"

"내분비 쪽은 선생님이 처방을 정리해 주셔 가지고……. 그렇게 안 많아요."

"아, 음."

수혁은 자신이 정리했던 처방을 떠올렸다. 다들 열심히 하고 있긴 하지만, 그래도 쓸데없는 일들이 너무 많았다. 인턴이야 이게 쓸데가 있는 검사인지 아닌지 알 수 없겠지만, 수혁 정도 되는 사람이 한번 신경 써 주면 일을 많게는 절반까지 줄일 수 있었다.

"그래, 그럼. 가자."

"네, 선생님. 감사합니다."

수혁은 무려 둘이나 끌고 아래로 향했다. 내시경실은 2층에 있었는데, 태화의료원은 그 명성에 걸맞게 내시경실이 아주 거대했다. 검진센터와 따로 분리되어 있지 않아서이기도 했다.

"와……. 엄청 많네요. 이 시간부터."

대훈은 이 시간에 여기 온 것이 처음인지 고개를 연신 두리번거렸다.

"응. 요새 우리 병원 검진에 총력전이래. 아선이랑 칠성에 밀려 가지고."

반면 수혁은 하도 높은 사람들이랑 다니다 보니 이것저것 주워듣는 것이 아주 많았다. 특히 병원 수익에 관해서는 어지간한 교수들보다도 많이 알고 있었다.

"어디로 가야 하나. 이게."

수혁은 내시경실 안으로 들어서고는 잠시 눈을 감았다. 그러자 바루다가 저장해 두었던 지도를 떠올려 주었다. 마치 게임 속 미니 맵 같은 느낌이었다.

"아, 이쪽."

"네, 선생님."

대훈과 하윤은 그런 수혁의 뒤를 군말 없이 따랐다. 적어도 이 둘에게는 수혁이 진리요 생명이었기 때문이었다. 그리고 대개는 수혁이 맞았다. 이번에도 그랬다. 그리 어렵지 않게 대장 내시경실에 닿은 수혁은 근처를 지나던 간호사를 붙잡고 물었다.

"안녕하세요, 내과 2년 차 이수혁입니다."

"아, 네. 이수혁 선생님. 무슨 일이세요?"

이미 '내과 전공의 중 지팡이를 짚고 있는 사람은 VIP다.'라는 사실은 이 큰 병원에 파다하게 퍼진 지 오래였다. 그 때문에 간호사는 최선을 다해 친절하게 응대해 주었다. 보통 대학 병원에서 마주치는 간호사들하고는 달랐다.

"혹시 홍연수 환자분 어디 있는지 아시나요? 별관 병동에서 왔고, 내분비내과 환자예요."

"홍연수······. 잠시만요."

간호사는 잠시 차트를 뒤적거리더니, 커튼이 쳐져 있는 곳을 가리켰다.

"저기요."

"감사합니다."

"별말씀을."

그러곤 들고 있던 의료 기구를 들고 사라져 갔다. 아마도 다른 방에 보조로 들어가는 모양이었다. 수혁은 간호사가 가리킨 방 안에 무턱대고 들어가는 대신, 일단 벽을 두드렸다. 그러자 안에 있던 사람이 대꾸했다.

"누구야? 나 바빠."

젊은 남자 목소리였는데, 아무래도 지금 막 대장 내시경에 돌입한 모양이었다. 보통 레지던트라면 '죄송합니다, 기다리겠습니다.'를 연발하겠지만, 수혁은 그러지 않았다.

[그럴 필요가 없죠.]

바루다의 말대로였다.

"아, 이수혁 선생이에요? 들어와요."

수혁이 소속과 이름을 밝히자마자 아예 목소리 톤이 바뀌었다. 덕분에 수혁은 대훈과 하윤을 대동하고 내시경실 안으로 들어갈 수 있었다. 소화기내과 의사는 그런 셋을 돌아보며 말을 이었다.

"잘 봐요. 어떤 거 같아요?"

내시경 화면을 가리키면서였다. 처음 보는 사람이라면, 이게 정말 대장이 맞나 싶을 정도로 기괴한 화면이었다. 우선 궤양이 쭉 깔려 있었다. 그 궤양은 규칙적이라기보다는 불규칙했고 한 번에 잘 이어지지도 않았다.

"네가 볼 땐 뭐 같아?"

물론 경험이 있는 의사들에게는 그저 전형적인 소견일 따름이었다. 그리고 그건 안대훈에게도 그러했다. 그는 좀 고개를 갸웃거리긴 했지만, 답변하는 데 그렇게까지 오래 걸리진 않았다.

"크론……?"

"오. 그래. 크론."

"맞아요. 크론의 아주 전형적인 소견입니다. 물론 뭐, 궤양성 대장염이나……. 결핵 가능성도 있지만. 좀 달라요, 그것들하고는."

대훈의 말에 수혁이 고개를 끄덕였고, 소화기내과 의사 또한 고개를 끄덕였다. 하지만 수혁과 소화기내과 의사의 끄덕임에는 약간의 차이가 있었다. 소화기 쪽이 좀 더 확신에 가득 차 있다고 한다면, 수혁은 의문에 가득 차 있었다.

[이상하죠?]

'크론은 맞아. 맞는데…….'

[CDAI(Crohn's Disease Activity Index, 크론병의 질병 활성도 지표)가 150 미만이에요. 이 환자의 배변 횟수나 복통, 복부 종괴, 빈혈 수준, 전신 안녕감 등을 보면요.]

'정확하게는 131점 정도인데……. 그럼 비활동성으로 분류될 정도잖아? 그런데 그중에서 유의하게 혈변만 높아. 이건 뭔가 다른 이유가 있나?'

[피부랑 연관이 있지 않을까요?]

'그럼 아직도 뭔지 잘 모르겠는 거야?'

[아쉽게도요.]

"바이옵시(biopsy, 조직 검사)도 나갔고. 일단 내 의견은 크론이야. 다르게 나올 수도 있겠지만…… 거의 99%?"

소화기내과 의사는 대장 내시경을 통해 상행결장(ascending

colon, 맹장으로 이어지는 부분)까지 확인한 후, 수혁을 돌아보았다. 이렇게 말하면 내시경이 아주 수월했던 것처럼 보이겠지만, 실은 무척 어려웠다.

[횡행결장(transverse colon, 상행결장과 이어지는 부분)에 협착이 있었어요. 거긴 소아용 내시경으로 통과하던데. 실력이 좋군요.]

'그러니까 태화에 있지. 여기가 뭐 아무나 받아 주냐.'

[근데 왜 아선이랑 칠성에 밀리지.]

'쓸데없는 소리 하지 말고.'

수혁은 꼭 한마디씩 미운 소리를 해 대는 바루다의 입을 다물게 한 후, 소화기내과 의사를 바라보았다.

"제 의견도 그런데……. 그럼 일단 약을 좀 쓸까요?"

"약? 결핵이면 대박 날 텐데."

여기서 말하는 대박은 결코 좋은 의미의 대박이 아니었다. 이유는 간단했다. 지금 수혁이나 소화기내과 의사가 의심하는 크론은 자가 면역 질환이지 않은가. 치료제로 쓰이는 약들은 대개 면역 억제제나 항염제였다. 그에 반해 결핵은 감염 질환의 대표 격. 거기다 면역 억제제를 때렸다간, 결핵이 확 번져 버리는 대참사를 눈앞에서 볼 수 있게 될 터였다. 물론 수혁도 다 생각이 있었다.

"메살라진(크론병 치료에 사용하는 항염증제) 정도면 어떨까요?"

"아, 메살라진. 음."

소화기내과 의사는 당연하게도 크론과 같은 염증성 장 질환 또는 결핵에 관해서는 도사였다. 약에 대해서도 아주 잘 알고 있었는데, 방금 수혁이 언급한 메살라진은 상당히 영리한 선택이라고 할 수 있었다.

"좋네. 그렇게 하면 될 것 같아."

"감사합니다."

"아니, 아냐. 어차피 처방 나면 해야지. 내려와서 물어보니까 오히려 좋네. 따로 오해도 안 생길 거고."

"주치의가 가능하면 내려와야죠."

"좋은 마인드야. 너 치프 되면 교육 좀 해 줘라. 요새 전공의들 무서워서 못살겠어."

소화기내과 의사의 표정엔 정말이지 회한이 서려 있었다. 그가 한창 수련받을 때만 해도, 솔직히 의국 내 분위기는 엄하다 못해 살벌했다. 일단 4년제였을 때였고, 내과가 아직 스테디셀러 정도의 인기는 유지하고 있을 때이기도 했다. 그래서 그런지는 몰라도 패는 일도 아주 많았다. 그런데 지금은 어떠한가? 조금만 싫은 소리 해도 1년 차가 눈을 흡뜨는 경우도 있었다.

"네, 알겠습니다. 선생님."

"그래, 다 너만 같으면 좋겠다, 아주."

그에 비하면 수혁은 로열임에도 불구하고 예의도 바르고 똑똑했다. 수혁은 소화기내과 의사의 진심을 느끼며 재차 고개를 끄덕였다. 그러곤 환자가 깨기 전에 검사실을 빠져나왔다. 들어갈 때와 마찬가지로 대훈과 하윤을 대동한 채였다.

"크론 직접 보니까 어때?"

나름 2년 차라고 질문도 던졌다.

[출혈 경향이 꽤 심했어요.]

'응, 내시경상에서도 출혈이 있었지.'

[아까 협착 있는 부위는 무리했으면 진짜 큰일 났을 겁니다.]

'실력이 있어서 망정이지.'

물론 바루다와는 심도 있는 대화를 나누면서였다.

"내시경으로 직접 보는 건 처음이라……. 신기했습니다. 절대 못 잊을 거 같아요."

"저도요. 이제 크론 소견은 확실히 기억할 것 같습니다."

애초에 둘의 대답에는 그리 신경을 쓰지 않겠다는 뜻이었는데, 그럼에도 대훈과 하윤은 수혁의 팬클럽임을 자처하는 사람들이니만큼 최선을 다해 답변해 주었다.

"그래, 그렇게 하라고 데리고 온 거야."

수혁은 겉으로 계속 좋은 사람인 척하면서 속으로는 바루다와 대화를 나누었다.

[뭔가 다른 원인의 출혈 경향이 있는 게 분명해요. 아무래도…….]

'피부랑 연관이 있을 거 같지?'

[네. 출혈 경향과 늘어지는 피부……. 음.]

'이건 내가 공부한 적이 없는 거 같아.'

아무리 생각해도 떠오르는 게 없었다. 이제 바루다가 수혁의 뇌에 익숙해진 것만큼이나, 수혁도 바루다의 데이터베이스 접근에 익숙해진 마당 아니겠는가. 그런데도 없다는 건 애초에 쌓은 적이 없다는 걸 의미했다.

[호. 솔직하게 실토하네요?]

'실토가 아니라, 이건 사실 네 잘못이지?'

[네? 아니……. 수혁이 모르는 게 왜 내 잘못입니까?]

'네 가이드대로 공부했는데, 지금 금시초문인 게 나왔잖아.'

[와……. 이…….]

'억울해할 필요 없어. 나 진짜 네가 시키는 대로 매일 공부한다?'

[허.]

바루다는 수혁의 말에 진심으로 빡친 표정을 지었지만, 그렇다고 뭐라 하지는 못했다. 생각해 보니 요새 수혁은 정말이지 성실 그 자체였기 때문이었다. 물리적으로 시간이 없어서 공부하지 못할 때 말고는 늘 정해진 양만큼 공부하고 잠들었다. 그 덕에 데이터는 순조롭게 쌓이고 있었고, 또 진료도 순조롭게 이루어져 왔다. 어제까지만 해도 그랬다.

'그렇잖아. 새꺄.'

[그건…….]

'그러니까 네 잘못이야.'

[으…….]

'뭐 공부해야 해. 골라.'

수혁은 계속해서 바루다를 압박하며 엘리베이터에 올라탔다. 대훈과 하윤도 그의 뒤를 따라 서둘러 올라탔다.

"그럼 저 환자, 메살라진만 쓰면 될까요?"

대훈은 그와 동시에 질문을 던졌다. 실질적으론 수혁이 같이 보고 있긴 하지만, 명목상 주치의는 대훈이지 않은가. 아무튼 환자 계획에 관해서 궁금해하는 것은 당연한 일이었다.

"응? 아, 아니. 일단 경과 봐야지."

"혹시 크론 말고 다른 병을 의심하시는 건가요?"

"너 CDAI 알지? 크론 인덱스."

"어……. 알긴 아는데, 공식까지 알지는 못해요."

안대훈은 뒤통수를 긁적거렸다. 죄책감이 잔뜩 깃든 표정을 짓고 있었는데, 사실 그럴 만한 일은 아니었다. 무려 항목이 8개인 데다가, 항목마다 점수도 다르기 때문이다.

"뭐, 1년 차는 그런 게 있다는 것만 알아도 훌륭하지."

수혁은 일단 칭찬부터 하고는 말을 이었다.

"그 점수가 상당히 낮아. 근데 내시경 소견을 보면 출혈 경향이 있고……. 또 어렸을 때부터 출혈 경향이 있었다고 하잖아? 이건 뭔가 다른 원인이 있었다고 봐야 해."

"아."

"피부가 늘어지는 거랑 연관이 있을 거 같은데……. 아직은 잘 모르겠다."

"그거……. 저도 어차피 오후에 병동 회진 준비만 하면 되니까, 같이 찾아보겠습니다."

"그럴래?"

"네. 저야 영광이죠."

수혁의 칭찬에 안대훈은 귀까지 빨개진 채 헤헤 하고 웃었다. 외모만 좀 받쳐 주었으면 귀엽다는 생각이 들었을 텐데, 하필 고개를 숙여서 정수리가 보였다. 그저 처량해 보일 따름이었다.

"저, 저도 도울 수 있을까요?"

그때 하윤 또한 손을 들며 나섰다.

"괜찮겠어? 너 그러다 죽어."

인턴 스케줄을 잘 아는 수혁은 그런 하윤을 말리고 나섰다. 대강 하루 스케줄이 보이는 레지던트와는 달리, 인턴은 그날 콜을 알 수가 없지 않은가. 정말이지 시간 있을 때 자 두거나, 먹어 두어야 했다. 잠깐 방심했다가 훅 가는 수가 있다 이 말이었다.

"괜찮아요. 무리 안 할게요. 궁금해서 그래요."

"음."

하지만 하윤의 심정이 이해가 가기는 갔다. 인턴이라 해도 멀쩡한 면허증이 있는 의사였다. 하지만 막상 대학 병원에서는 환자의 진료에 가담한다기보다는 거의 허드렛일이나 하는 수가 많았다. 당연하게도 이런 진짜 진료에 참여할 일이 생기면 눈이 뒤집히기 마련이었다. 특히 하윤처럼 똑똑한 사람이라면 더더욱 그러했다.

"그래, 그럼. 그렇게 하자."

수혁은 고개를 끄덕였다. 그사이 셋을 태운 엘리베이터가 병동에서 멈추었다. 대훈은 혹시 몰라 교수님 오셨었냐고 물었지만, 간호사는 언제나처럼 다 알지 않냐는 표정을 지으며 고개를 가로저었다.

"오겠냐."

수혁은 고개를 가로젓고는 늘 들고 다니는 노트북을 옆에 펼쳐 놓으며 컴퓨터 앞에 앉았다. 보통 이렇게 스테이션 자리를 차지하고 있으면 좋게 보지 않았지만, 수혁에게는 감히 그 누구도 뭐라 하지 못했다. 일단 백이 대단한 데다가, 어찌 되었건 거의 반드시 성과를 냈으니까.

"저도 찾아보겠습니다."

"저도요!"

"어, 그래. 해 보자."

그렇게 셋은 동시에 인터넷을 뒤적거리기 시작했다. 구글링을 해도 좋겠지만, 수혁은 펍메드라는 사이트를 좀 더 애용하는 편이었다. 익숙해지는 데 시간이 좀 걸린다는 게 단점이긴 했지만, 학술 논문을 찾을 때는 거의 최고라 할 수 있었기 때문이었다.

'피부니까……. 음, 어떻게 검색하지?'

[Cutaneous laxity(피부 이완). 이게 적당한 단어 같아요.]

'아, 늘어짐. 음. 그렇네.'

수혁은 역시나 바루다가 짱이란 생각을 하며 검색창에 해당 단어를 검색했다. 하지만 생각보다 이 세상에는 해당 증상을 일으키는 질환이 많고도 많았다. 그중에는 수혁이 전에 진단했던 질환들도 들어가 있었다.

'여기에 출혈 경향? 음. 이상한데. 잘 안 떠.'

거기에 현재 환자에게서 가장 문제가 되는 출혈 경향을 더해 보았지만, 소득이 없었다. 좌절할 수도 있는 상황이었지만, 수혁에게는 바루다가 있었다.

[이 환자는 크론이 같이 있어서 발생하는 증상일 수도 있어요. 그거보단……. 일단 환자의 다른 특성을 같이 검색하는 게 좋겠습니다.]

'어떤 특성?'

[환자 영상 출력합니다.]

바루다는 환자의 모습을 수혁의 머릿속에 띄워 주었다. 어마어마한 기억력을 가진 사람들을 보고 사진 같은 기억력을 가지고 있다고 하지만 그들도 이 정도는 아닐 것이다. 수혁의 머릿속에 떠오른 건 그냥 사진이었다.

'아, 그래. 피부가 늘어져서 눈에 안 띄었는데. 노랗게 오돌도톨한 것도 있었지?'

[Yellowish papular lesions(황색을 띤 피부 병변), 추가로 입력할 것을 요청합니다.]

'오케이.'

이렇게 검색어를 바꾸자 아까보다는 뭔가 좀 나오는 게 있었다.

'음. 이거……. 느낌 좋은데.'

[Pseudoxanthoma elasticum(탄력섬유성 위황색종, 탄성 조직에서 변질이 일어나는 유전성 질환). 데이터베이스에는 없는 질환입니다.]

'리뷰 논문부터 볼까.'

[네. 일단은 배경지식부터 쌓는 것을 추천합니다.]

그중 수혁의 눈길을 끈 진단명은 탄력섬유성 위황색종이었다. 일단 이름 자체가 어려웠는데, 당연하게도 상당히 드문 질환이었다.

'피부의 늘어짐……. 시력 악화, 출혈. 소화기관의 출혈?'

[여기까지는 맞아떨어지는군요. 더 읽어 보죠.]

'알았어.'

수혁은 바루다의 도움을 받아 논문을 아주 빠르게 읽어 내려갔다. 하도 많은 논문을 봤더니 읽는 속도가 빨라진 데다가, 바루다가 동시통역 수준으로 읊어 주어서 남들보다 몇 배는 더 빨랐다.

'크론에 의해 악화될 수 있어.'

[오. 이건 상당히 주요한 사인 같은데.]

'그리고 비타민K의 결핍을 일으키는구나. 아, 이거네.'

수혁은 어느 지점까지 읽고는 책상을 탁탁 두드리며 성치도 않은 몸을 빠르게 일으켰다. 그럼에도 바루다는 비아냥대지 않았다. 수혁의 기쁨을 어느 정도 공유할 수 있었기 때문이었다.

"어, 선배."

"벌써 알아내셨어요?"

그런 수혁을 돌아보는 대훈과 하윤의 얼굴엔 놀라움이 가득 번져 있었다. 당연한 일이었다. 지금 이 셋이 질환을 뒤적거리기 시작한 게 불과 20분도 안 되었으니까. 그런데 벌써 진단명을 찾아냈다고? 상식적으로 말이 안 되는 일이었다.

드르륵.

그때, 내시경실에서 환자가 올라왔다. 보호자와 함께였는데, 둘 다 거의 울상이었다. 계속 검사는 하는데 답은 안 해 주니 당연한 일이었다. 물론 수혁은 그 상황이 오래가게 둘 생각이 전혀 없었다.

"일단 환자한테 가자. 설명해 줄 때, 같이 들어."

"환자분."

수혁은 지팡이를 짚은 채 엘리베이터에서 내려 병실로 향하던 환자를 붙잡았다. 어차피 걸어가던 건 아니었고, 침대에 누운 채였기에 별 어려움은 없었다.

"아, 네. 선생님."

환자는 기운이 없어 보였다. 원래도 힘들어했는데, 거기에다가 대장 내시경까지 했으니 당연한 일이었다. 뒤를 돌아보니, 하윤이 어깨를 으쓱해 보이고 있었다.

'아, 쟤가 관장을 해 줬겠구나. 참.'

누누이 말하지만, 인턴은 의사들이 해야 하는 일 중에서 누구도 하기 싫은 일들을 주로 맡게 되는 법이었다. 생각보다 상당히 다양한 일들이 있는데, 그중에서 최악을 꼽으라고 한다면 역시나 관장이었다. 관장도 여러 종류가 있지만 아마 어제 하윤이 한 건 그나마 조금 나은 종류의 관장이었을 터였다.

[설명이나 하시죠. 하여간 하윤 생각만 하면 넋이 나가.]

'아, 알았어. 그리고 넌 안 나갔거든?'

[보통은 입 벌리고 눈 풀린 상태를 넋 나갔다고 하죠.]

'내가 그러고 있냐?'

[아까 한 1초가량.]

'이런 망할.'

다행히 관장에 관한 고찰은 그리 오래가지 못했다. 환자를 눈앞에 두고 있는 데다가, 바루다의 성화도 있었기 때문이었다. 덕분에 수혁은 환자의 얼굴에 의문이 잔뜩 떠오르기 전에 말을 이어 나갈 수 있었다.

"우선……. 환자분 방금 대장 내시경 하고 오셨죠?"

"네네."

답은 환자가 아니라, 환자의 보호자에게서 들을 수 있었다. 여느 보호자가 그러하듯 환자의 어머니도 염려가 가득한 얼굴을 하고 있었다. 당연한 일이었다. 대학 병원에서 외래만 보고 바로 입원시키는 경우가 흔한 건 아니었으니까. 게다가 입원을 시킨 교수란 사람은 아예 얼굴도 내밀지 않고 있었다.

"대장 내시경 결과……. 환자분의 잦은 혈변과 복통, 그리고 간혹 있는 설사의 원인은 알아냈습니다."

"저, 정말요? 그게 뭐죠?"

어머니는 아주 다급한 대도로 물어 왔다. 그 사이 침대가 이송 요원의 손에 이끌린 채 병실로 들어와 있었기에 망정이지, 그렇지 않았다면 아마 병동을 오가던 환자들이 싸움이라도 난 줄 알고 다 쳐다보았을 것이었다.

"크론병입니다."

수혁은 어머니와 환자를 번갈아 바라보며 대답을 해 주었다.

환자는 봐야지

뭔가 아주 대단한 진단명이라도 되는 것 같겠지만, 그건 아니었다. 수혁이 학생일 때까지만 해도 크론은 아주 희귀한 질환이었지만, 이젠 그 유병률이 점점 늘어 흔하지는 않아도 대학병원에서는 꽤 자주 보는 질환이 되어 버렸기 때문이었다.

[여태 크론인 줄도 몰랐다니. 이해가 잘 가지 않습니다.]

때문에 바루다의 의견은 제법 타당한 구석이 있었다. 아마 대장 내시경만 해 봤다면, 그걸 한 의사가 어디서 수련받았다 하더라도 알아차렸을 테니까.

'환자가 너무 젊잖아. 생각도 안 해 봤을걸.'

하지만 환자의 사정을 생각해 보면 꼭 그렇지는 않았다. 20대에 대체 어느 누가 대장 내시경을 염두에 둔단 말인가. 아마 별거 아닐 거라고 여기고 그냥 방치했을 가능성이 컸다.

"크론이요? 그게 뭐죠?"

아무튼, 환자의 보호자는 크론이라는 병을 듣고는 고개를 갸웃거렸다. 의료진에게는 익숙한 이름이지만, 일반인에게는 아직 그렇게까지 유명한 병은 아니었기 때문이었다.

"염증성 장 질환의 일종인데……. 자가 면역 질환이라고 생각하시면 됩니다. 우리 몸의 면역 세포들이 어떤 원인에서든지 자기 몸을 공격하는 거예요. 환자분 같은 경우에는 그 대상이 이제…… 소화기관인 거고요."

"아……."

아직 완전히 이해한 것은 아닌 듯했지만, 지금 중요한 건 그런 게 아니었다. 일단은 치료 방법이 있는 병이라는 것을 알려야 했다. 어차피 치료가 꽤 오래 걸리는 병이므로, 병에 관해서 설명할 시간이야 충분히 있을 테니까. 지금은 환자와 보호자를 조금이나마 안심시켜 주는 것이 급했다.

"일단 오늘부터 치료에 들어갈 겁니다. 아직 조직 검사가 나오지 않았기 때문에 약을 엄청 세게 쓰진 않을 거예요. 잘 듣지 않더라도, 이젠 꽤 여러 가지 치료 옵션이 개발되었으니 너무 걱정하지 마시고 지켜보세요."

"어……. 네. 선생님."

어머니는 아직 크론이 무슨 병인가에 대해 집중하고 있던 모양이었다. 그 때문에 수혁의 말에 적절하게 대응하지 못했다. 이번에 입을 연 것은 환자 본인이었다.

"그럼……. 그 크론인가 하는 병을 고치면 이것도 다 좋아지나요?"

환자는 자신의 늘어진 피부를 붙잡은 채 질문을 던졌다. 아직 젊디젊은 나이에 흉하게 처진 피부가 안쓰러워 보였다.

'그럴 수 있다면 좋겠는데…….'

아쉽게도 그건 아니었다. 수혁은 쓴웃음을 지은 채 고개를 살짝 저었다. 안타깝다고 해서 거짓말을 할 수는 없지 않은가. 수혁은 자신이 걸치고 있는 하얀 가운의 무게를 아주 잘 알고 있는 사람이었다. 환자를 위로해 주더라도, 거짓 희망을 심어 주진 않았다.

"아뇨, 환자분의 피부 병변은 다른 질환에 의한 겁니다."

"다른 질환……이요? 그럼 혹시 그것도 진단됐나요?"

수혁은, 그리고 바루다는 환자의 눈에 스쳐 지나가는 희망의 흔적을 볼 수 있었다. 일반인들은 진단이 되면 무조건 치료가 될 거라고 믿기 때문이었다. 수혁은 아까보다 더한 안타까움을 느끼며 말을 이었다.

"네. 물론 정확한 건 유전자 검사를 해 봐야 합니다만……. 일단 탄력섬유 위황색종이 의심됩니다."

"탄 뭐요?"

"탄력섬유 위황색종입니다. 아, 영어로는 수도샌소머 일래스티컴(pseudoxanthoma elasticum)이야."

수혁은 환자에게 한 번 더 또박또박 말해 준 후, 뒤에 서 있던 대훈과 하윤에게는 의학 용어를 얘기해 주며 돌아보았다. 수혁은 자신도 처음 들어 본 진단명이었기에, 하윤과 대훈도 아예 들어 본 적도 없을 거라 확신을 품고 있었다.

"수, 수도……."

"수도샌소머 일래스티컴? 와, 이런 병도 있구나……."

아니나 다를까 대훈과 하윤은 서로를 돌아보며 호들갑을 떨었다. 물론 수혁은 그런다고 입을 다물거나 하지는 않았다. 아직 해야 할 이야기가 많았다.

"이 탄력섬유 위황색종의 특징 중 하나가 바로 환자분처럼 늘어지는 피부입니다. ABCC6나 GGCX라는 유전자의 변이가 동반되는 경우가 많아요. 피부에만 이상을 일으키는 것은 아니고……. 심장과 눈에도 이상을 일으킬 수 있습니다. 때문에 이에 대해서는 각기 순환기내과와 안과에 협진 요청을 드린 상황입니다."

"심장에…… 눈…….'"

수혁은 그 말을 하면서도 환자를 끊임없이 살폈다. 해당 질환이 심장과 눈에 악영향을 미칠 수 있는 건 맞지만, 딱히 시력에 문제가 있어 보이진 않았다.

[아직 나이가 젊으니까요. 심장 쪽도 괜찮을 가능성이 큽니다.]
'네가 그렇다니까 좀 안심이 되네.'
[의학에서는 나이가 깡패니까요.]

나이가 깡패라. 말은 좀 거칠고 없어 보일지 모르겠지만, 실제 병원에서 일하다 보면 이 말만큼 또 공감되는 말도 적었다. 덕분에 수혁은 아까보다는 조금 나아진 얼굴로 말을 이었다.

"지금 당장은 아마 괜찮을 겁니다. 검사는 해 봐야겠지만요."
"그……. 네."
"그리고 이 크론도 치료를 하면, 증상이 조금은 더 나아질 겁니다."

"네? 둘이 관계가 있나요?"

환자만큼이나 수혁의 뒤에 있던 둘도 놀란 표정을 지어 보였다. 크론이라면 그래도 내과의로서, 그리고 내과의를 꿈꾸는 이로서 알 만큼 안다고 생각했는데, 오늘 처음 들어 본 질환과 크론에 연관이 있을 줄이야.

"네. 둘이 서로 발병을 시키는 건 아닙니다만, 크론병이 탄력섬유 위황색종을 악화시킬 수 있습니다."

"아……."

"환자분의 크론병은 문진상 아마 발생한 지 4년 정도 되었을 텐데, 그때부터 이 피부도 악화되었을 겁니다."

"그러고 보니까…… 그런 거 같아요."

그때까지는 한참 동안 말없이 환자의 손만 잡아 주고 있던 어머니가 고개를 끄덕였다. 4년이 꽤 긴 시간이라 헷갈리기는 했지만, 다른 사람도 아니고 딸의 몸 아니던가. 수혁의 말을 듣고 보니 분명 그때부터 악화한 것 같았다.

"특히 이 크론병은 탄력섬유 위황색종의 증상 중 하나인 비타민K 결핍을 더더욱 악화시킵니다."

"비타민K요?"

"네. 비타민K."

수혁은 잘 나가다가 왜 갑자기 비타민 얘기를 하나 싶은 환자와 보호자를 번갈아 바라보았다. 물론 뒤에 있던 대훈과 하윤의 얼굴은 조금 달랐다. 비타민K의 결핍이란 말을 듣자마자 뭔가 감이 왔기 때문이었다. 수혁은 그래도 이 녀석들이 자신의 팬클럽임을 자처할 정도는 된다고 생각하며 말을 이었다.

"이게 부족하면 출혈이 일어납니다. 혈액 응고 인자는 비타민K와 깊은 연관이 있거든요."

"출혈. 아……."

"그 때문에 어렸을 때부터 출혈이 좀 잦았을 겁니다. 그나마 크론이 생기기 전까지는 일상생활에 크게 영향을 받지는 않을 정도였겠지만, 그 후로는 더 심해졌을 거고요."

수혁의 말에 환자와 어머니 모두 깊은 공감의 뜻으로 고개를 끄덕였다. 비단 출혈이 영향을 미친 것은 혈변만이 아니었기 때문이었다. 산부인과적 문제도 일으켰다. 방문했던 산부인과에서 했던 검사에서는 크게 이상이 없다면서, 다만 환자의 피부를 보고 뭔가 선천적인 이상이 있을 거란 얘기만 했을 뿐이었다. 분명 어릴 때부터 문제가 있었던 것도 아닌 데다가, 면전에 대고 태어날 때부터 이상이 있었을 거란 얘기를 듣고 나니 더 치료받기가 싫어졌을 뿐이었다. 그러다 오늘 그 이유를 시원하게 듣고 나니, 벌써 좀 나아지는 듯한 기분이 들었다.

"다행히 아직 크론 자체는 아주 심한 편은 아닙니다. 혈변이 있는 건 크론 때문에 심해진 비타민K의 결핍이 원인입니다. 치료를 시작하면 호전될 거라 생각합니다."

수혁의 얼굴 또한 아까보다는 훨씬 나아져 있었다. 아무래도 의사가 환자에게 '호전'에 대해 말할 때는 그럴 수밖에 없지 않겠는가. 하지만 아예 웃고 있지만은 못했는데, 그것도 다 이유가 있었다.

"그럼 피부도 좋아지나요?"

바로 지금 이 환자의 질문에 대한 답변 때문이었다. 안타깝지만 아직까지 유전자 변형으로 인한 질환에 대해서는 치료가 불가한 상황이었다. 게다가 지금처럼 이미 비정상으로 피부가 늘어날 정도로 조직이 형성된 경우에는 더더욱 그러했다. 때문에 수혁은 고개를 가로저을 수밖에 없었다.

"아뇨. 호전되는 것은…… 출혈입니다. 피부 병변은 해결이 어렵습니다."

"그렇…… 그렇군요."

환자는 낙담했고, 그 얼굴을 보는 수혁 또한 열패감이 들었다.

'이런 젠장. 왜 아직도 치료 안 되는 병이 이렇게 많은 거야?'

진단이 되면 치료도 돼야 정상 아닌가? 물론 말도 안 된다는 건 알고 있었지만, 그래도 투정이라도 부리고 싶은 마음이었다. 바루다는 기계이니만큼 그런 수혁을 이해하진 못했다. 하지만 그래서 오히려 방향을 제시해 줄 수 있었다.

[남이 해 주길 바라지 말고, 수혁이 만들면 되지 않습니까?]

싸가지 없는 말투야 어쩔 수 없었지만, 그래도 꽤 의미 있는 발언 아닌가.

'만들어?'

[네. 지금 당장이야 어렵겠죠. 지식도 없고, 설비도 없고, 사람도 없고.]

'개뿔도 없지.'

[하지만 화이자 학회에 가서 뭔가 보여 주면 조금은 달라지긴 할 겁니다.]

'그건……. 그건 그렇지. 그렇네. 흠…….'

A. I. 닥터 4

1판 1쇄 발행 2025년 5월 15일

지 은 이 한산이가
펴 낸 이 김재문

총괄책임 진호범
편   집 김동진 정초희
디 자 인 최재원
펴 낸 곳 출판그룹 상상
출판등록 2010년 5월 27일 제2010-000116호
주   소 (06646) 서울시 서초구 반포대로28길 42, 6층
전자우편 story@sangsang21.com
블 로 그 blog.naver.com/sangsangbookclub
페이스북 facebook.com/sangsangbookclub
인스타그램 @sangsangbookclub
대표전화 02-588-4589 | 팩스 02-588-3589

ISBN 979-11-91197-47-1 (04810)
     979-11-91197-43-3 (세트)

· 이 책의 판권은 지은이와 출판그룹 상상에 있습니다.
· 웹소설『A.I. 닥터』의 서비스 운영 주체는 (주)작가컴퍼니입니다.
· 이 책 내용의 일부 또는 전부를 재사용하려면 사전에 동의를 받아야 합니다.
· 잘못된 책은 바꾸어 드립니다.